血の配達屋さん

北見崇史

目次

第一章　出　立

母が家を捨ててしまった。

世間一般で言われるところの、家出という現象である。

大学の就職部から帰ってきて夕飯を食べようとしたら、食卓の上にメモ以上手紙未満の用紙があった。その中途半端な紙きれは、私が食べるべきサメカレイの煮つけ横に、これ見よがしに置かれている。

「なんだ、それは。はは〜ん、ラブレターか。あの金持ちの気どった彼女からか」

立ったままメモ用紙を読んでいると、キッチンに父が入ってきた。彼の能天気な性分と言動が、私は好きではない。

「母さんが家出した」だから、長々と話をせず端的に伝えた。

「あ？」

間の抜けた顔が宙を見ていた。その頭の低回転域が、私へ遺伝していないことを願うばかりだ。

「だから、母さんが家出したんだって。ここに、そう書いてある」

「家出、あいつがか。まさか」

そんな馬鹿げたことなどするものかと、父は続けた。

「母さんは、この家から逃げ出したんだよ」

母が出奔してしまった事実も、父は認めようともしないし、信じようともしなかった。

ふーっとため息をついて、しかたなく核心的で硬質な言葉をぶつけてやった。

「母さんに捨てられたんだよ」

「おまえがか」

あんたがだよ、と言いかけたがやめた。母が決行したのは家出であって離婚ではなかった。捨てられたのは、父を含めた家族全員ということになる。あながち間違ってはいない。

ちなみに我が家には、ブチと名付けられた気弱な元のら犬が庭先で飼われている。彼はわずかの叱咤で下痢をたれてしまうことで有名だが、私たちと同じく母に捨てられたものの一つとなった。あとでじっくりと事情を説明してやるが、どうせまた腹を下すのだろう。

「なんか、うるさい」

次にやってきたのは妹の沙希だ。ある割合の女子高生たちと同じように、彼女は父親という存在を軽蔑し、極めて不潔なモノと見なしている。いつもなら父がいるうちは食卓に近づきもしないのだが、めずらしく二階の自室から下りてきた。我が家の一大事を、なんとなく嗅ぎつけたのだろう。

「沙希、母さんが家を出て行ったよ」

「ふ〜ん」

父はとてもわかりやすい人間であるが、妹の心情はよみづらい。母親が家を出てしまったのに、理由も訊かなければ、どこにいるのかも興味なしの態度だ。母が忌み嫌っていたド派手に装飾されたケイタイをいじくり回しながら、まるで関心がないように振る舞う。

「母さんは、北海道に行ったらしい」

メモには、北海道の田舎町にいるので探すなと、やや強圧的な文言で書かれていた。とても奇異な町の名称も記されている。そういえば、若い頃に旅をして地元の人に親切にしてもらったと聞いたことがある。その時のツテを頼ってのことだろうか。

「北海道だと。あいつは、なんだってそんな所に行ったんだ。試される気か」

試されているのは母ではなく、むしろ残された私たち家族なのではないか。とくに父には、すでにその徴候があらわれている気がしてならない。

「だれに断って家出なんてするんだ、だいたい、このメシはなんだ」

ようやく家出の意味を理解し始めた父は、なぜだかオカズに八つ当たりした。母の悪口とカレイの煮つけに対する不満を、交互に吐き出している。

この二人に、母のことや私たちのこれからのことを相談してもしかたがないし、ロクな結論に達しないと思った。父のグチを散々に浴びながら、我が家では最後となった母の料理を噛（か）みしめるしかなかった。

そんな話をしてから何カ月が経ったろうか。いま私は、北海道東部太平洋側の起点となる街にいる。

ネットで調べてみると、交通手段はバスしかなく、だからこの街のバスターミナルで訊き込みをしている。最初の相手は、路線バスの運行係だ。空港で見つけた簡略な地図冊子を見せながらの交渉となった。

「独鈷路戸（とっころと）ですよ。ほら、ここの海沿いの道をずっと行って、たしかこの辺にある漁師町だと」

太った運行係の男は、口の臭さと腕毛の長さが尋常ではない。彼が吐き出す息の射角範囲に入ってしまわぬように、私は上体を不自然に反らさなければならなかった。

「とっころと？　はてな、そんな変わったの聞いたことないなあ」

「はあ」

たしかに、独鈷路戸という地名は変わっている。漢字が独特過ぎて読めないし、だから振り仮名を忘れないでくれたのは感謝したい。さらに、地元の者さえ知らない過疎地に逃避してしまった母を哀れに思った。

北海道は難読の地名が多い。アイヌ語の発音に無理矢理漢字を当てたためだ、というのはまたまたネット情報だ。空港からここまで連絡バスで来たのだが、途中の道路標識は読めない文字が多かった。田舎というよりも、異国に来た感じがする。

「くみちゃん、ちょっとちょっと」

運行係が、たまたま通りかかった女に声をかけた。こっちこっちと手を振って彼女を呼び寄せる。直毛の腕毛が風圧になびいて、気色悪いそれらにからめ捕られないように、私はさらに仰け反った。

「なにさ」

キツネのような顔をした女が、私たちのもとにやってきた。私と同い年くらいだが、目つきは鋭くタカやカラスのそれである。制服を着ているので、運行係の仕事仲間なのだろう。

「とっころと、ってなんだっけ。そんな町あったっけ」

「あるさ。あの町には道東バスが走ってるけど、週一なのよね。昨日出たばっかりだから、次は来週になるよ」

どうやら、独鈷路戸までの交通網に致命的な制限があるようだ。母はケイタイを持っていないので、ほかの手段を電話やメールで訊くわけにもいかない。だいいち、あのメモには、けっして来てはダメだと警告じみたことが書かれていた。じつは、この旅自体が母には内緒なのだ。

「ネコバスなら、乗せてくれんじゃないの」

「ああ、そっかあ、わかったよ。ネコバスの町な。そうそう、ネコバスの町だ」

「お客さん、乗り合いバスだったらあるよ。あの町の年寄りたちが出してるんだけど」

キツネ顔女のいうことにようやく納得したのか、腕の直毛が機嫌よくなびく。

乗り合いバスとはいよいよ別の国で、まるで発展途上国みたいだ。でも、バスのネーミングはシャレていると思った。

「あのう、ネコバスってなんですか。キャラクターのバスですか」

きっと幼稚園の送迎にでも使うような、可愛らしい動物の装飾が施されたバスだと想像した。

「アハハ、なに言っちゃってんのさ。そんないいもんじゃないよ。あれはゲボよ、ゲボ。すげえゲボ」そう吐き捨てて、キツネ顔の女がケラケラと笑う。

「まあ、見ればわかるかな。俺っちは乗ったことはないけど、きっと中はすごいことになってるんじゃないかな」

二人の話しぶりからは、ネコバスなる乗り物にあまり良い印象が得られなかった。見知らぬ土地ということもあり、一抹も二抹も不安がつのってくる。できれば別の交通機関にしたかったが、選択肢は限られていた。レンタカーという手もあるが、けっこうな金額になるはずだ。学生の身分には大きな負担である。この旅は、できるかぎり安くすませたい。

「あのう、そのネコバスは、どこから乗ればいいですか」

「四番倉庫の裏だよ。いっつもあそこから出てるよ」

四番倉庫の簡単な地図を描いてもらった。親切な運行係は顔を近づけて教えてくれるので、吐き出される息が私の顔に当たってつらかった。この人は食物を摂取する入り口と、搾りカスを排出する穴が逆に連結されているのだと思う。生まれ変わるさいには、ぜひともその間違いを正すべきだ。

バスターミナルを出て外を歩いた。空港を出た時も実感したが、ものすごく寒い。なにせ季節は真冬の入り口だし、ここは高緯度の北の果てである。感覚としては極地といっていい。父の言葉ではないけれど、試されているのだと感じた。いちおう冬用の上着を羽織っているが、どうにも足りないような気がした。

四番倉庫は、うす汚い廃屋だった。赤錆色（あかさびいろ）をしたレンガ造りの古い建物で、遠くから眺めれば古き時代のノスタルジアを感じないわけでもないが、実際はかなり廃れている。打ち捨てられていると表現したほうがいい。性器を簡略化した猥褻（わいせつ）な絵と、暴力と挨拶（あいさつ）をごちゃ混ぜにした時代錯誤的な四文字熟語の落書きが目立った。この場所に立っていることに不安を感じてしまう。我が身の安全ということに考えをめぐらせると、とくに夏場であったなら、ここは積極的に避けて通り過ぎる場所だ。倉庫の裏側にスペースがあった。だいたいバスケットコート一面分の広さで、なるほどバスを待つ場所としてはちょうどいい。三方を建物に囲まれているので、頃合いの閉鎖感がある。カップルなどがいかがわしいことをするにも、絶好の場所だ。ただし季節は考えなければならないだろう。この凍える寒さの中で待っているのは、若い私でさえも厳しい。

来るだろうと予想される時刻になってもバスが現れず、その気配もなかった。バスターミナルの口臭男がいいかげんなことを言ったか、あのキツネ顔女の記憶違いか、どちらにしても困った状況になってしまった。すでに陽は落ち始めており、その陽もあたらぬ倉庫裏は夜の様相を呈してきた。

ただでさえ寒いのに、誰もいない古倉庫の暗い裏庭に一人で立っているのがつらくて仕方がない。刺すような寒さが体の内部まで浸透し、膀胱をどうしようもなく刺激した。バスターミナルでさっきしたばかりなのに、また尿意を催してきた。これはもう仕方がない。はしたないマネはしたくはなかったが、どうせ誰もいないことだし近くにトイレもないのだ。

私はジーパンのファスナーを下ろした。凍てついた空気が萎縮している我が分身を、より初期値的なサイズに戻している。小さくなったそれをつまんで、人肌に生ぬるい液体を倉庫のレンガ壁に勢いよくひっかけた。立ち昇る湯気が顔に上がってくるのが嫌で、あっちのほうを見ながらの放尿だ。相当な量を溜め込んでいたのか、なかなか終わらなかった。あまりの寒さで膀胱が破れてしまったのかと心配になった時だ。

「うわっ」いきなり目の前が真っ白に光った。

レンガ倉庫の壁上に設置されていた外灯が、唐突に点灯したのだ。それは廃屋には分不相応なほどの強烈な光だった。

目を射られるまぶしさに、私は思わず両手を顔にあてて光を遮った。支えを失った我が下水管は力なく垂れ下がり、それは体に振られるまま生温かい汚水を撒き散らしたので、太もものあたりが濡れてしまった。

「てめえ、ここでなにやっとるんだ」

突然、背後から野太い声がした。怒鳴っているような迫力があった。

私は慌てて振り向いた。そばに人らしき小さな影が立っていた。ただちに言い訳らしきものを吐き出さなければと焦った。

「バ、バスを待っているんです」

「うそつけこのおう、ぶっ殺すぞ」

別の声が責め立てていた。脅迫じみた怒声に押されるまま、私はわけがわからず、ただおろおろするしかなかった。立ち小便という不埒な行為に及んでしまったという罪悪感で、身動きできなかったのだ。

「いや、だから、その」

「てめえ、ここでなにしてやがる。ちんぽこ出して、ヘンタイかこの野郎」

工事現場でアルバイトをしていたときに、よく聞かされた口調だった。鉄拳がとんでくる前に、露出している些細なものをあわててズボンの中に押し込めた。さらにいくつもの声が、同じようにがさつな口調で責めたててきた。

私はあらためて周囲を見渡した。いつの間にか倉庫裏の広場に大勢の人がいた。唐突に点灯し始めた外灯に照らされている人は、十四、五人はいるだろうか。大部分が私よりも小柄な人たちだ。あの口臭男が言っていた老人たちだろうか。気持ちよく小便をたれている背後に、それだけの人数が来ていたことにまったく気づかなかった。

「ここはワシらの土地だ。ヘンタイ野郎がタイヘンなことする場所じゃねえぞ、ヘンタイが」

「ち、違いますよ。ただバスを待っていただけで」

「ちんぽこ晒してか」

「おしっこしてたんですよ。急に照明が点いたんでびっくりして、そのう、しまいわすれたんですって」

「なにおう、この野郎。しまいわすれるほどデカくなかったべや」そう言って、ぐっへっへと笑う。

私が対峙しているのは、背が低くてネズミのような尖った顔をした男だ。首回りにボアを施した安っぽい防寒作業着を着ているが、作業員ではなく作業服を普段着としている老人といったところだろう。その声色から、小さな筐体には収まりきらないような威勢のよさと意志の強さを感じた。

「人の土地さ入って小便たれやがって、このタクランケめ」

タクランケというのが、このあたりに特有の忌み嫌われている生き物なのか、それとも生えてほしくないところにニョキニョキと出てくるいかがわしい毛のことなのか、はっきりとした意味はわからないが、とにかくロクでもないものの象徴だということは、ネズミ顔が口にする言葉のトゲトゲしさが示していた。

「独鈷路戸行きのバスに乗ろうと思って」私は正直に弁解した。

「おめえ、オレたちのバスさ乗る気か」

ひどく腰が曲がったばあさんが一人、つかつかと私のほうに近づいてきた。直角に曲がった上半身と顔は、つねに地面と平行になっている。目線も、つねに地面を向いていた。ただし、杖をついているわりには動きは素早かった。

「なんでおめえがトッコロさくるんだ」

私を見上げた老婆は、人喰いが今晩のおかずを物色しているかのような目つきをしている。

「それは、母のところに行くからです」

「トッコロにヘンタイの母ちゃんなんかいねえべあ」

ネズミ顔が嘲笑しながらいちいち口を挟んだ。なにか言わずにはいられない性分と見える。とても嫌な言い方だった。

「なにい、おめえの母ちゃんの名前は、何ていうんだ」

今度は、溝といっていいほどの深い皺だらけの顔が出てきた。この集団の中ではもっとも年長と思えるばあさんで、その華奢な身体に比して大きすぎる丸顔が外灯に照らされていて不気味だ。なんだかヌカ臭くてたまらない。

「河合です。夏に引っ越してきたはずです」

私は苗字を名乗った。一同が少しざわめいた。ネズミ顔が一度老人たちのほうを振り向いて何かを確認してから、私に向き直って言った。

「おめえ、静子さんとこのガキか」

静子という名前は聞き覚えがあった。ちょっと考えてから、それが母の名前であることを思い出した。

「そ、そうです。その静子の息子の、子供っぽいです」言っていることが、我ながら意味不明だ。

「亭主とは別れたっつうてたけど、なんじゃい、こんなデカいせがれもいたのかい」

「そうかい、そうかい、あんた静ちゃんの息子さんかい。おっきな子供がいたんだねえ」

怒っていたネズミ顔がさらに不機嫌になった。チャッチャと口の中を鳴らしたあとに、でっかい痰を吐き出した。皺婆は撃ち殺した獲物の肉付きを確認するみたいに、皺だらけの細長い手で私の二の腕を掴んだ。尖った爪が、防寒ジャンパーの上から腕の内側の筋肉に食い込んで痛かった。年寄りだというのに尋常ではない握力だった。

こもった轟音と共に工事現場特有のニオイが流れてきた。向こうのうす闇の中から赤や黄色の光が徐々に近づいてきて、外灯にその角ばった物体が照らし出された。バスがゆっくりと後進してきたのだ。

それはとても古い型式の車体で、今では見ることができなくなった年代物だった。劣化具合がひどく、肌色の塗装が施された車体の全域に錆が浮いている。というより、瘡蓋のような赤錆に食い尽くされる寸前といった印象だ。さんざんに鞭打たれた末に、豪雨のなかに放置されたように傷んでいる。乗り物というよりも、ある種の忌避すべき生き物に見えた。

真っ黒な排気ガスがあたりに充満した。バスは集団を押しのけて止まると、エンジンを切らずにアイドリングを続けている。やかましい騒音とともに、老人たちを汚らしい煙に巻いていた。

「今日は遅かったな」

「運転手の野郎、貧血気味なんだべあ。こんどヤキ入れてやるか」

宵闇にバスのクラクションが響いた。エンジンが何度もふかされて、冷え切った空間へさらに煤けたガスが吐き出された。年老いた乗客たちに、しきりに催促しているようだ。

「時間だな」

老人たちは袋を持っていた。工事現場でアルバイトをしていた時に、よく廃材やゴミを入れていたズタ袋だ。スーパーの買い物袋に似ているが、もう少し大きくてよほど丈夫だ。衣類や身の回りの小物を入れているのだろうか。縁日で売っている綿菓子袋のように、どれもまん丸に膨れていた。

「ほら、おめえも乗れや。おっかさんのとこに行くんだべや」

「えっ、いいんですか」

「いいもわるいも、ずっとここにいる気か」

「それでは、ありがとうございます」

「さあ、乗れ乗れ」

私は皺婆の強力な爪に促されるまま、年寄りたちの列に並ばされた。前後左右から漬け物の臭いというか、祖母の家にある仏壇の臭いというか、とにかく老人の臭気がぷんぷんと漂っていた。料金を払えとは言われないので、どうやら無料で乗せてくれるようだ。ただ、この辛気臭くて口の悪い集団と一緒だということが不安でならない。

間近に見たバスのくたびれかたは、ほんとうにひどいものだ。テールランプのカバーが割れて中の電球がむき出しになっているし、車体の垂直部分のあちこちが凹んでいる。塗装の無残さは本当に痛々しい状態であり、錆が浮いているというレベルではなかった。剝がれかけた無数の塗膜が紙のようにめくれ上がり、寒風にさらされながらバス表面を

「じゃあ、いくべ」

ひらひらと踊っていた。人体で喩えてみると、身体の生皮をあちこち剝がして、滲み出してきた血液が固まって瘡蓋だらけになったようだ。

ディーゼルの真っ黒な排気ガスが、風に吹かれて車体にまとわりつくように回っている。まるで、バスの内部から瘴気があふれ出ているように思えた。グロテスクで不潔で、なおかつおぞましい印象だった。暗い中に強烈な白光で照らされたその姿は、幽霊船ならぬ幽霊バスである。スクラップ置き場に放置してある車体のほうが、それが動き回らないだけ、まだマシと思えた。

バスの乗降口は、車体左側の中央にあいた一ヵ所だけだった。以前は路線バスだったのか、前のほうにも出入り口があったようだが、赤錆がびっしりと浮いた鉄板で塞がれていた。

自動ドアは手動になったらしく、頭から顎にかけて手ぬぐいを巻いた泥棒みたいなじいさんが、腰に力をいれてこじ開けようとしていた。だがなかなか開いてくれない。腰がぬけるのではないかと思うほど一生懸命だが、泥棒じいさん一人では無理なようだ。

数人のばあさんに、若い者がやれそれやれと推薦され、私は押し出される格好となった。仕方なくドアの取手を握り、泥棒じいさんと一緒に思いっきり引っぱった。ベリッと嫌な音をたてて扉が開いた。何年も開けていなかったような粘ついた感触だった。凍てつく手の表面に、ざらりとした感触が残った。見ると大量の錆粉が付いている。反射的にニオイを嗅いでしまった。ひどく生臭くて鉄臭くて、ほんのりと糞便のニオイもした。

乗降口の脇には、路線バスの名残りである整理券の発券機があった。当然のように壊れていてやはり錆だらけだ。

三段しかない階段をのぼって車内に入った。予想通り、中は薄暗くて陰気だ。天井にへばりついている照明器具は全てカバーが外されていて、蛍光管がむき出しになっている。しかもその多くは切れていて、まともに点灯しているのは真ん中付近にある一本しかない。さすがに蛍光灯一本では暗いので、それを補うように裸電球が数個吊るしてあった。だがその光とて見る間に弱くなってしまう。ああ、消えてしまうと思ったら、くぐもった呻りとともに強くなった。運転手がアクセルを踏むと、ぼーっと明るくなり、離すとまた弱々しくなるのだ。

車内は暖房もないようで、吐く息が白く立ち昇りゆっくりと拡散していく。外と変わらない冷たさで、この中で長時間過ごすと思うとしんどい気持ちになった。しかも、なにやら妙なニオイが充満している。車体の赤錆をもっと凝縮したような、どこか生臭いような、しかも獣臭いような臭気だ。

老人たちは、持っていたズタ袋を最後部の長椅子に放って、それぞれ椅子に座った。乗降口を境にして後ろは左右に各二列、前は各一列ずつ座席が設置されていて、どの椅子もスウェードの赤生地は破れていて、しかもシミだらけで汚らしかった。なかには使用に耐えられないほどに壊れてしまったのか、椅子そのものが撤去されて、これまた錆だらけのパイプ椅子を、太い針金でもって床に縛りつけている箇所もあった。

各人の席は決まっているのか、老人たちは順序良く座りはじめた。私もどこかに座らなければと車内を見渡したが、空いている席がなかった。キョロキョロしていると、運転手がギアを入れたのか、足元の床の奥からグッと短い振動が伝わってきた。発進の予感がする。

「ぼけらーっとつっ立ってねえで、座ればいいべや、タクランケが」発券機のすぐ後ろに座ったネズミ顔に怒られてしまった。

「後ろしか空いてねえぞ」

その隣にいる禿げて目玉のでかいアザラシのようなじいさんが、首か顔かわからないような顎をしゃくって後ろを指し示した。

最後部の長椅子には老人たちが放り投げたズタ袋が山になっていて、とても座れる状態ではなかった。

「袋をよければいいべや」

長椅子の前でどうしようか悩んでいると、前の席にいるばあさんがそう言って、尖った顎をしゃくっている。なにか強烈な臭いを放つものを食っていた。

仕方がない。私が座るわずかな広さを確保するために、ズタ袋の一つを持ち上げようとした時だった。

「うわっ」

手に持ったズタ袋が、わさわさと唐突に動いたのだ。びっくりした私は、蠢いているそれを反射的に放り投げてしまった。

「こらっ、ぶん投げるんじゃねえ」誰かが怒鳴った。

袋は不規則に転がったのち、乗降口の階段の手前で止まった。

「そうだあ、まだぬくいうちは、やたらちょしたらだめだあ」

皺婆が立ち上がり、皺くちゃの小さな手で床にあるズタ袋を掴み上げた。その際に袋の口を縛っていた結び目がほぐれてしまい、中身の一部が露出した。

な、なんだ。

それは、ある意味見慣れたものだった。日常的にありふれたものであるがゆえに、なぜそれがズタ袋の口からとび出ているのか、ありのままを理解するまでに数秒かかった。

「なっ、猫か」

猫の顔だった。黒い猫の、まだ小さな子猫の顔だけが袋の口から出ていた。薄暗い車内で、いや、暗くて狭い空間だからこそはっきりとわかった。つぶらな二つの瞳がこちらを見ていて、その愛しくも悲しげな光景がじつに生々しくて、どうしようもなく目に焼きついた。

「ほれ、おとなしく入ってろ」

皺婆は子猫の頭部をわし掴みにすると、ねじり込むようにして袋の中に押し入れた。

みゃーみゃーと鳴く声が、なんとも嫌な感じがした。しかも、その呻きに呼応するように、別の猫のこもった鳴き声がいくつも聞こえてきた。皺婆が持っているズタ袋が内側からわさわさと動いていた。まだ別のやつが中に閉じ込められていて、極度の不安と締めつけるような息苦しさから、必死になって逃れようとしているのだ。

私は、ハッとした。とすると、この長椅子に山と積まれたズタ袋の中にも、猫が詰め込まれているのだろうか。いくらなんでも、それでは相当な数の猫がこのバスに監禁されていることになるではないか。まさにネコバスだ。

確かめずにはいられなくなり、早速、手近にあるズタ袋の一つに、なでるようにそっと触れてみた。なんともいえぬ柔らかな感触に、指が少しばかり沈んだ。途端に袋が蠢いた。それが合図であるかのように、みゃーみゃーと騒がしくなった。私は、わさわさと動くズタ袋の一つの口を縛っている紐をほどいてみた。中身は、やはり思ったとおりだった。

「ね、猫だ。子猫がたくさんいる」

どれも小さな猫だった。五、六匹はいるだろうか。狭く小さな袋の中で重なり合いながら、四肢を苦しげにバタつかせていた。

「ガタガタうるせえ。せっかくおとなしくさせてんのに、おめえがブン投げたりするから騒ぎだしたじゃねえか」

「すみません。で、でも、どうして猫を袋に入れてるんですか。可哀相じゃないですか」

「袋さしまわんと逃げるべや」

皺婆の返答は間違っていないが、根本的なところがズレていた。

「盗んできたんじゃねえぞ。捨ててあるのやいらねえもんを、拾ったりもらったりしただけだ。誰に文句を言われる筋合いでもねえ」

放り投げた袋を、皺婆から受け取ったネズミ顔がやってきた。それを長椅子に積まれている袋の山に押し込むと、ガサゴソとがさつな作業をして私ひとり分の空間をこしらえてくれた。

「ほら、ここさ座れ」

そこに座りたくはなかったが、座らなければ何かされそうな雰囲気に押されるまま座った。右に左にたくさんの猫袋が密着し、耳元でしきりに動いている。ひどく猫臭いうえに、子猫が漏らしたのか尿の臭いがさらに鼻についた。今までの人生で、これほど猫まみれの席に座ったことはなかった。

母のいる町までは二時間ほどかかる予定だ。これからの苦しい時を想像して天を仰いでいると、天井から吊り下がっている電球がいくぶん明るくなり、足元に唸るような振動が連続した。ひび割れた金属音を発しながら、バスがゆっくりと動き出したのだ。

私は、猫の悪臭と車体の揺れで具合が悪くなってしまった。窓の外でも眺めて気分転換したかったが、左右は猫袋で遮られているし、前方は老人たちの後頭部ばかりだ。フロントガラスの向こうは夜の闇しかない。だから、寝ることにした。

おそらく夢を見ているのだろうと思った。なぜなら、登場人物や背景、時間経過、すべてが支離滅裂で、それぞれが意味のあるつながり方をしていないからだ。まさに夢を見ているような、実につかみどころのない状況なのだ。

私は木造家屋が密集する夜の町を歩いている。建物はどれもがみすぼらしく辛気臭い。江戸時代の貧乏長屋といった光景だろうか。時代劇の映画によくある光景だ。天候は荒れていて凄まじい豪雨だ。

問屋の屋根の上に沙希がいた。なぜか老婆になっており、重い病気なのか、身体中の皮膚が膿んで腐っていた。激しい雨粒に打たれて、肉が溶けて流れ落ちている。やがて肩やあばらの骨がむき出しになった。よほど痛いのか、うーうーと苦しんでいた。

肉とともに溶けだした血が瓦にしたたり落ち、降りしきる雨水と混じり合って樋をつたっていた。軒下で流れ落ちるそれらを額で受けている私は、降っているのが雨なのか、血なのか判別できなくなった。切実に吐きたいと思うような嫌な臭いがしてきた。地獄絵図を目の当たりにしながら、これは夢だと確信した。陰惨な夢はよく見るが、それらの上位に属するとびきりの悪夢だ。

年老いたうえに腐りきった妹を見つめながら、もうじき母が登場するだろうと思った。このような異様な光景を無意識の世界で創りだしてしまったのは、あきらかに母の影響があったからだ。

一見、母はどこにでもいるふつうの主婦であり、子供や夫、卑屈な元のら犬の世話をするありきたりの女だ。だが、ときおり奇っ怪な言動や態度を見せることがあった。まだもの心がついていない頃の私は、そんな母が口走る怪奇な物語によく当てられたものだ。

荒れた冬の海に出現し、子供を深海に引きずり込んで生皮を剝ぐ赤い首の話や、晩秋の荘厳な夕日をつくるために、天の鬼が生まれたばかりの赤子をすり潰(つぶ)して、その真っ赤な鮮血を空にぶちまける話を、母は潮風と砂が吹きつける浜辺に立ったまま、その描写を延々と語るのだった。

そんなことを話す母は、言い知れぬ苦悶(くもん)を思い出したかのように、じっと唇をかみしめて厳しい表情を隠さなかった。私など想像もできない過酷な経験を思い出してしまったのか。あるいは隠しているだけで、もともとの性格に残虐な部分があるのか。どちらにしても、子供ながらに背筋が寒くなったものだ。だから、悪夢を見るときは母の影響があるのだと思うことにしている。あの凛(りん)としつつもどこか怪しげな雰囲気が、私のまどろみを惑わしているのだ。

ハッとして目が覚めた。暗鬱(あんうつ)な空間に独特の臭いが充満している。いくつもの人間の後頭部が見えた。

私はバスの中にいるのだ。どうやら寒さと疲労で寝てしまったようだ。枕にしていたズタ袋が、ちょうど顔の辺りで濡れている。中にいる猫が漏らした小便がしみ出ていた。

このボロバスの中で、じつに長い夢をみていた気がする。それはいつにも増して奇妙でむごたらしく、存分に汚らしかった。

母が家を出てから、私以外の家族の行動がおかしくなった。元々陰気なくせに、よけいな饒舌が憎たらしかった父は無口となった。仕事帰りに様々な物を拾ってきては、家の中や庭に放置し始めたので、我が家は徐々にゴミ屋敷と化してきた。粗大ゴミに埋もれたブチは、狭くなった庭を情けない表情でウロウロしては下痢をたれた。

沙希は化粧が派手になり、夜な夜な遊び歩くようになった。兄としてなんども注意するが、無視されるか逆ギレされるかで効果なしだ。母という枷がなくなり、家族は滅茶苦茶になった。もとの平穏な家族に戻すには母を連れ戻すしかないとこの地に来たが、いろんな心配事がストレスとなって、こんなおどろおどろしい夢におぼれてしまったのだろうか。

悪夢の残りかすが頭の中を駆けずり回っていて、気分は良くなかった。乗り物酔いのせいもあると、揺れのひどいこのバスを呪った。

車内はいつの間にか静かになっており、まったく揺れてもいないことに気がついた。ディーゼルエンジンの、あのこもった音と振動が伝わってこない。どうやら停止しているようだ。バスの前部に男の老人たちが集まり、ひそひそと話し合っていた。

「どうしたんですか。なんか止まっているようだけど」

私は、老人たちが固まっている運転席の少し後ろへとやってきた。眠りから目覚めたばかりで、足元がおぼつかない。

「エンジンがイカれちまったんだあ。なんせボロバスだからな、まあいつものことだ」

楽しそうな調子でネズミ顔が言った。

まあ、そんなことだろうと思った。誰が見ても、このバスは廃棄処分になってもおかしくないほどくたびれている。しょっちゅう故障するのは当然であり、動いていることが奇跡に近いのだ。車検だって通っているかどうかわかったものじゃない。ゲボだと言われても仕方ないシロモノだ。

窓に額をつけながら外を見た。暗くてはっきりとはしないが、外灯や住宅の明かりが一つもないところをみると、おそらく山道だろう。黒い闇の向こうに骨と皮だけになった木々が、かすかに透けて見える。どうしようもない寂しさと、暗闇にとり込まれてしまいそうな懸念が、冷たい窓ガラスを通して伝わってきた。

「こんな山の中で故障なんて大丈夫なんですか。早く修理屋を呼んだほうがいいと思うけど」

腕時計を見た。時刻は午後七時を少し過ぎたところだった。まだ営業している修理屋はあるだろう。いますぐに連絡すれば間に合うかもしれないし、間に合わなければどうなるのだろうか。老人たちは、私に聞こえないように何事かを話し合っている。

「ケイタイなら持ってますよ。なんなら修理屋を検索してもいいけど」

「ガタガタうるせえガキだなあ」

ネズミ顔が黄色い歯を見せて、まるで食い物をねだる小汚い犬を追い払うかのように、私に向かってしっしと手を振った。

「大丈夫だって。このバスにはちゃんと別の動力があるんだからよ」アザラシじいさんが、ニヤニヤと卑しい笑みを浮かべる。

　別の動力とは何のことだろうか。通常、一台の自動車には一つのエンジンしかないはずだが、もしかしてこのバスにはハイブリッドシステムでもあるのかな。いや、それはあり得ないだろう。どこをどうみても、そのような最新のテクノロジーとは対極にある産業廃棄物寸前のガラクタなのだ。

　老人たちの話はまだ続いていた。そういえば、このバスに乗ってからまだ運転手を見ていなかった。どうせしなびたじいさんが、てめえ、このおう、とか一人悪態をつきながらハンドルを握っているはずだ。粗野でだらしのない老人なのは、バスの汚さでだいたい想像がつく。

　あえて親しくなろうとは思わないが、どんなじいさんが運転しているのか興味はあった。それに顔見知りでないとはいえ、私だけ話に参加していないのも、正直いって疎外感がある。ちょっと覗(のぞ)いてやろうとしたが、数歩進んだところできびしい声が飛んできた。

「おめえは来るんじゃねえ、ばかたれがあ」

　投げつけるような冷たい叱咤に、一瞬で足が止まってしまった。怒鳴ったのは、アザラシじいさんだった。

「おめえが来たってどうなるものでもねえ。ガキはおとなしくおっちゃんこして、猫の相手でもしてろ」と、ネズミ顔も容赦なかった。

ひどい言われ方をされたうえに子供扱いで嫌な気分だが、下手に逆らわず椅子に戻ることにした。むやみにケンカを売っても、ここはアウェイである。多勢に無勢で私には勝ち目がない。皆によってたかって押さえつけられて、真っ暗でコンビニもないような極寒の山中に捨てられでもしたら大変だ。そういう非道なことを、この老人連中ならやりかねない。おとなしくしているのが賢明だろう。だから私は、最後部の長椅子にだらしなく座っていた。

すると少ししてから、前に固まっていた老人たちに動きがあった。よい解決案がでたのか、ネズミ顔が後ろにやってきて、椅子に山と積まれた猫袋を二つ手にすると運転席へと戻っていった。私には一言もなく目も合わせなかった。

老人たちは、運転席付近の床にある蓋を持ち上げた。それは多分、エンジン部に通じる整備用の入り口だと思われる。

ネズミ顔が細い身体をスルリとその中に入れた。老人の一人が猫袋を手渡すと床下に消えた。猫袋をどういう目的に使うのか知りたかったが、不用意に動くと怒られるのでおとなしく座っていた。エンジンがダメになっているのに、猫の手でも借りようとしているのか。

「よっしゃ、よっしゃ」

「いきのいいやつやったから、機嫌よくなるべや」

「なんまらあずったけど、これでよ、はっちゃこいて動くな」

「これでビューだ、ビュー」

もれ聞こえる会話から察すると、どうやら問題は解決したようだ。年寄り連中の塊がほどけて、自分たちの席に戻っていった。

やや遅れて、ネズミ顔も自慢げな笑みを浮かべて着席した。へこたれたエンジンをものの数分で直したところをみると、ただの粗野な老人ではなかったということか。見かけは泥酔して他人に絡みつく迷惑じいさんそのもので、とても器用そうには見えないのだが。

それにしても、床下に持ちこんだ猫袋がどうにも気になるところだ。あっさり直ったので、中身は猫ではなくて特殊な工具でも入っていたのだろうか。

そんなことを考えていると、運転席付近の、あの床蓋が少し開いているのに気がついた。

「んっ」

その隙間は十センチくらいなのだが、真っ黒な切れ目の中に何かが動いたような気がした。私は思わず目を凝らした。

あれはなんだろう。すこし前のめりになりながら、さらに目を細めた。すると隙間の中に、ちらちらと影がよぎった。何かがあるようだが、暗いうえに動きが速くて正体がつかめない。バスはまだ動いていないし、すれ違う車もなかった。対向車のライトで路面が反射しているとは思えない。誰かが入ったままとも考えられる。

一人で悩んでいると、そのチラついていたものが一瞬だけ静止した。その刹那（せつな）、身体に雷が突っ走ったような衝撃を受けた。

目だ。

あの真っ黒な隙間の奥から、左右両方の目玉がバスの内部をうかがっているのだ。それはまるで、上の世界はどうなっているのかを興味深く探るかのように、キョロキョロとせわしなく動いていた。

私は固く凍りつきながらも考えた。そして好ましくない事実を発見した。もし人が床下にいて、床蓋の開いた隙間からこちらを覗いていたとしても、そこから目玉だけが、ちょうど隙間の幅いっぱいに見えているのはおかしいことなのだ。なぜなら、目の上にはおでこや頭部があるので、その分だけ蓋を少しばかり持ち上げるはずだ。それがまったく感じられない。二つの目玉だけで蓋を直接持ち上げているように見えるのだ。

さっき猫袋が持ち込まれているので猫である可能性も指摘されそうだが、それはまずない。なぜなら、隙間から覗く目は異様な大きさだからだ。そう、人よりは断然大きい。小動物などでは断じてありえない。気味が悪いほどのまん丸な大目玉が、暗がりの中でギョロギョロとギラついている。

蠢く目玉の顔部分は、おそらく目より上の頭部がほとんどないと予想された。おでこも丸い頭部もなくて、眼球から上は、ちょうどよく切れる包丁でダイコンの青首のあたりを真横に切ったように水平となっているはずだ。そう考えるのが妥当であった。

いや、まてよ。それは不可能だろう。河童じゃあるまいし、そんな生物が存在できるはずがない。第一、なんでそんな不可思議な輩がバスの機関部に潜んでいるのか、まったくもって意味不明だ。ではなんだ。何があそこにいるのだ。

ちっ、と舌打ちしながらネズミ顔が席を立った。隙間に潜む目玉が斜め上方を見た。

バタンと、強烈な音が響いた。

ネズミ顔が浮いていた蓋を思いっきり踏みつけたのだ。たちまち床は平面に戻って、あの大きな目玉は見えなくなった。おかげさまで、不可知な光景にがっちりと縛られていた私も解放されることとなった。

その不気味なものの正体を追及しようとしたが、口から出かかった言葉を呑み込んでしまった。ネズミ顔が睨んでいたのだ。いや、彼だけではなかった。皆が私を見つめていた。

それらの視線は重く冷たいもので、容赦のなさをひしひしと感じた。床下のものには触れてはいけないと、無言の圧力をかけているのだ。バカみたいに騒いだり、下手に当をえた質問は、自らの墓穴を掘ることになるかもしれない。しばらくは黙っているほうがいい。

そうは思いつつも、きわめて異常なものが私の足元に潜んでいるのは大変気味の悪い状況で、どう呼吸を整えても落ち着くものではない。ぜひとも大きな声で、床の下に頭が平らでデカ目玉の河童がいるぞと訴えたかったが、この場では無駄なようだ。

どうしたらよいか考えていると、バスが動きだした。奇妙なことに、あのひび割れた排気管から吐き出される騒音が聞こえてこない。全く静かで滑らかだ。まさに電動でなければ為しえない業だが、モーター音らしきものも聞こえないし、この錆だらけのスクラップバスに、そのような高価な装置があるとは絶対に思えなかった。どのような動力がタイヤを回転させているのか見当もつかないが、バスは徐々にスピードをあげて真っ暗な山道を進んでいるのだ。

「ちょっとばかし、あずったけどなんとかなったな」

「ああ、ここんところ気合が足りんかったけど、叩けばまだまだ走るべあ」

「ポンコツと鋏は使いようだな」

「血の気がちょっとばかし足りなかったんだべあ」

そつなく走行するボロバスに安堵したのか、年寄りたちの口は軽やかにはずむ。薄暗い車内のあちこちから温くて白い息があがった。それぞれが持ち込んだせんべいや漬け物を交換し、ガリガリボリボリとやり始めた。私に年寄りたちのおこぼれがまわってこないのは、うれしくもあり、じつは少しばかり寂しくもあった。

それにしてもあの面妖な目玉は何だったのだろうか。バスの機関部に巣食う生き物など、まったくもって正体不明だ。そもそも動物なのか人間なのかわからない。あんな特異な目玉をもつ動物なんか私は知らないし、たとえいたとしても、バスのエンジンルームで生きていけるはずはない。そう考えるとやっぱり人間なのか。エンジンが故障した場合にそなえてメカニックを常駐させている可能性もある。まさかと思うが、田舎ではそうなのかもしれない。

猫袋に囲まれながらあれやこれやと考えているうちに、また眠気がさしてきた。車内に暖房が入った気配はなかったが、心なしか暖かくなってきたような気がした。どこかにすっ飛んでいた疲労も戻ってきて、ふたたび身体が休息を求めていた。うとうとしていると、知らぬうちにまた夢の中へ入っていた。

目前には大きな鉄の台があった。手術台のようであるが、全体が赤く錆びつき、とても硬く冷たい印象だ。上には沙希が横たわっていた。そして傍らに母が立っていた。彼女が何をしようとしているのか、私にはわかっていた。恐ろしくひどい仕打ちがなされようとしている。そんな場面に立ち会うのは絶対に嫌だが、どうしても逃げることはできなかった。私を摑んで離さない桎梏の元は、いつも母なのだ。その威厳に満ちた冷たい瞳と、私を心地よく包んでくれる強力な母性が、その場にいることを強要していた。

妹は涙を流しながら許しを請うていた。母は無言だった。私は後方からその光景を見ていた。彼女は、まるでいつもの夕飯を作るような、ありふれた姿で作業を始めた。

母は鉄台の上に横たわる柔らかな肉体に手を掛けていた。沙希が悲鳴をあげた。何らかの手術をしているのかと思ったが、違った。あまりにも痛がる妹の表情と絶叫にも似た悲鳴が、行われていることの真実を物語っていた。母の姿越しなので、妹のすべてを目撃したのではなかった。見えるのは沙希の肩から上と下半身だけだ。胸から腹部にかけては母の姿が遮っていた。

鉄台からねっとりとした液体が滴り落ちて、施術者の足元にわだかまっていた。母は後ろにいる私に見せつけるようにその滴りの中につま先を入れ、いやらしく、なおかつ執拗(しつよう)に動きながら、白いリノリウムの床面にたくさんの丸い模様を描いていた。

黒かった液体の溜まりは、うすく引き伸ばされることによって鮮やかな朱色となって床に広がった。なにかの記号のような円模様が、母の足元にたくさんできていた。鉄台の脚を流れ落ちる液体は止まることがなく、白かった床の表面は沙希の血の色であふれていた。重く粘り気のある血液がゆっくりと、尽きることなく滴り落ちている。

母は鉄台の上から何かをつまみ取ると、それを床に捨てていた。びちゃっと嫌な音をたてて落ちたのは、やわらかそうな赤い塊だった。形状がさまざまで不ぞろいのそれらが、次々と投げ落とされていた。床に達するときの気味の悪い感触が、かすかな波紋となって伝わってくる。

どこからか低い呻り声がしている。身近ではありながらも、不吉な気配が押しよせてきた。左の方からやってきたのは、あの気弱なブチだった。しかし、目前にいる愛犬は普段とは様子がだいぶ違っていた。鼻頭に皺をよせて歯茎をめくり上げ、黄色いヤニだらけの牙をむき出しにしていた。おとなしくて卑屈な性格の雑種犬が、どういうわけか荒々しく凶暴な風貌でゆっくりと母に近づいている。狂犬を思わせるまがまがしい息遣いは、彼がある種の強烈な欲望に支配されているのを顕していた。

母は傍らで呻っているブチの頭をひと撫ですると、床の血溜まりに散らばっているいくつもの塊を指さした。すると、主人の許しを得たハイエナはその血溜まりへ鼻先を突っ込み、まるで沙希の血がソースであるかのように、ガツガツと喰らい始めた。

ブチが奥歯で肉を嚙みしめるごとに、横たわる沙希の顔が激しくゆがんだ。その表情は我が身を喰われる苦悶に満ちていた。大きく開け放たれた沙希の口腔の赤は、鼓膜を引き裂くような、すさまじい絶叫を想像させた。ブチが貪っているのは妹の肉体の断片だ。母は何も言わない。ただ、もくもくと娘の腹部を毟っている。

「うわあああ、母さん」

叫び声をあげたのは妹ではなく私だった。しかも自らの声の大きさに驚いて、さらに悲鳴をあげてしまった。一通り叫んだあと、私は我に返ることができた。そして何事が起こっているのかと周囲を見渡した。

ここは相変わらずの薄暗いバスの車内だ。座席に座っている老人たちの後頭部が見える。私は猫袋をまくらと布団代わりにして、また眠ってしまったようだ。そして、再び性懲りもなく惨たらしい夢を見ていたのだ。

「ガキャア、うるせえな」

「そんなにおっかさんが恋しいのか、図体はでけえくせして」

「はんかくせえわ」

年寄りたちは口々に嘲りの言葉を吐き出した。バカを見てやろうと、後ろを振り向いて笑う皺だらけの顔が憎たらしく思えた。

いや違う、ひどい夢を見ていたんだと言い訳したかった。しかし、この年寄りたちには話が通じそうにない。夢の内容を説明するには、私の生い立ちと母のもつ翳の部分をくわしく話さなければならないのだ。それは困難なことだったし、話したところで誰もまともには聞かないだろう。余計にバカ呼ばわりされるだけだ。結局、私は赤面しながらヘラヘラと、ただ笑みを浮かべて誤魔化すしかなかった。

間の抜けた面で老人たちを見ていると、ある事実に気がついた。運転席のすぐ横、あの床蓋があった場所に、いつの間にか赤いマットが敷かれていたのだ。しかも、それは通路部分をまっすぐ通って私の足元まで敷かれていた。赤い敷物は安っぽく薄い生地で、黒や茶のシミだらけで汚らしかった。いかにも長年の使用に耐えているといった感じで、バスの床にしっかりと貼りついている。私が居眠りしている間に、急に敷かれたとは思えなかった。このバスに乗り込むときに、この赤い敷物が足元にあったかどうかは憶えていない。床は板張りだったような気もするが、そういえば多少やわらかな感触があったのかもしれない。

　そうすると、さっきの光景は何だったのだろう。あの目玉は幻覚か、それとも夢か。母親が妹の肉を毟り、それを飼い犬に与えているという最悪な夢を見るくらいだ。身内のおぞましい行為に比べると、あの目玉の化け物など悪夢を見る前の余興くらいの衝撃でしかないだろう。やはり幻覚、妄想の類に冒されていたのかもしれない。そういえば頭が重いし身体も熱っぽかった。見知らぬ極寒の土地で疲れ果て、体調が良くなかった。そんな状態で、暖房も効かぬ猫臭い車内で寝入ってしまった。気持ちが現実から逃げ出そうとしても無理もないことだ。そうだ、あの目玉は夢か幻だ。はじめから何事もなかったのだ。

　それにバスは、ひどい騒音を撒き散らしながら夜の山道を走り続けている。電気駆動のように無音で走っているわけではなかった。ということは、あの光景が現実のものではなかった証拠になる。途中でバスは止まらなかったし、エンジンが故障することもなかった。老人たちが運転席付近に集まって床蓋を開けることもなく、だからそこから目玉がギョロギョロすることもなかったのだ。すべて夢か妄想であり、端的にいってしまえば、まあ気のせいだったということだ。

　ネズミ顔がちらりと私のほうを見た。目が合った瞬間、前に顔を向けて細長い顎をしゃくった。フロントガラス越しにいくつかの光の点が見えた。バスはなだらかな坂道を下っている。明かりは徐々に輪郭をあらわし数も増えてきた。年寄りたちがあくびをしたり、伸びをしたりして身体をほぐしている。悲鳴のようなブレーキ音が連続した。どうやら独鈷路戸に着いたようだ。

バスがまだ止まらないうちに、せっかちな乗客たちは椅子から立ち上がっていた。運転手は微妙な加減ができないのか、急停止に近いくらい唐突に止まった。それを予期していたのか、誰一人転ぶものはいなかったが、最後部の長椅子に山と積まれた猫入りズタ袋は次々と床に転がった。ついでに大股（おおまた）開きで座っている私も、赤マットが敷かれた通路に投げ出されてしまった。すぐ起き上がり、その辺りに転がったズタ袋を一人で拾い集める。年寄り連中は、それらの持ち主あるいは飼い主のくせに手伝おうともしなかった。

そこにバス停などなかったが、とにかくボロバスは停止した。汚れた窓ガラス越しに見える外は真っ暗だ。前のほうに小さな明かりがポツリポツリとあるだけで、道路の両側には何もなかった。

明るくなれば周辺の景色がはっきりするのだが、おそらく原野が広がっているのだろうと想像できる。少し先に建物らしきものが見えるので、もうちょっと進んで止まればと思うのだが、なぜかそこまではいかないようだ。せめて誰かの家の前か、外灯がある場所に止まればいいのにと思った。

「ほれ、着いたぞ」

アザラシじいさんが声をかけてきた時、私はまだ猫袋を拾い上げるのに苦労していた。

「袋は、ちょさなくていいんだ、そこにおいとけ」

「でも、その辺に転がったままじゃあ」

「いらんことするなって言ってるべあ、このガッチャキがあ」と、ネズミ顔がうるさい。

ガッチャキというのは、ガキが訛ったものなのか、なにかガチャガチャとして目障りな物体なのかはわからないが、確実に言えるのは嘲られているということだ。このボロバスの乗客に出会ってから常に見下されているようで嫌だったが、どうにもこうにもここでは分が悪い。ネズミ顔には文句の一つでも言ってやりたかったが、むやみにつっかかると老人全員から逆襲されてしまいそうだし、そもそもネズミ顔自体がもっとも粗暴な恐れがある。

愚痴は母に会ってからこぼそうと思っていると、耳の裏を掻き毟りたくなるような不快な音を引きずってバスの扉が開いた。土くさい暗闇と共にカチカチに凍った空気が入ってきて、その情け容赦のない寒さに、背骨の太いところが折れそうになった。車内暖房はとうとう効くことはなかったが、老人と猫の体熱が、バスの内部を意外と暖かくしていたのだと実感した。

「ちゃっちゃと風呂さ入って寝るべか」

「あしたもしばれるから、室から漬け物出しとくか」

無事に町に帰れて安堵したのか、乗客たちは順序よく降り始めた。ただし、後部に散乱した猫袋は誰も持って降りようとせず、そのままだった。

「ほれ、おめえも早く降りろって。おっかさんが待ってるんだべあ」

「はあ」

母が迎えに来るわけはなかった。独鈷路戸に着くとは知らせていないからだ。

「あのう、母さんの家へはどう行ったらいいのですかね」

「なんだあ、おめえ、トッコロに来るっておっかさんに言ってねえのか。はんかくさいんじゃねえか」

「ええ、そのう、忙しくて」

ここに来る前、帰ってくるよう説得しに母の元へと行こうと決心し、行動がおかしくなり始めた父にそのことを告げた。すると父は、あいつの所へなど行かなくていいと突然激昂（げきこう）した。息子としては、一人になって寂しい思いをしている父親の力になろうとしただけなのだが、逆にヒステリックになって母を否定する方向へ走っていた。以前のように軽口も叩かなくなり、これはどう説得しても無駄だと思った。私が気づかぬうちに、夫婦仲は相当冷め切っていたのかもしれない。もしそうであれば、母に会いに行くと連絡しても、連れ戻されるのを警戒して断られる可能性もある。ならば現地に直接行ってしまえば、強情な母も話を聞いてくれるだろうと考えたのだ。

「忙しいって、なんの商売してるんだ」

「そのう、一応大学生ですけど。来年卒業です」

「親のスネかじってるボンズが、なに忙しいことあるってよ。しゃみこくんでねえ」

私がよほど嫌いなのか、もともと部外者にきびしい性格なのか、ネズミ顔がいちいち反発してくる。その言葉にアザラシじいさんが、これまたいちいち「そうだそうだ」と相槌をうつのが鬱陶しかった。

「静ちゃんとこに行くんだったら、一緒に来るか。オレんちの近くだからな」

腰がひん曲がった小さな身体が、半分後ろを振り向きながらこいこいと手招きしている。なんだか忌避されている場所へ連れて行かれるみたいで気が進まないが、なにせここは夜の田舎道だ。住所はわかっているが、暗闇の中、見知らぬ土地で母の住居を探すのは困難が予想される。

バスの乗客から想像するに、独鈷路戸の住人は総じて非友好的な人種だろう。それどころかやたら戦闘的な者も交じっているようで、うかつに声をかけては危険でさえある。素朴であったかい人柄という北国の常道はどこか遠い土地のことで、ここには当てはまりそうにない。おとなしく皺婆に従ったほうがいいだろう。

私は老婆の後について歩き出した。八十は超えているだろうと思われるわりには足取りは意外に速く、もたもたしていると追いつけなくなる。半分暗闇に溶け込んでいる後姿は、人間というよりも野生の獣が機嫌よく歩いているかのようだ。

「ガッチャキがあ」

無粋な声が背中に響いた。私をいじめ足りなくて悔しいのか、負け犬の遠吠えみたいだった。母に会ったら、なにより先にガッチャキの意味を訊かなければならない。

海から吹き付ける風を遮るものがないので、寒風が針のように突き刺さった。辺りは暗く波の音だけが聞こえてくる。もし荒れ狂う海原を目にしていれば、余計に寒々しかったはずだ。夜でよかった。

少し歩くと、数軒の住宅と数本の街灯が私と皺婆を出迎えた。後ろを振り向いてみたが、真っ暗な中には人影が見当たらず、誰かがついてくる気配もなかった。皺婆の前に数人の塊が先に歩いていったのを覚えているが、他はどこにいったのだろうか。いつの間にか見えなくなっていた。最後の最後まで私に憎まれ口を叩き続けたネズミ顔とその相棒のアザラシじいさん、それと他のじいさん連中の姿が忽然と消えていた。そういえば、あのボロバスもいつの間にかなくなっている。独鈷路戸の住宅地はこの先に集まっているようで、どうも後ろの丘陵地付近にはなさそうだが、ひょっとするとあの暗闇のどこかに隠れているのかもしれない。

集落の中心地らしき通りを、皺婆の後について歩いていた。夜なので辺りの全貌がはっきりとはしていないが、ここが町というにはどうにも寂しすぎる感じがした。街灯はまばらであるが明かりは灯っていた。道路の両側には十軒くらいの住宅が点々としている。古びた木造平屋が多かった。

一カ所だけ、外灯がやたらに明るい商店らしき住宅と自動販売機があった。当然のごとく店先のシャッターは閉まっているのだが、店全体は廃屋のような様相で、昼間でも営業しているかどうかは怪しい。錆びて穴だらけになったシャッターの下のほうから、枯れて針金のように直立したイネ科の雑草が汚らしく繁茂していた。コンクリートの地面を突き抜けて生えていて、すごい生命力だ。シャッターは壊れて片方に傾いでいるので、下側が少し開いている。これでは害虫やネズミなどが出入りし放題ではないか。

一台だけある自販機はジュース類ではなくてカップ麺(めん)のものらしく、そういうものを初めて見たのでちょっと驚いた。設置されてかなりの年月が経っているのか、自販機の筐体すべてに錆が浮き、ボロボロで見るからに不潔そうだ。めずらしいので、どういう具合にお湯が入るのか試してみたかった。蛍光管がかすかな光で瞬きを繰り返しているので電源は入っているようだが、いったいどんなに古いカップ麺が出てくるのかわからない。それに皺婆がどんどん先に行ってしまうので立ち止まることができなくて、仕方なくやめることにした。惜しいとは思ったが、また明日(あした)にでも来ればいいだけのことだ。

傾いた商店を後にすると、左側に広い空き地があった。その寒々しい暗闇の向こうに大きな建造物が見える。周囲の民家と比較してかなり大きく、しかも近代的な骨格をしていた。真ん中あたりにサッカーゴールの残骸(ざんがい)が倒れていた。空き地はおそらく学校のグラウンドで、その先の建物は小学校か中学校と思われる。ただし廃校にでもなっているのか、校舎の窓にはところどころガラスがないように見えるし、玄関とおぼしき場所も廃墟(はいきょ)みたいに物が散らかり、雑然としているのが遠目にもわかった。グラウンドに起立する水銀灯も点灯することなくじっと沈黙している。真っ黒な背景にでんと構える息絶えた校舎はひどく不気味で、じっと見ていると、あらぬ不安を掻き立てられてしまう。

皺婆は、その学校に向かって歩道を左に曲がった。横手に、積み木のような小さな平屋が六棟ほど行儀よく並んでいた。おそらく教員や職員の住宅用だろう。災害地に応急的に建てられる仮設住宅によく似ていたが、古い分だけそれよりも粗末だ。犬小屋をそのまま大きくしたという印象である。

「ほれ、おっかさんの家は、あの、かどっちょだ」

皺婆がいったん足を止め、犬小屋の一つを指し示すと、再びすたすたと歩いて闇の中に消えた。後にはヌカ漬けの臭気が残った。

平屋の一つから明かりが洩れている。それが母の家だとわかったのは、親子の情愛にもとづく直感などではなくて、皺婆がそこだと言ったからだ。他の家は、そもそも明かりがついてない。母の家以外は空き家なのだ。

だけど、いざその家に入ろうとするには多少のためらいがあった。母親であっても久しぶりに会うのはなんだか照れくさく、同時に母を責めたい気分でもあった。なにせ彼女は、腹を痛めた二人の可愛い子供と愛すべき夫を見捨て、手前勝手に寒くてうら寂しい町に逃げたのだ。理由ぐらい訊きたかったが、その話をしているうちに怒りが沸き上がり、自分でもうんざりするぐらいの説教を始めるかもしれない。

あるいは書置きで来るなと警告したのにノコノコやってきたので、頭から叱られる可能性がある。約束事には、けっこう厳格な女なのだ。でも、わざわざ住所を書いていたのだから、家族の誰かが訪ねて来ることは予想できるだろう。あんがい、一人になるのだと自分に言い聞かせても、心のどこかで家族が迎えに来ることを望んでいたりもするのではないか。

　また、これはけして考えたくないのだが、だれか見知らぬ中年男と一緒に住んでいる可能性もある。テレビを見ながら仲むつまじく刺身でもつついている場面に出くわしてしまったら、どうしようと思ってしまう。家で不貞腐れている彼女の夫にどう説明したらよいか。父のことだから、逆上して刃物など振り回すかもしれないし、その時、危ない目に遭うのは私なのである。

　そんなことを考えながら母の家の前をウロウロしていると、何かを踏んでしまった。ぐにゃりとした気色悪い感触があった。私はすぐ足元に目をやった。

　平屋からの明かりが少しばかり洩れているので、そこはまったくの暗闇ではなかったが、見た瞬間はそれがなんだかわからなかった。屈んで目を凝らすと、地面から白い毛が生えていた。芝ならいざ知らず、地球から毛が生えることはありえないので、その柔らかだけど不愉快なものは、おそらくは動物だろう。踏みつけられて目立った反応を示さないのは、それが死んでいるからだと推測できた。

　ぎゃっと悲鳴をあげて、ついでに足も上げた。足元には腹の裏が破けて血だらけの、肋骨を露にした白い猫が横たわっていたのだ。内臓はカラスやネズミなどの卑しい動物のご馳走になったのか、すっかりなくなっていた。私が足を乗せたのは猫の背中から首元にかけての柔らかい部分だ。そこにはまだ肉が残っているらしく、さらに凍ってもいなくて確かな弾力があった。歩きながら何度も空中に足を突き出して、靴の底に憑いているであろう瘴気を振り払おうとした。悪寒が身体のすみずみまで走り、鳥肌が立っているのがわかる。

猫や犬などの死骸はありふれた物だ。確率的に、一生に一度出会うか出会わないかほどの奇跡的な物体でもない。不運な日には我知らず遭遇してしまう。運転中に気のゆるみが重なったときなどは、自ら轢き殺してしまうことだってあるだろう。だから北海道の片田舎でそれを踏んでしまっても、ちょっと気色が悪いだけでどうという事でもないのだが、凍っているはずの猫の顔が持ち上がり、こちらをギョロリと見たのだ。ありえない出来事に、ビックリして目を逸らしてしまった。死骸が動くはずがないので錯覚だとは思うが、いまそれを確認する気力はなかった。

母の家の玄関には呼び出し用のチャイムがなかった。居間の大きな窓にはカーテンが引かれていて、中を窺うことはできない。ガラスの向こうからは、とくに誰の話し声も漏れ出てこない。彼女が一人であることを真に願った。

私は母の名を呼び、玄関のガラス引き戸を叩きながら、また同時に開けようとした。だが戸は固く閉じていて、まったく動じなかった。家の中から黒い影が出てくるのを、白く煤けたガラスを通して見た。その人影は、内側から両手で引き戸を持ち上げようとしていた。私も外側から同じ動作をしたが相変わらずだった。玄関の戸は鍵がかかっているのではなくて、しぶくなっているようだった。内と外から四苦八苦してようやく戸が開いた。じつに久しぶりとなる母との共同作業だった。

「寒いから、早く入りなさい」

「ああ」

母は息子が来たことに驚きもせず、当たり前のように言った。私もごく自然に返事をして、〝帰宅〟した。

幸運にも、家の中には母しかいなく、他の人間が一緒に住んでいる気配はなかった。母は紅茶を出してくれた。牛乳の温め方と砂糖の加減が絶妙で、母にしか出せない絶品の味だ。沙希もたまに真似をして作るが、それは本物とは比べようがないくらいひどい贋作（がんさく）で、一口で飲む気がうせてしまう。久しぶりに飲むそれは、冷えきった身体と気持ちを内側からじっくりと温めてくれた。家に帰ってきたという実感がうれしかった。

母とは話すこと、いや話さなければならないことが沢山あった。父の奇行ぶりや、だらしなくなってきた妹のことなど、おもに母の家出に起因することだ。しかしそんな重苦しい話題をいきなり切り出すには、どことなく躊躇（ためら）いがあった。家族間の微妙な感情のほつれは、たとえそれが言い争いであっても、多少の勢いが必要なのだ。

そんな気まずさを察してか、母はテレビのスイッチを押して意味なくチャンネルをガチャガチャと回し始めた。リモコンがないうえに画面がガラスのテレビをはじめて見たが、ドラム型のスイッチをうるさく回してチャンネルを合わせなければならない事実に直面し、私がいまいる場所を痛感してしまった。いまどきこんな骨董品みたいなテレビは、途上国でも相手にされない。どうやってチューナーに接続しているのかも謎だ。

「最近の歌番組は聴いても全然わからなくてね」

どうでもよいことをさり気なく言う母は、心の内を隠そうとしているように思えた。彼女だけの領域にこだわって、誰も近づけようとしない態度が見え見えなのだ。経験的にいって、そんな時の母は、たとえ息子であっても容易に突破できない。

家族のことを話すのは後にした。母の反応はおそらく素っ気ないものになりそうだし、そういう態度を見せられるのは正直つらいのだ。別の話題で母の心情をほぐしてから、徐々に父や妹のことを話したほうがいいだろう。

そこで直近の、これまたとても気になって仕方のないことから話すことにした。

「いまそこで猫を踏んだんだ。半分骨になったやつ」

「この辺ね、野良猫が多いの。そのかわりネズミも出なくていいけど」

「それがありえないことに、俺がそいつを踏んだら、顔がこっちを向いたんだ。踏むんじゃないって、怒っているみたいに」

さっきの猫は、何するんだって、怒っていたのか笑っていたのかわからないが、口を大きく開けて小さな牙を見せていた。踏んだ際の反射ではない。あれは間違いなく意思をもっていた。暗かったことは確かだが、居間の窓から洩れた灯りがしっかりと照らしていた。

「じゃあ、死んだ猫じゃなくて眠っていただけじゃないの」

「ここの寒さハンパじゃないのに、眠ったら凍死するよ」

「野生の動物は大丈夫。ここはね、シカだってキツネだってたくさんいるのよ」

いくら田舎でも、鹿や狐が人の家の前で臓器を抉り取られたまま睡眠をとることはないだろう。

「あばら骨がとび出てて、内臓もない死骸だったんだ。あんなのあり得ないよ」

「へんなこといって、もう」

久しぶりに会った息子が、野たれ死んだ猫の話ばかりするのだから、母は困った表情をしていた。

「見間違えたんじゃないの、きっとキツネに化かされたのよ」

「今は江戸時代じゃないって」

化けるのなら野良猫の死骸みたいなグロテスクなシロモノではなくて、美少女か現金にしてほしいところだ。

「とにかく、半分骨になった猫の死骸が俺を見つめていたんだ。すぐそこにあるんだよ」

私は、カーテンで閉ざされた居間の窓を指さし語気を強めていった。だが、母は息子の話を信じていないようだ。

「今日はもう遅いから、寝なさい」

「いや、でも」

「いいから。きっと長旅で疲れたのよ」

結局、母とは猫の話だけになってしまった。奇人変人になりかけの父の現状や、見かけも中身も安売り風俗嬢みたいな妹の醜態、もはや下痢を垂れ流すだけの駄犬に成り果ててしまったブチの憐れさなどを説明したかったが、母は私の寝床を用意すると言って居間に布団を敷き始めた。

きびきびと動きまわるその姿からよそよそしさは感じなかったが、どことなくつれない印象だった。時々、大学のことや内定したメーカーのことを訊かれたが、父や妹の近況を何一つ訊ねようとはしなかった。うしろめたい感情があるので、わざと家の話を避けているというよりも、そもそも家族に興味がないような態度だ。ひょっとすると、私はずいぶんと遠くに来てしまったのかもしれない。

それでも、家のことは話し合わなければならない。そもそもなぜ家出などしたのか、息子としてはそのへんの事情もぜひ訊きたかった。しかし、今日のところは母の言うとおり黙って寝ることにした。あの猫の死骸は明日になって確かめてみればいい。旅の疲れと、バスで老人たちにやられっぱなしだったのが効いたのか、味わったことのない倦怠感で身体が重かった。無意識の領域に半分浸りながらも、明日どうすればよいか考えをめぐらすが、あの奇怪な夢を見てしまうのじゃないかとビビってしまい、なんだかうまい具合にまとまらなくて困ってしまった。

眠くなってウトウトしていると、小さくおやすみと言って、母が照明を消してくれた。

私がまだ幼い頃は暗闇が怖くて、明かりは小さいのを点けっぱなしにしていた。瞼が開かなくなったのを見計らって、そっと母が暗くしてくれたのだ。あの頃の安心感に身をゆだねながら、眠りの底へと落ちた。

第二章　配達

「まだゆっくり寝てなさい。母さんは配達に行ってくるから」

丸い蛍光灯の照明がまぶしかった。

「はいたつ」

ドロドロした重い液体の中を、私の意識がさ迷っている。大学生になってから母が起こしてくれることはなかったのに、めずらしいことだ。しかも配達すると言っているが何のことだろう。新聞配達でも始めたのか。そういえば最近、父の給料がわるくなったと話していたが、いよいよ家計が苦しくなってきたのだろうか。

「ご飯はジャーにあるから、お味噌汁（みそしる）はあたためて。あとタラコとこんにゃくの煮つけはどんぶりの中だから。ぜんぶ食べていいからね」

タラコと細切りこんにゃくの煮たものは、母の得意料理の一つだ。発泡酒のつまみにそれが出されると、父は子供のように喜んで上機嫌になる。沙希はミミズが蠢いているみたいだとさも嫌そうな顔をするが、小さい頃はよく食べていて、食べたい気分になると母に料理してくれるようにせがんでいたものだ。

「なんだ、もう朝か」

朝だからといって私は慌てなかった。大学の講義は単位をほとんど取ってしまっているし、すでに内定も勝ち取っているので、あの苦しかった就職活動は過去のものだ。ゆっくりと朝寝坊をし、昼過ぎまでだらしなく寝ていられる身分なのだ。

「家の鍵はかけなくていいよ。泥棒なんていないから。それじゃあ、母さんは行ってくるからね」

「ああ」と生返事をしながら私は起きる覚悟をした。

心地よいまどろみの束縛を断ち切るのは心惜しいが、父は会社にいっているし、沙希はどうせ夜遅くにならないと帰ってこないからな。母が戸締りをしないで外出するなら、私が鍵をかけなければならない。でないと、誰が家の中に侵入するかわからないので、安心して昼まで寝てられないのだ。

母は出て行ってしまったようだ。さっさと鍵をかけないと物騒だ。そう思って上半身だけ起こしたが、普段とはまったく違う光景に頭がまわらず、しばしキョトンとしてしまった。いつもはベッドなのに、今はなぜか畳に布団を敷いて寝ている。そばに机もなければ愛用のパソコンもなかった。布団はごわごわして固く洗いざらしの匂いがする。

部屋の中は、どことなく陰気で暗かった。

そうか。私は家出した母が住んでいる独鈷路戸という辺境の町の、小さな平屋にいるのだった。蛍光灯が点いているので、まだ日が昇っていないと思える。居間のカーテンの端を少しめくってみた。外はまだ暗いが遠くの空が白く煤けていた。もうすぐ夜明けが来るだろう。母が気を利かせてストーブを点けていたので、部屋の中は暖かだった。

台所に食事の仕度がしてあったので、起きたばかりではあるがとりあえず飯を食うことにした。味噌汁に見たことのない魚の破片が入っていた。顔面から何本もの小骨が突き出した魚は、見かけはグロテスクだが味は良かった。タラコとこんにゃくの煮たものは、いつもよりは濃い味になっていたが、炊き立ての熱い飯にはちょうどよかった。

久しぶりの母の味は美味い不味いというよりも、なによりもほっと安心できるやさしさがあった。父が得意になって作るエグい味の鍋や、大量の唐辛子だけを味の基調とした、沙希の体に悪そうな極彩色料理とは根本が違っている。ほのぼのとした懐かしさに身も心も癒されるのだ。

母は配達といって外出したが、何を運んでいるのだろうか。こんな田舎でも新聞屋はあると思うので、やっぱり新聞配達が考えられる。まさか今どき牛乳配達や、ましてピザのデリバリーなどは論外だろう。昨夜、家のそばに籠のついた自転車があったのを思い出した。車はなさそうなので、それで仕事をこなすようだ。かさばる物ではないことはたしかだ。

そもそも女一人、この辺鄙な地でどうやってやりくりしているのだろうか。貯めたへそくりだけで生活できるとは思えない。かといって家の貯蓄に一切手をつけていないことは、父の独り言からわかっている。

そういえば、水産加工場でパートをすると、あの紙に書いてあったような気がする。ここは海沿いの集落だから魚の供給には事欠くことはないと考えられ、とすると朝獲れた魚を加工場でどうにかして、それらを母が自転車で配達しているということか。魚の行商など、私と同年代には想像もつかない職業だ。リヤカーを引いて魚を売る老婆をドキュメンタリーで見たことがあるが、その姿が思い出される。もし母がそんなきつい職業で生活費を稼いでいるなら、なんともやりきれないことだ。

朝飯を食い終わり満腹になったところで、これから何をしようかとぼんやりと考えた。母は出かけてしまったし、この家の中ではやることがないので、気になっていたあの猫の死骸を見にいくことにした。

ようやくお日様が顔を出しはじめたばかりの外は、非常に寒かった。全身が凍えるという表現では物足りない。錆び落とし用の金ブラシで、素肌を擦られているような感じだ。とにかく死ぬほど寒い。

身をかがめ、情けなくも卑屈な体勢のまま家を出た。雪は地面のところどころに点在しているだけで、ほとんど積もっていない。北海道といえども、太平洋側はからっ風だけしか吹いてこないようだ。特に海沿いは風が強いので、気まぐれで雪が降ってもすぐに吹っ飛ばされてしまうのだろう。せっかくの北国なのに、積雪にも見放されている可哀想な地域だ。

昨夜の問題の場所には、どうしたものかあの猫の死骸はなかった。だが、その形跡は残っていた。そこに何かがあったように、ちょうど楕円形に土がへこんでいて、凍ったまま縁がもりあがっている。あの猫はだいぶ前にここで野たれ死んだのだ。

死骸のくせしてどこに行ったのだろう。腹がやぶけて内臓がなくなっていたので、自ら歩けるわけがない。やっぱり死んでいるはずだ。カラスや野良犬などの掃除屋に喰い尽くされてしまったか、誰かが持ち去ったのだろうか。

あの猫は放置されてからしばらく経っていたようだし、あらかた喰われていて骨と皮と頭部だけになっていたので、今さら喰われるのも妙なことだ。誰かが気づいて移動するなり持ち去るなりするにしても、教員住宅はどれも空き屋なので人などいない。気味悪がった母が片付けたのかもしれない。

あまりにも寒いので、その場を立ち去ろうとして気づいた。少し離れたところに白い塊を見つけたのだ。腹部が破けてあばら骨が露出している、あの白い猫だ。誰かが移動したのか、昨日あった場所からかなりずれていた。風でとばされたにしては動きすぎているし、母が片付けたのであれば、こんな中途半端な除けかたをせずに、ちゃんと始末するはずだ。

凍てついた地面に、爪で引っ掻いたような跡があった。野良犬の足ではこのようにはならないだろう。そういえば、この辺には狐もいると母が言っていた。ご馳走にありついたと思ったら骨と皮だけで、それでもとりあえず運ぼうとして咥えたが、やっぱり価値なしと判断して途中で放置したということか。

しばし見つめたが、その死骸が動く気配はなかった。その辺に落ちていた木っ端で突いてみたが、とくに咬みついてくるわけでもなく静かなままだ。まあ死骸なのだから当たり前のことだ。

それにしても、家のそばに不潔な物体が寝転んでいるのも嫌なものだ。腐っていないだけマシかもしれないが、どうも目障りである。これは片付けなければならないだろう。

このような作業は、じつは経験豊富であった。小学生のときは教室の後ろの棚で飼っていた金魚やハムスターの死骸を、よく片付けさせられていた。通常は教師が始末するものなのだが、彼女は子供に命の尊さを教えるとかなんとかとへ理屈をこねて、けっして自ら触ろうとはしなかった。なにも私ばかりにやらせなくてもと思うのだが、他の子供はキャーキャー騒ぐだけで役に立たなかった。結果、死骸を素手でつかみ、淡々と処理する私が指名されていた。将来、ブチが死ぬ時も私が墓穴を掘り、だらりと力の抜けた死骸を抱きかかえて穴に入れてやるのだろう。やつの死因が下痢じゃないことを願うだけだ。

慣れているとはいえ、愛着もない汚らしい死骸を素手で触りたくはない。何か突く物はないかと周囲を見渡した。さっきの木っ端では短すぎて手が触れてしまう。すると、ちょうどいい具合にモップの柄のような棒が落ちていた。これで突いて突いて、どこか目立たない場所へ移動すればいい。とにかく、私の生活圏内から消し去ってしまいたいのだ。

しかし、そのいまいましい物をいざ突こうとしても、棒の先がなかなか当たらなかった。なぜ棒に触れないのだろう。棒が短いのか、私の腰が存外に引けているのか。

いや違う。

な、なんだ。

「な、何だこいつ、動いてやがる」

目の錯覚ではない。朽ちかけた白猫の死骸が棒の先端を避けるようにして、向こうへ向こうへ移動しているではないか。

それは歩いているのではなかった。内臓が抜き取られた無残な腹部をこっちに見せつけ、横に倒れたまま遠ざかっていた。四本の脚はまったく使われていない。死骸はあくまでも死骸のままで、その全身は脈を打っているわけではなく、躍動を始めたわけでもなかった。まるで台の上に載って、その台を滑らせているように動いているのだ。ありえない、馬鹿げた光景だ。

これはどういう仕掛けなのだ。何者かが白猫に細い糸をくくり付けて、どこかの物陰から引っぱっているのだろうか。それとも地面と死骸の間に無数のアリがいて、皆で持ち上げて巣に運ぼうとしているのか。

いいや、それはない。死骸を引っぱるにしても、すき好んでそんなイタズラをする奴などいないだろう。第一、こんなところで私を驚かす理由がない。ネズミや昆虫類が死骸の下で蠢いている可能性も考えたが、氷点下に冷えこんだ凍った大地に虫など湧かないだろう。もちろん、それらしき小動物の姿なんてこれっぽっちも見えない。

　では、目の前をさらさらと死骸が移動していくこの奇妙な現象は、いったい何なんだ。これは幻覚か。私は混乱していて正常な思考ができないでいるのか。そうであれば、この事実は現実ではないといえる。

　そうだ、私はいま、あのネコバスの一番後ろの座席で寝ているはずだ。疲れと車酔いでひどく気色の悪い夢を見ていたが、どうやら目を覚ますことなく夢が続いているのだ。身体にたしかな寒さを感じるが、それはバスの車内に暖房がないからだ。死骸の、なんともリアリティーのない動きは夢ならではのフィクションだろう。

　などと考えている間にも、猫の死骸は逃げてゆく。凍てついた土の表面を川の流れに身をまかせるように、じつに滑らかに移動する。第三者的な立場で眺めると、なんとも滑稽(こっけい)な映像だが、我が身に起こっている事としてよくよく注目すると、非常識過ぎて恐ろしいと感じた。

　そんなことよせばいいのだが、逃げてゆく物体を私は追いかけていた。これは夢の中だと仮定すると、私の意思とは関係なく場面は展開するので仕方がないと言える。平坦(へいたん)な草地の真ん中まで来たところで、それは突然止まった。死んだはずの白い猫は、凍って黄色くなった枯れ草の上に、あばら骨を露出させたあの独特のスタイルで寝転んでいた。

ここまできて、私は追いかけなければよかったと後悔した。身動き一つしない静かな死骸には、なにやらよからぬ雰囲気が漂っている。これから悪い夢にありがちの、強烈にロクでもないエンディングが始まる予感がするのだ。

だから、そこから立ち去ろうとした。恐ろしい夢に蹴飛ばされ、悲鳴をあげて起きたくない。穏やかな目覚めをするためには、いったん危険物から離れ、どこか適当なところで覚醒を待つほうがいい。そう思って左足を後方に一歩踏み出した時だった。

ムクッと、いきなり猫の首が持ち上がったのだ。

その猫の顔は、昨日見たときより少しばかり崩れていた。頬がすっかりこけて鼻先が尖り、ネズミのような面になっていた。

「ぼけーっと、なにつっ立ってんだあ」

「うわあ」

いきなり後ろから声をかけられて、心臓の皮が破れるばかりに驚いた。凍えて丸まっていた背中が瞬く間にピンと伸びた。

「しさしぶりにおっかさんに会って、甘えたかあ」

皺婆だった。知らぬうちに背後に忍び寄っていたようだ。

「………」

私はすぐには返事をできなかった。夢の中にいると確信していたので、皺婆のリアリティーのあるハスキーな声と、その全身から放たれるヌカ臭さに戸惑ってしまったのだ。

「タクランケみてえ寝ぼけたツラして、まだ夢ん中かあ」

夢の登場人物が、おまえは夢の中にいるのかなどと問うはずがないので、ここは現実の世界だ。目覚めることのないリアルな局面で、猫の死骸が手前勝手に動き回っている。これは明らかな異常事態で、早速、誰かに報告しなければならない。

「そっ、そこに猫がいて、動いているんです」

「猫はどこにでもいるんだあ。トッコロは猫がのっこしいるからな」

「いや、そうじゃなくて」

私は振り向いて地面を指差した。現物を目の当たりにすれば、言葉であれこれいうよりも手っ取り早い。

しかし、そこにはあの白猫の死骸がなかった。振り返って、皺婆と顔を見合わせた一瞬の間に消え失せていた。

「あ、あれえ。どこいったんだ」

「トッコロの猫は人になつかねえんだって。女好きの亭主みてえなもんでな、気まぐれなんだあ」

独鈷路戸の猫がいくら気まぐれだとはいえ、死骸になってまで徘徊することはないだろう。このまったく可愛げのない皺婆に、あなたの庭先でゾンビ猫が元気いっぱいですよ、と大きな声で言ってやりたかったが、現物が消えてしまったので説明のしようがない。朝っぱらから寝ぼけていると思われて、その言葉の意味するところを知らぬまま、またタクランケと罵（ののし）られるのは嫌だ。

「猫は、ちょべっとかまえばいいんだあ。あんましちょしてると、機嫌わるくなるからな」

「はあ、そうですね」

このばあさんに話をしても無駄だと思い、適当にあしらうことにした。そもそも会話がかみ合っていないし、ひょっとしたらボケがきている可能性もある。タクランケの意味も含め、猫の件はやはり母に相談したほうがよいと判断したのだ。

「じゃあ、寒いんで、ぼくは家に帰ります」

そう言って背中を向けかけたが、ばあさんはまだ話しかけてくる。

「トッコロに来てよ、あんましうろちょろするんじゃねえぞ」

「どういう意味ですか、それは」

「ここはなあ、なんにもねえから、おもしろくねえのよ。だからな、あっちこっちほっつき回っても何もねえんだって」

めぼしいものは何もないわびしい町なのはわかるが、私がどこに行こうが、そこが私有地でないかぎり本人の勝手だろう。いろいろと制約はあるが、いちおう、ここは自由の国だ。

「静ちゃんにも言っとくからよ」

「子供じゃないんだから、どこに行こうが、いちいち母さんに言う必要はないでしょう」

「したけどよ、なんもねえんだって」

　皺婆は、いらいらするほどしつこかった。しかも、イヤな目つきで睨んでくる。俗におばあちゃんというと、柔和でどこかほっとするイメージがあるが、この婆の目は攻撃的で油断ならず、どちらかというと人の弱みに付け込んで身ぐるみを剝がそうとする犯罪者みたいだ。

「おめえのおっかさんだって、いつまでもおっかさんじゃねえんだ」皺婆は語気を強めてそう言うと、どこかへ行ってしまった。

　最後の言葉が気になった。なんだ、どういう意味だ。

　私は母に甘えるために、わざわざこんな町に来たのではない。むしろ、わがままな行動をして家族に迷惑をかけたのは母のほうで、親を戒めにきている分だけ、逆に私は大人だといえるのではないか。我が家の内情を知らない他人はテキトーなことを言うが、外部の人間が思い描く勝手な想像よりも面倒で困難な状況なのだ。

　皺婆に言われたことが気になったわけでもないが、もう、あの白猫の死骸を探す気にはなれなかった。十分寒さを堪能したので、暖かな母の家へと戻った。

　家の中で漫然と過ごしていると、自転車を押しながら母が帰ってきた。時刻は昼までには遠く、どちらかと言えばまだ朝の範疇(はんちゅう)に入る頃だ。

母の自転車は酷く錆び付いていて、いつ空中分解してもおかしくない有り様だった。機械に弱い女のことだ。油などもさしていないのだろう。白い息を吐きながら自転車を停める母の姿を居間の窓越しに見ながら、私はあれこれと考えを巡らせていた。

いくら雪がほとんどないとはいえ、氷点下の中を自転車でいったい何を配達しているのだろうか。荷台にはクーラーボックスのような箱がゴムひもでくくり付けられている。プラスチック製なのに錆のような汚れが浮いているのは、相当酷使されている証拠だ。だとすると、母は毎日配達しているのか。真冬の北海道で、しかも強い海風が吹きつける中、自転車で配達するのはつらい仕事だと思う。生きるためだとはいえ、私にとって唯一の母が、そんな苦労をしているのは心痛かった。家族がいるあの家にいるなら、そんな身を切られるような仕事などしなくてもいいのに。叱ってやりたいような、いたわってやりたいような、複雑な心境になってしまった。

玄関の方が、がちゃがちゃとうるさかった。暖かく静かな居間に、冷気とともに母が入ってきた。

「ご飯食べたの」

「ああ、タラコは俺一人で全部食っちゃったけど」

「いいのよ、そのつもりで作ったのだから」

母は台所で汚れた食器の後片付けをしている。とても懐かしい光景だ。

「ところで母さん」

家族間のきびしい話を切り出すにはまだ早いと思った。とりあえず、仕事の内容でも訊くことにした。

「配達って、いったい何を運んでいるんだよ」

「ああ、魚よ」

「さかなって」

「港であがる魚を配達してるの。ほら、ここってお年寄りばかりでしょう。足が悪かったり寝たきりだったりして、買い物にいけない人が結構いるから、そういう人たちにね、配達するの。食べやすいようにさばいて届けるから、母さんのは評判がいいんだから」

ここは確かに老人ばかりだが、あの人たちの足腰が弱いというのは正しくないような気がする。昨日のバスに乗っていた連中は、見かけは枯れていたが中身は元気いっぱいで、まるで処女の生き血をすっている吸血鬼のように活力があった。

「配達って、そんなに金にならないだろう。生活できるほど給料あるのかよ」

「配達のほかに、加工場でパートをしているから。あなたが心配することじゃないわ」

給料のくだりが気に障ったのか、母は不機嫌になったようで、がちゃがちゃと大きな音をたてて茶碗を洗っていた。夫婦喧嘩のときに、よく見かけた光景だ。

「家の前の死んだ猫を片付けたのは、母さんだろ」

生活費の話は気まずくなるだけなので、私はまたあの猫の話題を蒸し返した。この話も母は嫌がるだろうが、動物の死骸が動き回るのは明らかに奇妙な出来事だ。どうしても確かめたかった。

「昨日からそのことばっかり言ってるけど、そんな猫いなかったよ」

「いたよ母さん、すぐそこに」私は窓の外を指差した。

「昨日は頭がむくっと持ち上がったし、さっきは動いたんだ。百メートルは進んだよ。死んで内臓がなくなっているくせにだよ」

「そんなおもしろい猫だったら、捕まえて飼ってみたら。ブチと仲良しになるかも」

「母さん、俺の話を信じてないだろう。ほんとうにいたんだよ。白くて腹の裂けた猫が。歩いてもいないのに、すーっと動いていったんだ」

そんなオカルトな猫を家に入れたらとんでもないことになる。ただでさえゴミ屋敷化しているのに、さらに化け猫を飼っているとなれば完全なお化け屋敷だ。郵便配達も避けて通るし、就職先に知られたら内定を取り消されるかもしれない。臆病なブチは心身症になって死ぬまで下痢をたれるだろう。

これ以上死骸の話を続けても信じてもらえそうもない。しまいには相手にされなくなってしまいそうだ。母とは、まだまだ話さなければならないことが残っているのだ。

「それとすごい皺だらけのばあさんに、この町をうろちょろするなって言われたけれど」

「ああ、福田のばあちゃんね。話し方はつっけんどんだけども、いい人よ」

「いい人なもんか。口が悪くてひどいよ。だいたいこの町の人って、そんなんばかりじゃないか。ひとを馬鹿にするようなことばっかり言ってさ」

台所の後片付けを終えた母は、狭い家の中をちょろちょろと動き回り、熊のぬいぐるみでも入っていそうな大きな手さげバッグを用意して、外出の身支度をしていた。私の話など興味ないような素振りだった。

「どこにいくんだよ」

「仕事にいってくるから、あなたはここで待ってなさい。それと田舎の人はね、知らない人間がうろうろしているのを好まないのよ」

「だからって一日中、こんなちっこい家で何したらいいんだよ。まだ話があるのに」

「すき好んでここに来たのは誰なの。あなたが変なことをすると、みんなに怒られるのは母さんなんだから」

そんなことを言われると黙ってしまうしかない。私が間違っているとは思わないが、郷に入れば郷に従うのも仕方ないといえる。

本当は真っ先に父や妹の話をしなければならなかったのに、母の素っ気ない態度にまたしても出鼻をくじかれてしまった。猫の死骸やばあさんの話題だけで、無駄な時間をついやしただけだ。

「夕方には帰ってくるから」というと、母はさっさと出て行ってしまった。

一人残された私も、ぐずぐずとせずに身支度をした。家を出るなと命じられたが、はいそうですかとおとなしくするつもりはなかった。独鈷路戸という町自体に興味があるわけではないが、夕方まで家に引きこもっているのも退屈なことだ。ここがどれほど辺鄙な場所であるか、そして田舎がいかにつまらぬところであるか確認したい気持ちがあった。つまるところ、暇つぶしをしたいのだ。

昨夜吹きつけていた極寒の風は止んでいたが、突き刺さるような寒さは相変わらずだ。小学生以来の青っ洟をたらし、膀胱付近に痒いような違和感を味わいながら、うら寂しい道をただ歩いていた。ひょっとすると、白猫の死骸がそのへんをうろついているのではないかと地面を探すが、猫どころかゴミすら落ちていなかった。

母の家がある辺りは、学校と教員住宅の他は、住宅がポツンポツンと点在しているだけだ。ここよりずっと先に建物が密集している地点がある。たぶん港があるのだろう。海のほうへ行く前に立ち寄りたい場所があったので、昨日きた道を少しばかり引き返した。やっぱりあの商店は閉まっていた。じつはカップ麵の自動販売機が気になっていた。珍しい自販機なので、ためしに買ってみたかったのだ。

ボロボロになっているその箱に耳をあてると、かすかにブーンと呻っているのが聞こえた。さっそく小銭を入れてボタンを押してみる。しかしながら、なにも起こらない。正常であれば、おそらく取り出し口にカップ麵が落ちてきて、どんな仕掛けかわからないがお湯が注がれるのだろう。壊れているのかと思い返却レバーを引いたが、お金は戻ってこなかった。故障しているようだ。どうにもならないとはわかっていても悔しかった。腹立たしいので取り出し口に手を突っ込んでまさぐっていると、突然、ドサッと何かが落ちてきて反射的にそれを握ってしまった。

な、なんだ。慌てて取り出し口から手を引き抜いた。ざらざらとした感触が握った手の中にあった。おそるおそる手を開いてみる。

砂か、いや違う。錆だ。赤茶けた錆が粉状になったものが、どっと落ちてきたのだ。

こんなに沢山の錆が取り出し口から溢れ落ちてきたということは、自動販売機の内部はボロボロに朽ち果てていて、カップ麺の中身も容器も、錆びついてしまったということだろうか。濃い潮風が吹きつけるのはわかるが、こんなものまで錆びなくてもよいだろうに。

それにしても、この錆はひどい臭いだ。以前、庭に放置していたペットボトルにモグラが入って死んでいたことがあり、鼻の粘膜がただれるくらいの悪臭があったが、この肉が腐りきったような臭いは、それよりも数段破壊力があった。私は、手の中の物をすぐにばら撒いた。そして、わずかに積もっていた雪の塊に何度も手をなすりつけて、汚れと臭いをこすり落とそうとした。雪はすぐに赤茶けた色に煤けた。ウジでもわいていたのか、よく見ると小さな虫の死骸も交じっていた。

金を払ったのに現物が出てこないどころか、腐った錆が落ちてくるとは何事か。頭にきたので販売機を蹴とばしてやろうと思ったが、また悪臭がプンプンの錆が落ちてきてもいやなので、すぐ後ろにある商店まで行って、傾いたシャッターを蹴とばしてやった。すると、すごい音とともにシャッター全体が崩れて、店の入り口が大きく傾いた。建物自体が倒壊しそうな勢いだった。まずいことになりそうなので、直ちにその場から離れた。というより逃げた。しばらく歩いた後、ためらいぎみに振り返ると、商店はまだ原形をとどめているように見えた。まあ大丈夫なんだろう。気を取り直して、私は海のほうへ向かうことにした。

港は、こぢんまりとした大きさだった。北海道の港は、たとえ小さな集落でも立派に構築されていると、テレビのドキュメンタリーが特集していたのを思い出した。公共事業の金が必要以上に費やされているとの批判番組だったが、少なくとも独鈷路戸にはそれは当てはまらないようだ。なぜなら岸壁のコンクリートが崩れているからだ。なめらかな砂利石がブツブツと露出して、いたるところデコボコだらけで、まるで小規模な空爆を受けたみたいだ。相当な年代物なので補修ぐらいしろといいたいが、この見るからに貧乏な集落にそんな予算などないだろうし、役所に訴えてもあの口の悪い老人たちのことだ。相手を怒らせることはできても、公共事業を獲得することはできないだろう。

私は、海を見ながら港を歩いていた。灰色の雲が低く垂れこめて相変わらずの寒さだったが、風が止んでいたので耐えられないほどではなかった。海水は透き通っていて、とてもきれいだ。都会の、まるでドブ川のように淀んだ海とは、見た目も匂いも違う。すがすがしく軽い磯の香りが貝や砂浜を連想させ、どこか懐かしい感じがしてくる。

岸壁の先に黒い車が一台とまっていた。この朽ち果てそうな町に不似合いな高級車で、その光景のバランスの悪さは不吉だった。

ロクでもない予感がするときは、そこに近寄らないことだが、そういうときに限って私の好奇心は疼(うず)いてしまう。よせばいいのに、殺虫灯に吸い寄せられる蛾のごとく岸壁の先へと歩いていた。

　その高級車のガラスは真っ黒で、内部がまったく見えない。厳(いか)めしいホイールと一桁(ひとけた)のナンバープレートから、持ち主は威圧や暴力を背景とした職業をしていると予想された。好奇心が恐怖心へと一気に萎(な)えた。下手に関わり合いになる前に、その場から立ち去ったほうが良さそうだ。

　眠れるトラを起こさないように、そっと後退しているつもりだったが、意に反して運転席のドアが開いてしまった。ぬーっと出てきたのは、恰幅(かっぷく)のよい角刈りの中年男だ。ある種の悪辣(あくらつ)な気合を発散させているのが、素人が見てもわかった。

「おうっ」

　男はただ呻っただけなのか、それとも私を呼び止めたのか判然とはしなかったが、もしも後者の場合、失礼にならないように対応しなければならない。後でどういう言いがかりをつけられるかわからないからだ。

　とりあえずその場で凍りついて見せて、男の次の言葉を待った。

「おめえ、なに俺を見てるんだ。トッコロのやんしゅうか」

「い、いえ、違います」

　私は即座に答えた。興味本位に見ていたと誤解されたようだ。やんしゅうの意味はわからなかったが、この町の関係者ではないと断言しておいたほうが、この危険な男と関わらないで済むと思った。

男の目玉は乾いていて、常に何かを欲しているようなしつこい目線が痛かった。己の汚れた部分を探られているようで、なんともいえない嫌な気分だった。

「じゃあ、なんなんだ、おめえは」

「あのう、学生です」

「学生って、高校生か」

「いえ、そのう、大学です」

「トッコロに大学なんかあるかよ。おめえは俺をおちょくっとんのか、コラア」

以前、うどん屋でアルバイトをしていた時に、人相の悪いヤクザ風の男にしつこくからまれて、ひどい目にあったことがある。相手は言いがかりをつけることが目的なので、どんなに完璧な返答をしても円満な解決とはならない。あの時と同じ構図が成り立っている気がした。

「ナメてんのか、こらあ」

肩をいからせ、男はさらに強硬姿勢だ。黒い厚手のジャケットの下には刺繍の入った派手なセーターを着ている。この毒々しさは明らかな警戒色であり、迂闊に近寄ってしまったのが失敗だった。わざわざ、いちゃもんをつけられに近づいたようなものだ。

「なんか言え、こらあ」

それにしても、この男はなぜ私などに言いがかりをつけるのだろうか。初対面の、ましてどう見ても金目のものなどもっていない若者を脅しても、一銭の得にもならないだろうに。

「朝から、ガーガーうるせえなあ」

脅かされるままオロオロしていると、背後から聞き覚えのある声がした。一瞬、この危険な男の仲間が来たのかと焦ったが、そこにいたのは昨日のバスに同乗していたネズミ顔だった。

「稼ぎの話でも、してんのかあ」

「じじいが遅えから、ちょっと遊んでやったんだ」

「ジジイにじじい呼ばわりされたくねえべや」

「おめえんとこの孫か、このガキャアは」

「バカこけ、こらあ。このタクランケが孫なわけねえべあ」

ネズミ顔と刺繍セーターの男は、汚い言葉で対等に話をしている。私を不当に低く評価しているのは癪(しゃく)にさわったが、興味深い展開になった。ネズミ顔は、そのスジの人間とも親交があるらしい。どうりで口が悪いわけだ。

「まあ、なんでもいいわ。とにかく、このくそ寒い中で立っているのもなんだ。酒でも呑(の)みながら話すべや」

「ああ、焼酎(しょうちゅう)でもやるか」

二人の会話は調子よく流れている。昨日や今日の付き合いではなさそうだ。

「いいか、おめえはチョロチョロしてねえで、家に帰ってテレビでも見てろ。トッコロのなかをうろちょろするんじゃねえ」

ネズミ顔が私をじっと見つめて言った。厳めしい真顔から、その警告の本気度がわかった。

ヤクザな刺繍セーターは大きく厚い背中を丸めながら、まがまがしさいっぱいの黒い車の運転席に入った。そしてすぐあとにネズミ顔が後部座席に乗り込んだ。助手席に乗ればよいものをわざわざ後ろに座って、ヤクザをまるでタクシー扱いだ。

高級車は一度バックし、方向転換してこちらに前面を向けた。後部ドアの真っ黒い窓がすーっと下がり、ネズミ顔がその尖った顔を突きだして言った。

「早く家に帰れ。母ちゃんはトッコロからは出んからな」

仰々しいエンジン音を響かせて、高級車はどこかへ行ってしまった。

母が独鈷路戸から出ることはないなんて、ネズミ顔はいったいなにを言いだすのだ。しゃくれ顔の分際で母を所有物扱いする言い方が、非常に腹立たしかった。どうしようもなくむしゃくしゃしたので、足元にあった長ひょろい物を蹴ろうとした。昆布かわかめなどの海草だろうと思った。だが違っていた。なぜなら、それは蹴り飛ばされる寸前に動いたからだ。

あれっ、なんだ。おかしいぞ。

風で飛ばされたのだろうか。あらためて蹴ってやろうと近づくと、その長いものは何だかいやらしい動きをしている。中腰になってよく見ると海草ではなかった。もっと肉厚で艶っぽく、なんだか肉のような感じだった。

ヘビか。いや違うだろう。ヘビは変温動物なので、極寒の氷点下では冬眠しているか、まったく動けないはずだ。それに、こいつは赤茶けた生々しい肌をしている。表皮はつやつやして鱗などないし、どうやってもヘビに似ていない。どちらかというと陸より海の生き物みたいだ。ウナギかウツボのような魚を誰かが釣りあげて、この場に放置したのだろうか。あの刺繍セーターが、暇つぶしに釣りなどしたのかもしれない。

それにしても気持ちの悪い生き物で、見ているだけでも吐き気がしてくる。見たところ、目もないし手足らしきものもない。ヒレ類もないので魚類でもないだろう。巨大なミミズのようでもあるが、マムシくらいの幅と長さがある。ウミウシの一種なのか。

そのまま気にしないで立ち去ればよかったのだが、どうにも気色悪いので海に落としてやろうと思った。だが直接素手で触りたくはない。嚙みつかれて、毒でも注入されたら大変だからな。何か道具になるものを探した。白猫の死骸を突こうとした時のようなモップの柄はなかったが、錆びた鉄の棒があった。岸壁のコンクリートの中にあった鉄筋が、その岸壁が崩れて露出し錆びたものだ。それを手にしてみると、ひどく冷たいし錆の粉で手が汚れてしまった。手袋をはめていればと後悔した。

あの白猫の死骸は、まさか動くはずはないとタカをくくっていたので、突然動き出されたときは油断をしてしまった。だから今度は落ち着いて対処しようと思う。だけれども鉄の棒で突くには、その長さが微妙に短かった。下手をすれば触ってしまいそうだ。間違ってもこの物体には触りたくないので、要領よく作業を終わらせなければならない。こんなうねうねした不気味な生物に巻きつかれては大変なことになる。トラウマとなって夢に登場すること必至で、しかも力いっぱいおぞましい悪夢となるだろう。刺激しないように、そうっと真ん中の部分を棒でひっかけ、そのまま海へ放り込んでやる。

そう意気込んで鉄の棒を操るが、柔らかい上に濡れていて、しかもくねくね動き回るので、なかなかひっかかってくれない。焦ってやると勢いで触ってしまいそうになる。ぬるぬると滑りまくり、いつまでたっても棒にはひっかからない。いよいよイラついてきたので、思わず衝動的に鉄棒を振り下ろしてしまった。それがちょうど生き物の真ん中に当たった。急所にでも命中したのか、少しばかり跳ね上がってから、ぐったりとして動かなくなった。

死んだかな。

もしそうなら、それはそれで問題解決だ。暴れないだけやり易くなったので、そうっと鉄の棒にひっかけた。長い奴は二つに折れて、ぐったりと垂れ下がった。あの一撃が致命傷になったようだ。殺してしまってなんだか残酷のようでもあるが、相手はどうせ醜くて役に立たない生き物だ。哀れみなんてかけるだけ無駄というものだ。

棒の先に垂れ下がっているモノから、不快だけれども嗅ぎ憶えのある悪臭が出ていた。糞便臭だった。ぶっ叩いた傷口から、苦し紛れに糞でも出したのだろう。どこまでもロクでもない奴だ。私は鉄の棒ごと海へ投げ捨てようとした。

「ほうら、よっと」

だが、まさにその時、そいつは唐突に動き始めたのだ。

なんだ、死んでなかったのか。意外としぶとい奴だ。醜いうえに往生際が悪いなんて、この地にふさわしい生物だ。あの老人たちと通じるところがあるのではないか。海に放すまえにとどめを刺してやるか。

などと暢気に眺めていたら、そいつがぐるぐると鉄の棒に巻きついてきたではないか。さらに、私の腕の方へとやってくるのだ。

「うわあああ」

握っている鉄の棒をすぐに離したが、もう遅かった。生き物は二の腕に到達し、らせん状にしっかりと絡みついてしまった。

な、なんだこれは。

「はなせ」

とびっきり気色悪い生き物が、そうしようとすればキスできる距離まで接近していた。冗談半分に想像していたことが現実となってしまった。鳥肌が立ちすぎて、大根をおろせるくらいだ。

それにしても、このヘビ状生物の色と形状には思い当たるものがある。こいつを発見した時からそう思っていた。でもまさか、そんなことは有り得ないことだと結びつけないようにしていたのだ。

これは誰でも知っているし、誰もが持っているものだ。しかし、それが単体で動き回ることは不可能だ。なぜなら、それは身体の部分であり個別の器官なのだから。

「この、腸ヤロー」

腸なのだ。人間か熊か、またはそこそこの大きさを持つ哺乳類の大腸か小腸かわからないが、とにかく腸の一部分であるように見えた。どう見てもそうなのだ。いや、絶対そうだ。

まてまて。そう断言するのはまだ早計だ。大腸や小腸が勝手に歩き回るはずがない。肛門をぶらさげた直腸が、海辺でだらりとしていることなどあるものか。とにかく冷静に考えよう。

そうだ、これは奇怪だけれどもれっきとした生物だ。おそろしく腸に似ているが、たんに私が知らない動物なのだろう。田舎の家に泊まると、羽のないマダラ模様のコオロギや、巨大ゲジゲジが枕元を這いずり回ることがあるではないか。ここはコンビニもない僻地だ。都会に住むものがびっくりするような謎生物が徘徊していても、不思議ではない。

ねろっとした体液に包まれた肉色の体軀。なだらかで断続的に波打つ生めかしい表皮。目や鼻といったものがどこにもないが、先端部が口らしきものだということはわかる。後ろは肛門かな。よく神様は、こんな奇怪な外観の生物を創ったものだと感心するよ。

生息地を都市にではなく、北の辺境地域に決定したことには感謝したい。

なんにせよ、とにかく取り払わなければならない。右腕をプロペラのようにブンブン回して振り落とそうとしたが、しっかりと巻きついてビクともしない。消化器官のできそこないみたいな生物のくせして、すごい力で締め付けてくるのだ。

こうなったらやむを得ない。素手で触りたくはなかったが、捕まえて強引に引き剝がしてやる。私は、それの先頭部分を摑んだ。柔らかく温かくて、おまけにヌルヌルしていて、なんともいえぬ感触がたまらなく不快だ。全身の鳥肌が鮫肌に近い状態まで悪化していた。錯覚だろうか、なぜか下腹が締め付けられるような感じがする。理屈抜きの本能的な嫌悪感だ。やっぱりこいつは腸なのではないか。

「痛てっ」

左手人差し指に、針に刺されたような痛みが走った。反射的に手を引っ込めて指を見た。爪のすぐ下に楕円形の痕があり、点々と血がにじみ出ている。嚙まれたのだ。

右手の奴を見た。そうしたら目が合った。いや、実際には目玉はないのだが、チューブのような胴体の突端にノコギリ状のギザギザがあった。それが鎌首を持ち上げているような体勢で、こっちを凝視している。

「この野郎っ」

私は頭にきていた。たかだか腸の分際で人間の腕に巻きつき、さらに恫喝するとは何様のつもりだ。右腕にまとわりついて鎌首をもたげているその頭部を、思いきり摑んでやった。

それはキューキューと鳴き始めた。グロテスクな姿に似合った、じつに醜怪な悲鳴だ。よほど苦しいとみえて、頭部を上下左右に振り回している。ただでさえ異様な見かけなのに、奇声を発しながらのたうちまわる様は悪夢の中の悪夢だ。氷点下の風が当たる手の甲と、ヌルヌルと生温かな手の平が好対照で、気分は最悪だ。

腸と思しき生き物の頭部を力いっぱい締め付けていた。それは頭部を無茶苦茶に振り回して抵抗していたが、徐々に弱ってきた。もう少しで息の根を止めることができそうだ。だけど弱ってきてはいるのだが、なかなか死んでくれない。左手は利き手ではないので、締め付ける力も右と比べて少しばかり弱いのだ。たぶん、こいつは完全に絶命させないと力が弱まらないのだろう。

チューブ状の首を漫然と締め付けるよりも、肉の一点に力を集中したほうが早く死ぬのではないかと考えた。親指の爪先を鎌首の口の少し下に当て、刺すように強く押し付けた。

これは効果絶大であり、弾力のある肉に爪がめり込むほどに、腸はキューキュー鳴きながらのた打ち回った。いけると思い、さらに強くつきたてた。すると、爪が当たった箇所から血が出てきた。真っ赤な色をした血液だ。

この野郎この腸野郎と、夢中で指先に力を込めた。右腕に、わさわさとざわめく感じがジャンパーを通して伝わってきた。締め付ける力は弱くなっているので、巻き付いている生き物が離れようとしていると思った。

しかし、それは間違っていた。この不可思議なやつが、苦し紛れにその長い身体から無数の足を出現させていたのだ。

なんということか、ムカデ状に変異したではないか。無数の足が、防寒着の厚手の生地を削るように引っ掻(か)いている。ジャンパーの表層はすでに毛羽立ち、かぎ状になった無数の足先に、とび出した繊維が絡みついていた。か細い足は見かけよりは強力で、上着の生地は見る間にボロボロになってきた。このまま放っておけば、やがて腕の肉を削るだろう。

「あぎゃ」

わけのわからぬ生き物が腕に巻きついたことで、すでにパニック状態にはなっていたが、これが人体に危害を加える有害な腸ムカデだとわかり、さらに気持ちがおかしくなった。人生始まって以来の、とびきり熱い精神恐慌だ。

「ウオー、ウオー」

思いっきり叫びながらそれを引っぱったが、無数にある足先はすでにセーターを突き抜けて、長袖(ながそで)の肌着を痛いくらいに刺激していた。頭部の鎌首がいやらしく伸び縮みしながら左手の指を噛もうとしている。親指の第一関節には、奴の口から吐き出された唾(だ)液(えき)のようなネバネバの液体が滴り、とろ~りと淫靡(いんび)な糸を引いていた。

これは危ないぞ。私の指の命運はもう風前の灯(ともしび)だ。

「このバカタレ、こんなものちょすんじゃあねえ」

誰かが怒鳴った。小ぶりだがすごく分厚い手が、私の腕に巻きついている生き物を勢いよく摑んだ。腸ムカデは、さらにけたたましく鳴いた。きつく握られて鬱血したのか全体が紫色になり、口からドブ水みたいなドロドロしたものを吐き出した。それはとてつもなく臭くて、まるで腹を下したときの糞便だった。上着と手がその下痢便だらけになった。酷い臭いだった。

「こん畜生やろう、このドドメ色め」

そう叫んだのは、あのネコバスに乗っていたアザラシ顔のじいさんだった。まったく気づかなかったが、その突然の登場は私にとって幸運だった。

アザラシじいさんが、私の右腕にまきついていた生き物を引き剝がした。腸的生物は胴体の中央を握りつぶされ、ぐったりと二つ折りになって、じいさんの手に垂れ下がっていた。口から糞便の残り汁がぽたぽたと滴り落ちている。無数に生えた足もほとんど引っ込んでしまい、数本がかすかに動いているだけで、余命いくばくかであるように見えた。

「死んだのか、死んだのか」

「こいつはなあ、そう簡単には死なねえんだ」

アザラシじいさんはそれを空中に放り投げた。子供が作ったブーメランみたいに滅茶苦茶な軌道を描いて、腸は十メートルほど離れた岸壁の上に着地した。ぺちゃっとした感触の音を響かせた後、ピクリとも動かなかった。

どこに待機していたのか、数羽のカモメが急降下してきて腸をつまみ始めた。野性とは意地汚いもので、あのおぞましい生き物がおいしそうなエサに見えるのか、二羽の大きな奴らが、それぞれ片方の端を咥えて引っぱり合っている。まるで綱引きだ。

「バカ鳥が」

二羽のカモメの引っぱり合いは、すぐに決着がついた。勝ったカモメは獲物を一度地に置いて、クワークワーと自慢げに雄叫びをあげると、あのギザギザの口があるほうをつまんで、おいしく呑みこもうとしていた。

しかし、ぐったりとしてすでに死んだと思われていた生き物が、またまた猛烈に動き出した。そのくねくね運動はとても激しくて、親の敵に出会ったような勢いだ。カモメはそれを咥えたまま食ってやろうとする食い意地だけは変わらず、無理に呑もうとしていた。

生き生きとした弾力を取り戻した化け物の腸は、くちばしに咥えられた頭部を基点として全体を鞭のようにしならせて、カモメの頭や首をバシバシと叩き、しまいにはくるくると巻きついてしまった。あれでは呼吸もできまい。カモメはしばらくもがいた後、腸をくちばしに巻いたままどこかへ飛んでいってしまった。

「あのゴメも終わりだな」

「な、なんなんですか、あのへんな生き物は」

アザラシじいさんは、作業ズボンの太もも部分で手についた不浄の汁をぬぐっていた。

「なんだって、そりゃあおめえ見たまんまだべ」

「見たまんまって、見たまんまは腸にしか見えません」

「ああ」気のなさそうな返事だった。

「ああ、って、腸ですよ。大腸か小腸か人のか動物のかは知らないけれど、とにかく腸が生きているわけないじゃないですか」

「おめえのハラワタだって生きてるんだべあ」

「それは俺の一部であって、生きている意味が根本的に違いますって」

生きている腸、しかも口には歯まであって噛んだりする。怒ると足まで生える。どう考えてもありえないことだろう。モンゴリアンデスワームとかの都市伝説レベルだ。

「なんなんだよ。半分骨になった死骸猫がいきなり走りだしたり、ここはおかしいって」

「気にするな。都会と違って田舎にはなあ、いろんなもんがいるんだ」

「田舎だからって、あんな滅茶苦茶な生き物がいるわけ……」

よからぬ気配を感知し、私は本能的にかがんだ。突然、アザラシじいさんと私の間に毛羽立った物体が落ちてきた。火薬が多すぎたネズミ花火のように勢いよく跳ね回っているのは、さっきのカモメだった。

もがき苦しんでいた。なぜなら、あの腸が絡みつくどころか喰らいついて、しかも呑みこもうとしているからだ。

すでにカモメの大きなくちばしの部分は完全に呑みこまれて、腸が上下に蠕動(ぜんどう)運動するたびにどんどんと侵食されてゆく。息ができなくてよほど苦しいのか、岸壁の上を転げ回りながら翼をばさばさとやるが、腸はがっちりと咥え込んでいて離れない。見ている間に、頭部はもう、赤黒い腸にすっぽりと包み込まれていた。すでに消化され始めているのかもしれない。

「このっ、悪さばかりしやがって、ばかたれが」

アザラシじいさんが悪態とともに蹴りを入れた。老人のつま先は、具合よく腸だけを蹴っ飛ばした。それは勢いよく吹っ飛んでいき、岸壁を越えて海へと落ちてしまった。私は、すぐに際まで駆けよって下を見た。するとあの長い奴は、透き通った海面に浮かんでいた。そして、うねうねと不器用に泳いだ後、底へ潜って見えなくなった。

現場に戻ると、残されたカモメは悲惨なことになっていた。アザラシじいさんが蹴り飛ばした際に、カモメの頭部をすっぽり呑みこんでいた腸が嚙み千切ったのだ。食いしん坊な海鳥は、哀れなことにまっ赤な血を垂れ流して死んでいた。絶命に至るまでよほど苦しかったのか、暴れたときに抜け落ちた羽がそこいら中に散乱して、さらに首から噴出した血がかかり痛ましい光景だった。

「ちらかしやがって」

老人は首なし死骸となった鳥の足をつかんで岸壁際まで行き、それを海に投げ捨てた。あの腸の化け物が海底から湧き上がってきて、カモメの死骸をむさぼり喰ってしまうのではないかと、半分期待しながら見つめていた。だが、奇妙な生き物が浮いてくることはなかった。青く透き通った海面に、憐れな首なしカモメが力なく漂っているだけだ。

「上がってこないようだけど」

「さんざん遊んでやったからな。海の底さ這いつくばって、ヒトデでも食ってんだろう」

ヒトデよりもカモメのモモ肉のほうが美味いのではないかと思うが、なにせ相手は奇怪な生物だ。異常な好みであっても、それは当然だろう。

「ところで、あれはなんなんですか」

あの極めてふしだらな生き物を、なんら躊躇することなく素手で摑んだ行動から察するに、アザラシじいさんは絶対に正体を知っているはずだ。

「ありゃ、ネズミだ。海の底に穴掘って住んでいる海ネズミだ」

「ネズミって」

この頭の禿げ上がった丸顔の老人は、あの生き物をネズミだというのだ。ナマコかウミウシといわれたほうが、まだ説得力があるぞ。

「だって全然ネズミの姿をしてないじゃないか。だいたい、海にネズミがいるのかよ」

「冬は寒くてミノかぶってるんだ。春さなったら脱皮して、チューチュー鳴くってよ」

あくまでもシラをきり続けている。顔がアザラシに似ているだけでも人をバカにしているのに、荒唐無稽な作り話でごまかそうとする態度には、さすがに腹が立ってきた。

「いいかげんな事いうなよ。なにか隠しているんだろう」

「おめえみたいなクソガキに、なして言わんきゃならねえんだ。このバカたれ小便たれが」

ネズミ顔と親しくしているだけあって、このじいさんもよほど口が悪かった。

「ママんとこに帰って、クソして寝ろ」

「な」

そう言って、生牡蠣のようなでっかい痰を私の足元に吐き出すと、さらに汚らしい言葉をまき散らしながらどこかへ行ってしまった。まったく、この町はどいつもこいつもロクでもない。

ふう。

これからどうしようか考えていると、アザラシじいさんが立っていた場所に、金属っぽい物が落ちているのを見つけた。今の騒動で、じいさんの服から落ちたのだろうか。拾ってみると、それはチェーンがついた十字架だった。ロザリオかネックレスの類だろうか。大きさのわりにはずっしりと重かったが、銀色のところどころが黒く汚れている。これを持っていたということは、あのじいさんはキリスト教徒なのか。アザラシじいさんの風体をじっくりと思い出してみるが、どこにでもいる純和風なジジイで、とうていクリスチャンには見えない。通販で安物でも買ったのだろうか。

そのまま海に投げ捨ててやろうかと構えたが、やっぱり止めた。口が悪くとっつきにくいじいさんだが、あの不気味な生物から私を引き離してくれた恩人でもある。ぶっきらぼうであるが、心情的にはネズミ顔よりも少しばかりマシに思えた。安物や偽造品だとしても、これはあのじいさんには大切なものかもしれない。届けてやろうかと思った。でも、アザラシじいさんはどこかへ行ってしまって姿も見えないし、探そうにも私が家なんて知っているわけがない。だまって岸壁にいても戻ってくる保証はなく、たぶん来ることはないだろう。うろうろするなと警告を受けているが、私は日本国民だ。独鈷路戸といえども日本国内であり、国土を歩いて悪いことがあるものか。落とし物を届けてやるという大義名分もある。独鈷路戸に住む皆様の意に反して、このまま徘徊することにした。

港の奥まった場所へ向かった。その辺りに建物が密集しているので、ひょっとしたらアザラシじいさんの家があるかもしれないし、また本人に遭遇する可能性もあるからだ。奥のほうへ歩いていくと仕切られたような一角があり、そこの岸壁に傾斜がついていた。

漁船を陸揚げするためのスロープだ。その傾斜の上に数隻の船が置かれていた。大半が朽ち果てていて原形を留めていない漁船ばかりだ。そういえば、この小さな港には漁船が係留されていなかった。いったいどうやって漁をしているのかと心配していたら、船の墓場の向こう側に小さいのが数隻、隠れるように陸揚げされている。

漁船の陸揚げ場の後ろに、周囲の民家と比べて大きな建物があり、ひとまずそこへ行くことにした。しんと静まった漁港で唯一そこから物音が聞こえるし、なんとなく人がいる気配がするからだ。

建物正面には、小型トラックが余裕で出入りできるだけの大きさのシャッターがあった。それは閉じられて中を窺うことはできないが、シャッターと床のわずかな隙間から水が流れ出ている。水流は細々としているが、なにかの固形物も混じっていて汚かった。下水とまでは言わないが、近寄るとかなり生臭かった。きらきらと光るものがあるので足の先でまさぐってみると、それらは魚の鱗だった。

建物の前に立つと、シャッターの向こう側から物音がはっきりと聞こえた。金属がぶつかり合う打撃音や、ばしゃばしゃとした水音だ。人の大声もしていた。険悪さを感じないのは、それが怒鳴り声ではなく複数の笑い声だからだ。この辺りを見回しても人気のありそうなところは他に見当たらないので、ここにアザラシじいさんがいるのかもしれない。ただしネズミ顔が一緒だと、あのヤクザ者もいるので少しばかり危険である。

そこの中に入ってアザラシじいさんがいるかどうか、適当な挨拶でもしながら確認しようと思うが、どこが入り口なのかわからなかった。建物正面にはシャッター以外出入り口らしきものは確認できない。裏にまわると玄関でもあるのかと思い脇を覗いてみるが、通路には、板切れや使い物にならなくなったボロボロの魚網が複雑に絡み合って山となっている。これでは裏手のほうに行くことができない。

しかたがないので閉じているシャッターの下側を少しばかり持ち上げて、その隙間から中を覗いてやろうとした。アザラシじいさんがいれば十字架を持ってきたと伝えるし、もし傍にネズミ顔とあのヤクザがいたら、その隙間から十字架をそっと投げ入れて、そのまま立ち去ってしまえばいい。顔を合わすと、またなじられたり悪態をつかれたりする。落とし物さえ所持人のもとに戻ればいい。

シャッターの僅(わず)かな隙間に、ほとんどの指をねじり込んだ。カエルが中腰になったように不格好な姿勢をする。シャッターは重そうで、相当な力で持ち上げないと覗き見する隙を得られないだろう。ところが、いざ持ち上げてみると意外なほど軽かった。それどころかガチャガチャと仰々しい騒音をまき散らしながら、あっという間に上がりきってしまった。

「あら」

「あっ」

母だった。大きな黒いゴム製の前掛けをし、ピンクのビニール手袋をはめた母と私が向かい合っていた。

「か、母さん」

「どうしてここがわかったのよ。もう、おとなしく家にいてくれればいいのに」

母が握ったホースの先から冷たそうな水がじゃんじゃん流れ落ちて、コンクリートの床面を伝わって私の靴底を濡らしていた。

「なんだ、誰がきたんだ」

男がやって来た。父くらいの年だが、貧弱なサラリーマンと違って、がっしりとした体格の持ち主だ。母と同じような格好をしている。

「なんだ兄ちゃん、なんか用か」

ネズミ顔ほどではないが、ぶっきらぼうな言い方だ。なぜだか悪さを仕出かしたときのようにドキドキした。私は母を指差して言った。

「ええっと、そのう、母の息子です」

おかしな日本語だと思ったが、相手には通じたようだ。母はため息をつきながら頷いていた。

「静さんの息子さんかい」

「そうなの、冬休みで遊びにきちゃったみたい」

母は突然現れた息子に対し、どことなく迷惑そうな言い方だった。

「そうかい、そうかい。よくこんな辺鄙なとこに来たねえ。ちょっと見ていくかい。今、コマイをさばいているんだ」

コマイとは、この辺の海で獲れるありふれた魚だと母が補足してくれた。鱈の仲間だそうで、汁物にすると美味いそうだ。まだ昼にはなっていなかったが、その汁物をご馳走してくれるというので、しばらく留まることになった。

魚の加工場といっても大きめのガレージに毛の生えた程度で、とてもこぢんまりとした規模だ。魚をどう加工するのかわからないが、風呂桶のような鉄のケースや大きな鍋、ミンチにする機械などがあった。

従業員は母を含めておばちゃんが三人、それにがっちりとしたあの男だけだ。従業員のおばちゃんが社長社長と何度も呼ぶので、彼はこの加工場の社長なのだろう。その気があるのかたまたまなのかは知らないが、母の傍から離れることなく一緒に作業している。二人は必要以上に接近しているように見えた。父が目撃すれば、胸毛を掻き毟(むし)って悶絶(もんぜつ)することは間違いなしだ。

アザラシじいさんがいないので落とし物を渡すことはできないが、ネズミ顔やヤクザなオヤジがいなかったのは幸いだった。従業員のおばちゃん連中は人当たりもよく居心地は悪くないので、社長の好意に甘えて汁物を食べていくことにした。

魚をさばく場所なので当たり前なのだが、加工場の内部はとにかく生臭い。時々腐ったような悪臭がプンと鼻につくこともあった。真冬なのに、こんなにはっきりとした臭気を感じるのは意外だ。冷気が強いと臭いは弱くなるものだと思っていた。そのことを母に告げると、「一年中ここで魚を加工しているんだから、建物全体に染みついているのよ」との返答だった。

加工作業は各自担当が決まっていて、流れ作業だ。コマイの頭を出刃包丁で落とし、内臓をこそげ取って身を濃い塩水に浸す。それらを縄にくくりつけて干していた。母は魚の解体係で、魚干し係よりも汚くてきつい作業に見えた。

建物内部は寒くて、吐く息も白かった。コマイはそれほど大きな魚ではなかった。イワシを二まわりほど大きくしたくらいだ。見てくれは特に美味そうでもなく、またマズそうでもなく、特徴のない普通の魚だ。

「ほら、できたよお兄ちゃん。今朝獲れたばかりだから、なまら美味いって」

おばちゃんが大きな鍋をもって現れた。いつの間に料理していたのか、コマイの汁物をつくってくれていたのだ。

細長いテーブルとパイプ椅子がある場所に、鍋を持ったまま私を引き連れて行った。そこは加工場のカドにある休憩所で、小さな石油ストーブがあって、ちょっとばかり暖かだ。

おばちゃんが、ドンブリをがちゃがちゃと並べ始めた。すると、みんなが手を止めて集まってきた。汁物を囲んでの休憩時間といったところだ。番茶も用意された。

「静さんがつくったら、なんまら美味いんだけどなあ」

「社長は静さん静さんって、ほんとにお気に入りなんだからさあ」

「そりゃあ、とうのたったババアよりも静さんのほうが、ほら、なんとなく、こう、いいんだよなあ」

社長は豪快に笑い、母はそれに合わせてかすかに苦笑いをした。

「ババアで悪かったね」

「ババアのダシでも、美味いんだからね」

「わははは」

ありきたりのドラマみたいな展開に、尻の穴が痒くなった。こんなベタベタした団らんなど是非ともぶち壊したい衝動に駆られるが、大人しくしていることにした。

従業員のおばさんたちは顔も身体も樽のように太っていて、いかにも田舎のおばさん、あるいはおばあさんといった容姿だ。当然のごとく色気などアリの爪先ほどもない。それに比べて母は、四十を超えても太っても痩せてもいなく絶妙なスタイルを保ち、しかも小顔で服のセンスも良い。息子が言うのもなんだが洗練された女性に見える。独鈷路戸にはけして存在しないタイプの女で、脂ぎった田舎者の男心をくすぐらずにはいられないだろう。

「ほれ、美味いぞ」

社長がそういうと、原始人みたいなごつごつした手で、私のドンブリにそのコマイ汁をよそってくれた。投げつけるように乱暴だったために、熱いしぶきが顔に飛んできた。目にでも入ったら大変な事態になるのだが、熱い熱いと騒ぐ私にかまうことなく、社長は母の隣にすわると機嫌よく号令を掛けた。

「ほれ、食うぞ」

従業員のおばちゃんを含めた全員がコマイ汁を食べ始めた。長机の上には、汁物のほかにたくわんなどの漬け物と、得体のしれないゲル状物質が載っていた。

「ガンズのキモをゆでてつぶして、味噌と一緒に練ったんだよ。うんめえよう」と、おばちゃんの一人が説明してくれた。

　ガンズというのが魚なのかヒトデやイソギンチャクの類なのかは知らないが、とにかく目の前の小瓶に詰め込まれている柔らかそうなゲル状物質は、どうやっても道端に放置された新鮮な野グソにしか見えなく、またキモをよほど発酵させているのか、排泄物を連想させる臭いがビンのあたりを漂っていて、とてもじゃないが箸をつける気にはなれなかった。「あとで頂きます」というのが精一杯だった。

　肝心の魚の汁物も、身の部分が見当たらなかった。魚の顔そのまんまの頭部や、ぶよぶよと気持ち悪い内臓類、尾の部分といったマイナーな部位しかない。それどころかドンブリの底をかき回すと、明らかにコマイとは別の種類の魚の頭が出てきた。

「それガンズだよ。頭もおいしいからね」

　箸でつまみあげたそれをマジマジと見つめていると、おばちゃんが教えてくれた。

　エイリアンの子供かと思えるほど、それは奇怪な形状の魚類だった。ウナギの頭部全体が一つの大きな口になっていて、針のような無数の歯がびっしりと並んでいるとでも喩えようか。しっかりと茹で上がってはいるが、なんとも気色悪く、残り少なかった食欲もすっかりくじけてしまった。

「アラばかりっしょ。身の部分は売り物にするから期待しても入ってないんだよ」また またおばちゃんだ。

「アラ？」

「頭とか内臓とかのことをいうのよ。うちでは食べさせたことないから、ちょっとびっくりでしょう」母が説明してくれた。

確かにこれらの部位は、通常廃棄物として捨てられる物だろう。魚の汁物とは聞こえがいいが、実際は残飯ではないか。これでは犬のエサだ。うちのブチのほうがよほどいい食事をしている。母は北国まで来て、こんなものばかり食べているのか。

「魚の本当に美味いとこは、頭とかハラワタなんだよ。身なんか、スカスカして美味くもなんともねえ。まあ、地元のものにしかわからないけどな」

そう言い放った社長は、エイリアンの頭をむしゃむしゃと食っていた。言葉に言い訳がましい感じがあったのは、従業員に廃棄物を食わせている後ろめたさが出ているのだろう。

ちょっと前に腕に絡みついた腸のような生き物に、いや腸だと断言できる化け物にさんざんな目にあわせられたので、内臓いっぱいのこの汁は食いたくなかった。

「あのう、俺帰ります」

「なんだあ、来たばっかりだべあ。なあんも食ってねえべや。もう帰るんかい」

社長は、本当に意外そうな顔をしていた。

「母さんに会いに来たんだべさ。用事はいいのかい」汁を作ってくれたおばちゃんも声をかけてくれた。

気遣ってくれるのはうれしいが、実際のところ母に直接的な用事があってここに来たわけではない。もちろんいろいろと話したいことはあるが、他人の中で家族の問題を開けっぴろげにするわけにはいかないだろう。それは今夜ゆっくりとだ。ついでに、奇っ怪な生き物についても根掘り葉掘り訊くつもりだ。母はなにかを知っていそうな感じがする。

「そうね、あなたは家に帰っていなさい。用もないのにウロウロしていると、怖いお化けが出てくるかもよ。気をつけなさい」母の言葉は、つねに意味ありげだ。

「お兄ちゃん、ほれ、これもってけ」

おばちゃんがガンズのキモ味噌和えを小瓶ごと手渡そうとするが、それは丁重に断った。私は、みんなに礼を言って加工場をあとにした。シャッターを引き上げて外に出たときに、あの人たちをちらりと見た。社長と従業員のおばちゃん連中は汁物をすすり、母の瞳だけが私を追っていた。

港を出て車道を歩き、集落と反対の方へ向かった。枯れた笹が生い茂る丘陵地帯を、足元に気をつかいながら歩く。デコボコしているうえに多少の雪が積もっていて、歩きやすくはなかった。何度かすべって転びながらも、丘の突端にやってくることができた。そこから、私がいまやって来た方向を見た。小高い丘の上は見通しがよくて景色がはっきりと見える。

澄んだ空気の下にたたずむ独鈷路戸の集落は、向こうの丘とこちらの丘の間のわずかな平地にようやくへばり付いていた。行き交う車もなく人も見えず、民家はどれもこれもがボロく、どうしようもない過疎臭が漂っている。高いところから眺めると、あらためてその狭小さと寂しさを実感した。

しばし感慨に耽った後に、防寒着のポケットをまさぐった。ここに来たのは絶景を楽しむためではない。ケイタイを使いたかったのだ。独鈷路戸ではどこにいても圏外になってしまう。見晴らしがよく高い場所なら、たぶん電波を受信できるのではないかと考えた。

思ったとおり、ケイタイは使用できる状態になっていた。SNSやメールを確認する。友人からが多かったが、三咲からも入っていた。しゃれっ気のあるあいさつと、彼女の近況などありきたりの内容だったが、付き合っている女からのメッセージを読むことは、とくに見知らぬ地で寂しいおもいをしていたのでうれしかった。彼女とは付き合ってから二年ほど経つので、一応両親とは会ったことがあるが、結婚の約束をしているわけでもない。私にはその気があるのだが、お互いにまだ若いし、これからどうなるかはわからないからだ。

沙希からは何もなかった。母の様子を気にしてもよさそうなのだが、女子高生の心理は単純なのか複雑なのか推して知る術がないな。

三咲と沙希は後回しにして、とりあえず先に父へ連絡することにした。今日は休日なので、おそらくは家でゴロゴロしているか、近所を徘徊してゴミを拾っていると思われる。

冷えた指で小さな画面をタップする。留守なのか家にかけても誰も出なかった。父のケイタイに掛け直すと、すぐに出た。

「もしもし父さん」という問いかけに返ってきたのは、「ああ」という力のない腑抜けた声だった。

「母さんに会ったよ。元気で暮らしているみたい」

「ああ」

「廃校になった小学校の教員住宅で一人暮らしだよ」

「ああ」

「こっちは信じられないくらい寒いよ。地面が凍ってるんだ」

「ああ」

何を話しても生気の失せた声しかしなかった。微弱な電波を通して、青白くて不健康な顔がありありと浮かんで見える。マネキンに問いかけをしているようだ。父に元気を出させようと、私は許される範囲でうそをつくことにした。

「一応、父さんのことを心配していたよ。そのう、ちゃんと食べているかって」

今度は、ああ、という返事はなかった。しばしの沈黙の後に、「ふざけるな、勝手に家を出て、なにがちゃんと食ってるかって、食ってるよおっ。犬だってワンと鳴けば飯をやるし、クソだってするし、下痢だってするのだっ」と、父はキレた口調でまくし立ててきた。

太平洋を越えた遥か向こう側から、わけのわからぬことを口走ってくる。せっかく母の現状について、父を傷つけないほどに報告しようとしたのだが、鬱屈した怒りをあてられたのではたまらない。早々に通話を切ったが、女に捨てられた男の悲痛な嘆きが耳の奥でまだ蟠っている。よほどのストレスが父の心を蝕んでいるようだ。とてもじゃないが、話し合える状況ではなかった。

父は孤独を自分自身にあてつけているのだ。現状を自らの手で解決しようとしないばかりか、故意に一人であろうとし、マゾ的な領域に自らを追い込もうとしていた。以前の状態を回復してしばらく時間をおかない限り、このタイプの男に何を言っても無駄だろう。意固地な老人や子供がぐずるように、ただ自虐的に自身を貶め続け、その不貞腐れた姿をこれ見よがしに晒しまくる。身近な者にとっては、非常に面倒くさくて迷惑な人種なのだ。

そんなことを考えながら、私は足元の太平洋を見つめていた。薄くなった雲が陽の光の大部分をろ過し、淡い白色の直線光が海を照らしている。無数のさざ波がざわめく海原は、夢の中で幻像を見ているようであり、思わずここから飛び降りて、あの海と同化してしまいたい衝動にかられてしまう。大海の絶景が大好きな母も、ここに立っていることだろう。このえもいわれぬ光景を心に刻みながら、何を想っているのだろうか。

しばらく景色を眺めた後、私は三咲のケイタイにかけることにした。彼女のあの人なつっこい声を浴びて、早いところ父の後味の悪さを消し去らなければと思った。ただでさえ異常な生物に遭遇したり、偏屈な老人ばかりいる田舎町に一人でいるのだ。このあたりで心が温かくならないと、ほんとに気が変になりそうだ。文字のやり取りでは物足りない。ぜひとも声を聴きたいのだ。

「なに、その腸みたいなヘビって」

「腸みたいじゃなくて、ほんとの腸なんだよ。ヘビでもないって。ホラー映画で人の体から出ているやつだよ。ヌルヌルと長くて気持ち悪い色してさ、あれは絶対に腸なんだって」

独鈷路戸に着いてからの奇妙な出来事を、くどくどした口調で話していた。もっと気の利いた話題であればいいのだが、私はこの場所に脳みその髄までどっぷりと浸かっている。素早く移動する猫の死骸とあの生々しい生ける腸のことを、誰かに知ってほしくてたまらない。惚れている女にホラーな話題ばかりで、我ながら無粋であると理解しているが、だからこそ私の話を聴いてくれる相手がどうしても必要だったのだ。

「もう、なに言っているのかさっぱりわからない。動画で見せてよ」

「そんな余裕はなかったんだ。とにかくグロなんだって」

「はいはい」

「あのなあ、もうちょっと真面目に聞けって」

「私もそっちに行こうかなあ。学生生活も最後だから旅したい気分なのよね」

「な、なにいってるんだよ。ここに来てどこで寝るんだ。おふくろの家にでも泊まるのか」

「お母さんと一緒は、ちょっと遠慮って感じだけれども。海の町なんだから、魚介がおいしいホテルとかお店とかないの、北海道なんだから」のん気な口調だった。

「コンビニもとんでもないド田舎なのに、雰囲気のいい店なんてあるわけないだろ。ここには嫌味な老人と魚のハラワタ汁と、うねうねする腸の化け物と、やたらと動き回る猫の死骸があるだけだって」

「へえ、面白そうじゃない。外国人観光客もいなそうだから、静かに過ごせるかも」

　こっちに来たいという三咲の気持ちは、どうやら本心らしい。私が必死になって、ここがいかにロクでもない場所か力説している最中に、独鈷路戸までの詳しい交通機関を尋ねてきた。生まれも育ちも都会の彼女は、さびれた田舎というものをわかってはいない。

　ここに面白いことなど何もなく、ただどうしようもない都会との格差を否応もなく実感するだけだ。おまけに独鈷路戸は偏屈な老人たちの巣窟で、しかも鳥肌が立ちそうな不気味な生き物までその辺をうろうろしている。母だっているのだ。

「そういえば、居酒屋で沙希ちゃんを見かけたよ。なんかすっごい化粧して、悪そうな子たちと一緒だったけれど、大丈夫なの」

　三咲にいわれるまでもなく、沙希のことは非常に気になっていた。女房に見捨てられ、絶望感で気持ちが腐ってしまっている父は保護者としての適格がなくなっているし、私も家を離れてしまったので、妹が好き勝手をしても誰も止める者がいない。残る家族は犬のブチだけだが、番犬にもならないほど気弱なあいつは、沙希に叱咤されただけで下痢が止まらなくなる性分だ。たまには夜中に出かける不純な女子高生に吠えて嚙みついてもよいのだが、そんな大それたことはできないだろう。母親がいれば、なにかと反発はするのだが、ふしだらな行動には一応の歯止めがかかる。やはり母を説得して連れ帰り、もとの平和な家庭に戻さなければならない。

第三章　儀　式

三咲には、くれぐれもこちらに来ないようにと念を押して通話を切った。独鈷路戸までの交通機関をネットで調べると切りぎわに言っていたが、泊まる所がないとわかると諦めるだろう。ホテルや旅館がなければ、私のいるあの小さな家に泊まらなければならない。三咲は誰とでもすぐにうちとける気さくな性格の持ち主だが、半面気が強くプライドの高い女でもある。たとえ一晩だけでも、あの母と一緒の家にいることはないであろう。

通話を切ってから気がついたが、おとなしかった海風が強くなっていた。身を突き刺すほどの冷気が下から吹き上がってくる。斜面にへばり付いている枯れた笹の葉が、その風に促されて、かさかさと小気味良い音をたてながら揺れていた。季節が初夏ならば素敵な午後を過ごせそうだが、極寒の僻地のさらに海に突き出した丘の突端では、なんともいえぬ寂しさが漂うだけだ。

いま私のいる場所からは、若干標高が高い岬が向こうに見える。直線距離ではそれほど遠くはないが、そこへ行くのには私がいる丘を下って、そして再び向こうの丘を登らなければならない。どちらの斜面も急で、多少なりとも雪があるので危なそうだ。いったん車道に戻って、ぐるっと一回りすれば安全に行けそうなのだが、それもなんだか面倒くさい。多少の困難は暇つぶしの余興と考え、私はずるずると斜面を下った。

なぜ向こうの丘に行きたいのかというと、岬の先っぽに興味深い建物があったからだ。それは円柱を縦に半分に切ってそのまま寝かせたようなかまぼこ型で、牧場の納屋などによく使われているものだ。ここから見ればそうでもないが、実際は大きな建物で、大型のトレーラーが数台入ってもまだ余裕がある。以前、牧場に泊まり込みのアルバイトをしたことがあるので、私はよく知っていた。納屋に積まれた干草の中で寝込んでしまい、子羊に顔を踏まれたこともあった。

海へと突き出した丘の上に牧場があるとは思えず、いったい何の目的であのような場所に建てられたのか不思議に感じた。なによりも興味を惹かれたのは、薄曇の淡い光に包まれたそれが異様なほど赤いことだ。紅の色というよりも、茶色に近い濃い錆色だ。この町同様朽ち果てているのだろうか、陰鬱で諦めきった雰囲気がまとわりついていた。廃墟にありがちな気配が漂っているのだ。このまま母の家に帰っても退屈なだけで、時間をもてあましてしまう。あれがいったいどういう建物なのか、廃墟探索もいい暇つぶしになるだろうと思った。

これぐらいの斜面ならと軽く考えていたが、見ると行くとでは大違いで、赤い建物にたどり着くまでに大変な苦労をした。特に谷の底の部分は腰まで雪が積もっていて、歩くというよりも漕いで進んだ。また、納屋がある側の丘の斜面は思ったより急で、群生する笹をロープ代わりにつかんで登らなければならなかった。油断して腰をあげると、後ろにひっくり返って滑落しそうになる。息をきらし必死になって登った。笹の葉で手が傷だらけになり、おまけに雪で冷えてしまったので指の感覚がなくなっていた。そしてようやく半円形の赤い納屋に着いた時には、身体は汗だらけだが、雪で濡れてしまった手と足の指先は、凍傷になったのかと心配するぐらいに冷え切っていた。

凍えた手に熱い息を吹きかけながら、私はあらためて納屋を見た。予想したとおり、この建物が赤く見えたのは錆だった。それも半端なレベルではなかった。金属から錆が浮き出しているというよりは、錆そのものを吹き付けているというべきだ。錆という微生物が異常繁殖し、納屋全体を何層にも重なり覆っている感じだ。まさに廃墟にふさわしい状態だが、不思議にも建物自体に穴が開いていたり崩れていたりといった様子はなかった。通常であれば納屋はボロボロに崩れはて、骨組みだけの無残な姿を晒しているはずだ。だがこれは錆だらけながらも、その形をしっかりと留めていて、しかも堅牢ささえ感じるのだ。

納屋側面から正面へと移動した。建物の入り口は丘の突端、ちょうど太平洋を向いていた。そこから下は断崖絶壁などではなくて、デコボコのほとんどない少しきつめのスロープが、石だらけの海岸まで続いていた。角度はなかなか急なので、スキーやスノボーで滑走すると、あの冷たそうな海まですごい勢いで突っ込めるだろう。

納屋入り口の大きな引き戸は閉まっていて、人の顔面ほどもある大きな錠がかけられていた。その錠に錆がまったく浮いていないのは、けっこうな頻度で使用されているということだろう。とするとこの真っ赤な廃屋には人の出入りがあることになり、何かの目的で使用されているのだ。

納屋に近づくほどに変な臭いがしてくる。鉄臭いような、それでいて肉が腐ったような、あきらかに不快になる種類のものだ。相当な臭いのもとが、この辺りに存在していることになる。近くに動物の死骸でもあるのかと見回したが、そのようなものはなかった。どうやら納屋の中から洩(も)れ出ていると考えられた。

入り口から脇へ回り、そして後ろへと歩いていった。正面の扉は、あのバカデカい錠からして開くはずがない。納屋には反対側にも出入り口があるので、後ろにいけば鍵(かぎ)がかかっていないドアがあるのではないかと思った。この独特な悪臭が好奇心をくすぐるのか、不法侵入だと知りつつ、私はどうしても中に入りたくなっていた。

後ろに回って、まず目に入ったものは墓だ。納屋の後部から少し離れた箇所に盛り土があった。あきらかに場違いな場所に、それは一つだけぽつんとあるのだ。

よく見慣れたその墓に違和感をおぼえた。それはテレビや映画によく登場する典型的な墓なのだが、私の心情とは相容(あいい)れなかった。なぜなら墓標が墓石ではなく、木製の十字架だからだ。

独鈷路戸に教会らしきものは、私が見たかぎりにおいてはなかった。外国人の墓だろうか。老人ばかりの寂れた漁村に十字架の墓標は不自然だ。それほど手入れされていないのか板がところどころ欠けて、しかも少しばかり前のめりに傾いている。誰もこの十字架の魂を鎮めに来ることはないのだろう。無縁墓地に近い感じだった。

　寒風に侵食されるままの十字架を見ていると、なんとなく可哀相な気持ちになった。外国人かクリスチャンか知らないが、墓標が壊れかけているというのは不憫だ。ちゃんとした姿勢に戻してやろうといじっていると、板が腐っていたのか根元部分から折れてしまった。どうせ世話する者のいない見捨てられた墓なので、このまま放っておいてもどうということもないのだが、私としてはやはり気が引けてしまう。

　木製の十字架を両手に抱えてひっくり返したりしていると、板の裏側に文字が記されているのを見つけた。横文字のそれはナイフで荒く削ったものだ。

　カタカナでブラッドと読める。文字はまだ続いていたが、下のほうは判別できない状態だった。かなりの期間潮風にさらされていたのか、木目が傷んでいた。ローマ字の一部が読み取れるが、単語や文章として認識できるほどはっきりとはしていない。

　この無縁墓地に眠る人物はアメリカ人かイギリス人、もしくはどこかの英語圏に国籍を持つ外国人だろう。独鈷路戸にいかなる縁があったのかはわからないが、このようなうら寂しい場所に埋葬されたまま放置されるとは、よほど好かれていなかったか。あるいは、閉鎖的な村落に溶け込むことができなかったか。宣教師が布教にやってきたのだが誰にも受け入れられず、失意と孤独のなかで死んでいったのだろうか。

そんなことを考えながら、折れた墓標をもう一度たてようとするのだが、地面が凍っていてなかなかうまくいかない。土を足で削ったり、無理矢理刺そうと四苦八苦していた。すると物音が近づいてきた。人の話し声と、締まった雪を踏みつける音がした。誰かがやってきたのだ。

十字架を強引に地面に突き刺すと、急いでその場を離れて笹原の中にうつぶせになった。誤って墓標を壊してしまった以外、とくに悪いことはしていないのだが、この場にいるのを見られるのはマズいとの確信があった。十字架は何とか地面に刺さったものの、かなり横に傾いて、ちょっとのはずみであえなく倒れてしまいそうだ。

納屋の後ろには道がついていた。車が一台やっと通ることができるほどの幅しかない。もちろん舗装など施されているはずもなく、少しばかりの雪と枯れ草が、ちょぼちょぼと芽を出しているだけだ。夏になったら草が繁茂して、道そのものが消滅するような獣道である。

その道をやってきたのは、またしても老人の一行だった。十人くらいが列をなして歩いて来た。遠くてはっきりと顔が見えないが、昨夜のあのネコバスの乗客みたいだ。ひょっとすると皺婆（しわばばあ）もいるかもしれない。ひそひそと押し殺したような老人たちの話し声を聞くかぎり、楽しそうな様子ではなかった。

「あっ」

少しばかり声を出してしまった。あわてて雪と笹の中に顔を伏せた。顔面と耳の付け根がちくちく痛くて、とても冷たかった。幸運にも私の声はあそこまで届かなかったようで、どうにか見つからずにすんだ。

母がいたのだ。老人たちの列の一番後ろで、配達用といっていたあの錆だらけの自転車を押していた。ところどころ雪が吹き溜まっている凍てついた獣道を、荷台によほど重量のあるものを載せているのか、うつむいた格好で辛そうな足どりだった。

私がまだ幼い頃、母は自転車の前部の籠に沙希を、後ろに私を乗せて、よく買い物に行っていた。上り坂になると重くて漕げなくなるので、うんしょうんしょうんしょと、一人つぶやきながら自転車を押していた。あの当時の母と目の前にいる母が記憶の中で重なり、切ない気持ちになった。

母を含む老人の団体は、私が壊してしまった十字架の脇を素通りし、さらに納屋の側面を通過して、あの大きな南京錠がかかった入り口へと向かっていた。

この納屋の不思議なところは、海に向いたあの前面にしか扉がないことだ。墓がある後ろ側にも出入り口くらいあってもいいはずなのだが、じっさいはないのだ。壁の材質があきらかに違っている箇所があるので、もともと出入り口はあったと思われるが、どういうわけだか封鎖している。ふつうに考えれば本来の入り口は後ろ側だろう。あんな場所に出入り口の扉があっても、トラクターなどは出入りできないだろうに。なにか特殊な事情がありそうで、ますます気になってきた。

私は、母と老人の一団に見つからないように伏せたままだった。笹があるとはいえ、冷たい地面にへばり付いていたのですっかり身体が冷えた。これ以上伏せ続けるのが辛いのと、母たちが何をするのか気になっていたので、見つからないようにあの一団の後についていった。

母たちは、入り口の扉の前に一塊になっていた。ばあさんの一人が南京錠を開けて、団子虫の集団のような塊がぞろぞろと動き出した。全員が納屋の中に入ったので、私も扉のすぐ前まで行った。巨大な南京錠はすでに解かれていて金具にぶらさがっている。傍らに母の汚い愛車が停めてあった。あの腐ったような臭いは、ますますきつくなっていた。

納屋の扉は、開けるときは左右のそれぞれを引き、閉めるときは真ん中で合わせるタイプだ。ありきたりの引き扉で、それが少しばかり開いている。扉をしっかりと閉めなかったのは、ここには関係者以外の人間が来ることはないし、またここに至る道も知らないからとタカをくっていると思われる。たとえ泥棒がいたとしても、遠目にも廃屋然とした錆だらけのこの納屋に、金目のものがあるとは思いつかないだろうからな。

早速、扉の隙間から中を覗いた。建物自体もさることながら、この古い納屋でどんなヘンテコなことをしているのか興味津々だった。臭いからして加工した魚の干し場かもしれないが、それにしては年寄りたちは手ぶらであった。唯一、母が自転車の荷台に物をくくり付けていたが、大量の魚を詰め込むには、その入れ物が小さいように思われた。

開いていた扉の隙間は五センチくらいだったが、覗き見するには十分な幅だ。顔を近づけると強烈な臭いが鼻を突いた。やはり納屋の中に悪臭の根源があるようだ。隙間から見える内部は薄暗かったが、天井のほうからは仄かな光が降りてきている。この納屋には窓がなかったので、内部にある照明器具からだと思うが、大して役にたっているようでもなかった。それにしても、電柱も電線も見当たらなかったのに、電灯があること自体不思議なことだ。

入り口からちょっとばかり入ったところで、老人たちは横一列に並んでいた。それら多くの猫背の向こうに大きな物体があった。正面から見ているので、それの奥行きはよくわからない。先端が船の舳先のように尖っていて、その後ろから支柱のようなものが立ち、操縦室のような箱形の部屋もあった。ここから確認できる形状は漁船によく似ている。まあ種類はわからないが、なんらかの船であることは間違いないだろう。甲板上に立つ支柱には真ん中付近で横に一本の棒が交差している。見た目はちょうど十字架のようだ。奇妙なのは、その十字架にたくさんの布がかけられているのだ。それらはどれもこれもが千切れたみすぼらしい布で、雑巾の見本市でもしているのかと思えるほどだ。おまけにひどく汚れていて赤黒くなっていた。

支柱のほかにも、甲板上には何だかわからないものがある。ごちゃごちゃして複雑そうな感じだ。ひょっとするとこの船自体が魚などを干す特殊な機械で、自動乾燥機か自動内臓抜き取り装置なのかもしれない。とにかく船にしても甲板上の加工機械にしてもひどく錆びついていて、もう朽ち果てる寸前といった体だ。しょっぱい水の中に数十年放置したら、こんな異様な風体になるだろうか。さらに奇妙なのは、錆だらけの廃船のくせに生々しいというか瑞々しいというか肉っぽいというか、とにかく新鮮に感じることだ。機械というよりも、生き物に似たオーラを感じた。

老人たちは、その舳先の前にただ黙って立っているだけだが、一人だけせわしなく動いている人物がいた。

母だ。

水差しみたいな汚らしいプラスチック容器を持ち、白い息を吐き出しながら、年寄り連中と船との間を何度も行き来していた。容器の中身ははっきりと見えないが、なんだかドロッとした黒い液体を、その奇妙な船の底のほうに注いでいた。

腐肉や汚物を連想させる悪臭が、どうしようもなく強くなっていた。その風が吹き抜ける場所にいる私は、むせかえる衝動と同時に吐き気までもがこみ上げてきていた。臭いは、どうやらあの船から発せられているようだ。

くさやなど魚の干物のなかにはひどい臭いを放つものがあるので、もしあれが魚の加工機械なら、これだけの悪臭を放つのも頷けるが、暗い室内で僅かな光を背に受ける異様なそれは、とてもじゃないが食べ物を作るものという感じではなかった。どう見ても腐りきった幽霊船が、怨念を抱いたまま鎮座しているように見えた。

私は、禁忌とされているものに触れようとしているのか。これは、独鈷路戸という集落自体の秘密なのかもしれない。

空気が完全に静まっている中で、母が一人でしゃべり始めた。ひどく暗鬱で、耳を塞ぎたくなるような陰気さだ。その響きが暗示するものを思い浮かべることは、精神に深刻な打撃を及ぼさずにはいられない。虫唾が走るどころではないのだ。まかり間違って想像してしまったら、全身に浮き出た大きな鳥肌の一粒一粒を、肉がボロボロになるまで掻きむしってしまうだろう。

母が発しているのは言葉ではなく、なにかの擬音でもなかった。動物や虫の鳴き声を真似ているわけでもない。どう表現したらよいだろうか。ぐちゃぐちゃと形容しがたい、例えばムカデやゲジゲジの類が何匹も耳の奥に入り込み、頭の中の柔らかくて敏感な器官を、わさわさと刺激しながら脳髄の縁を齧っているような、そんなどうしようもない不快さだ。

なんなんだこれは。こんな発音は人間には不可能だ。本当に母が言っているのだろうか。

それに、ああ、なんてことだ。船の様子がおかしいぞ。垂直に立てられた柱についているたくさんのボロ雑巾状のものが、風もないのにひらひらとなびいていた。まるで母が口にする呪わしい歌声に、ぴったりと合わせているようだった。土台になっている船体が小刻みに震え、その響きが地面を伝わって私の足裏まで達した。構造物全体が、まるで意思をもって応えているかのようだ。

なぜだか知れないが、母の声を聴いているうちに、それを知っているような気がした。なつかしい感情がふっとわき起こり、ひどく不気味であるのにもかかわらず、私の心をまさぐるのだ。と同時に、この響きに親和的になるのは危険だと、やはり心のどこかが訴えていた。

母の声が大きく、甲高くなっていた。船の震えもますます強くなり、もはや躍動といってもよいくらいだ。あの漁船のようなものが魚のハラワタ取り機か自動乾燥機で、たまたま電源が入って稼動し始めたのかもしれないが、そうでない可能性のほうが高そうだ。

とにかく何かが始まりそうな予感があり、どうせそれはロクでもないことであるとの確信があった。また、私にとって唯一である母親が、その中心にいるのは悩ましいくらいに重大事だった。家出したうえに、おかしな儀式の生け贄にでもされたら大変だ。もう、どうにも目が離せない状況なのだ。

この現場を去る前に惜しいと思ったのは、老人らと母が行う秘密めいた儀式の顚末を、最後まで見られなかったことだ。幸運だったのは、覗き見に夢中になっていたのにもかかわらず、この納屋に近寄ってくる人の気配を察知できたことだ。

男の大きな話し声が聞こえてきたのだ。私は覗きをしているという後ろめたさから一瞬、身体が固まって動けなくなった。しかし男たちは地声が大きいだけで、声のわりには思ったよりも接近しているわけではなく、まだ逃げる余裕があった。

一呼吸おいてから蹴飛ばされるように走り出すと、またもや笹の中へ倒れこんだ。草陰に伏せて息を潜めていると、話し声がどんどん大きくなってきた。やってきたのはネズミ顔とあのヤクザオヤジ、それともう一人、長身でメガネをかけた若い男だ。若いといってもこの集落ではのことで、見た目はだいたい四十くらいだろうか。私が中学生だったころに、大嫌いだった理科教師によく似ていた。

大きな声で話しているのはネズミ顔とヤクザオヤジで、長身の男は黙って二人の後ろをついてきていた。ネズミ顔がなにか言ってはヤクザオヤジが下卑た笑い声をあげている。話の内容はどうせ猥雑(わいざつ)で反道徳的なことだろう。

男たちが納屋の中へ入っていった。長身の男が扉の前で防寒着の上着をぬいだ。すると白衣が現れた。聴診器を首にかけてはいなかったが、その姿はどうみても医者だった。あるいは何かの研究をしている科学者だろうか。

老人にヤクザに医者と、どうにも変ちくりんな組み合わせだが、いったいこの中で何が行われているのか。さっきの母の行動はとても奇妙で、あれではまるで新興宗教の儀式ではないか。この絶望的なほど傷んだ納屋も魚の加工作業場とはとても思えず、怪しさがいっぱいだ。やはり何らかの秘め事が行われる特別な建物なのだろうか。漁船のような肉っぽくて生々しいあの構造物も、大いに気になるところだ。

再び覗き見という破廉恥な行為に及ぼうとしたが、白衣の医者が納屋に入る際に、引き戸をきっちり閉めてしまったのでかなわぬことになった。なんとかこじ開けようかとも思ったが、扉は重そうだし、間違って音でも出して見つかったら面倒なことになる。ジジババだけならまだしも、真っ黒い高級車に乗っていたあの男は、どう考えても危険だ。この場は無理しないほうが賢明だろう。ここらあたりが引き際だと判断した。

覗き見に夢中で気がつかなかったが、辺りはもう暗くなり始めていた。冬の空には薄い雲がかかっていたのだが、水平線のはるか向こう、空と海が接触するあたりは雲がきれていた。そこから凍えきった冬の夕日が、己の血液である朱色にたぎった光の直線を照射している。母お気に入りの赤子の血とまではいかないが、太平洋に突き出したこの丘の上からの景色は、何度見ても飽きない。壮観であるが、また同時にどうしようもなく寂しくて、心を打たれずにはいられなかった。孤独というものを強く意識するし、ひどく衰弱した精神に心ゆくまで浸りたいと、自虐的な想いに没頭してしまう。

これは死ぬ時に思い浮かべるべき光景だろうか。この寂寞(せきばく)とした物悲しさに比べれば、血生臭い地獄も、また闇すら呑み込む虚無も価値がないように思える。それらは過度に演出的であったり、あるいはまったく逆に飾らなすぎなのだ。

母たちがやってきた道を下って帰ることにした。これ以上ここで粘っても納屋内の秘め事を見ることはできないし、耐えられないほど寒くなってきて、もう我慢の限度をこえている。さっきのことは、母が家に帰ってきたらそれとなく訊いてみようと思った。もし母が奇妙な新興宗教に嵌(はま)っているのなら、穏便に諫(いさ)めればいい。彼女は賢明な女である。じっくりと説得すれば、一時の気の迷いだと気づいてくれるはずだ。

身を卑屈に丸めながら、納屋の脇を気づかれないように忍び足で進んだ。連中には見つからないと思ったが、用心するにこしたことはない。ネズミ顔に口汚く罵られるのは不快なことだが、あの派手セーターの男に恫喝されたら、身体の芯まで凍りつきそうだ。愛犬ブチではないが、それこそ下痢が止まらなくなってしまう。

あんな危険な男が出入りする納屋に母も同じく出入りするとは、無関係とはいえないだろう。暴力組織な男と何らかの関係があるということだ。もしそうなら、それこそ生まれつき臆病な父が出る幕はない。ただ指をくわえて物陰からチラ見するか、ぶつぶつと独り言を撒き散らしながら地団駄を踏むだけだ。私も静子の息子だからといって、容易に近づける雰囲気ではなかった。そう考えたくはないが、なんらかの犯罪に関与している可能性を覚悟したほうがよいのかもしれない。

家族が知らないうちに、母は随分と遠い場所までやってきたようだ。

スーパーで半額の品物を嬉々として買ったり、だらしのない亭主の陰口を叩くことに午後の時を費やし、日々派手になっていく娘の容姿をヒステリックに怒ったり、飼い犬が粗相した不浄の塊を家族の非難に臆することなく素手で片付けたりしていた、あの母がなつかしく思えた。

帰る際に、外国人の墓標を確かめてみた。傾いてはいたがまだ倒れてはいなかった。老人連中も母も気づくことなく通過したみたいで、やっぱり大した人物ではなかったのだろうか。

危なげに傾いでいる十字の木片を眺めていて、ひょっとするとこの死んだ外国人が、さっき拾った十字架の持ち主かもしれないと考えた。死んでしまった故人の持ち物をあのじいさんが盗んだのかもしれない。いかにも手癖が悪そうなので、その可能性はかなりあると予想できる。だとしたらこの十字架は、本来の持ち主に返すのが適切だろう。たとえ人違いであっても咎められることはないだろうし、こういう縁起物をいつまでも持っていたくはなかった。それにたとえアザラシじいさんに届けても、憎まれ口を叩かれこそすれ感謝されることはないとの確信があった。

私は、十字架のチェーンの部分で丸い輪をつくり、観光客を迎えるハワイのフラダンサーみたいに、バチが当たらぬようにゆっくりと親しみをこめてかけようとした。

「うわわ」

その時バランスが崩れてしまい、前のめりに墓標に抱きついてしまった。斜面を歩きすぎて、足が疲れきっていたようだ。墓標は根元が折れていて、ようやく地面に立っている状態だ。しっかりとした支えがないわけで、私はそのまま勢い余って倒れこんでしまった。

なんとも具合の悪いことに、墓のすぐ後ろは傾斜のきつい下り坂になっていた。いや、坂というには急すぎるが、かといって崖というにはちょっとおおげさだ。どちらにしても転げ落ちるには絶好の傾斜だった。

「あひゃあ、あひゃ、おひゃ」

恥ずかしい声をまき散らし、私はコロコロと転がり落ちて行った。回転している最中に大した痛みも衝撃も感じなかったのは、落ちてゆく感覚に気が遠くなっていたわけではなく、たんに地面が柔らかかっただけだ。斜面に繁茂した笹がクッションとなって、衝撃を緩和してくれていたのだ。

転がり落ちて行くうちに一瞬重力を忘れ、そしてすぐに着地した。どうやら一度空中に投げ出されたようだ。通常なら大怪我をまぬがれないが、そうはならなかった。落ちたところが、ふかふかとして柔らかなのだ。

地面が硬い岩盤でなかったのはよかったが、頭を逆さにしての落下は気絶するには十分な衝撃だった。しばしの間、私の意識は飛ぶこととなった。

目が覚めると、ぐにゃりとして濡れた感触が全身を覆っていることに気が付いた。辺りは真っ暗で何も見えない。とても嫌な臭いがしている。この臭気にはおぼえがあった。獣と小便と、それとゴミ箱の臭いだ。いや、違うか。もっとひどい。放置して腐るにまかせた弁当箱の中身みたいだ。

立ち上がろうとして地に手をついた。しかし、左手はずぶずぶと埋まって支えにならない。まるで砂の中に手を突っ込んでいるようだ。ただし濡れていて、木の枝みたいな細くて硬いものがあった。

非常に嫌な予感がした。いったいなんなのだろう。そもそもここはどこだ。あの丘から転がり落ちてきたので海岸付近だと思われるが、それにしては暗すぎるし、圧迫するような閉塞感がある。洞窟か窪地にでも嵌ってしまったのか。

首筋がチクチク刺激されていた。安物の毛羽立ったマフラーでもしている感触で、あまり気持ちの良いものではなかった。手で触ってみるとやはり布地が首に触っているようだが、暗いのでさっぱりわからない。懐中電灯などもっているはずもないし、タバコも吸わないのでライターもない。なにか明かりになるものはないかと考えて、ケイタイがあるのを思い出した。画面のバックライトが手元を照らしてくれるだろう。

さっそく液晶画面の明かりを、いま寝そべっている柔らかいものに当てた。ちなみに時間を確認すると、私は一時間くらい気絶していたようである。

なにやら雑巾の塊みたいなものがあった。ムカムカするほどの悪臭が鼻をつく。この山のように捨てられた布切れは、掃除か何かによほど使い込まれた後に捨てられたと思われる。そうでなければ、こんな強烈な臭いを発しないだろう。

薄汚れた雑巾には動物の絵柄が描かれていた。妙に違和感のある柄だ。ケイタイの画面をくっ付けるようにして、まじまじとみた。

それらは絵なのではなく本物の動物だった。それもごくごく身近でありふれた存在だ。猫なのだ。このつぶらな瞳とコケティッシュな三角形の耳は、間違いなく子猫のものだ。

「うっわ」

予想もしない事実に、私の身体は硬直した。もう戦慄どころの騒ぎではない。地面に山と積まれた汚らしい雑巾は、じつは猫なのだ。私は無数の猫が敷き詰められた場所に落下したのだ。怪我がなかったのは、猫たちがその身を挺して緩衝材となってくれたからだ。

しかも、私を柔らかく受け止めてくれたこの猫たちは、おそらく死んでいると思われた。そう、間違いなく息絶えているはずだ。なぜなら、この肺腑をえぐるような悪臭は死んだ猫たちの死臭だからだ。

すぐさま立ち上がり、ここから出ようとした。だが一歩踏み出すたびに、足がズブズブと沈むので容易に進めない。肉の激しく腐った臭いが吐き気を誘う。足首にまとわりつく猫の感触は、ゆるいくせに粘りがあって、その気色悪さに頭がおかしくなりそうだった。

とにかく歩いた。ねっとり柔らかいものが、常に下半身にしがみついているのが嫌でたまらなかった。猫の絨毯はどこまでも続いているように思えた。この窪地か洞窟がいったいどれくらいの広さなのか、感覚がつかめない。暗闇の中を、それこそ手探りの状態でさ迷っていた。

久しぶりに硬い感触が足元から伝わり、ガシャガシャと音がした。猫の毛皮ではない何かを踏みつけたのだ。そこを照らしてみると、新聞紙があった。角が黒く焦げている新聞紙の束だ。誰かが焚き火でもしていたのだろうか。幸運だったのは、新聞紙の傍らにひどく錆びてはいるが、使い捨てのライターが捨ててあったことだ。

新聞紙を丸めて簡単なタイマツをつくり、捨ててあったライターで火をつけた。期待していたほどの明るさではなかったが、ケイタイの画面よりは、よほど頼りになるものだった。新聞紙をかたく絞ると火持ちがよくなる。いくつかの新聞紙タイマツを作り、歩きながらそれらを地面へ置いて歩いた。すると、私が今いる場所の全容が、徐々にあきらかになってきた。わからないほうがよかったと後悔したが、それは後の祭りだ。

「ひっでえなあ」

仄かなかがり火に点々と浮き出た光景は、悲惨の一言につきた。

小さな公園ほどの窪地の中に、猫の死骸が無数に敷きつめられているのだ。猫たちはただ漫然と死んだのではない。首がもがれていたり、四肢がバラバラにされたり、どれもが凄(すさ)まじい姿にされていて、五体満足な死骸は一つも見当たらなかった。骨と皮だけになっているものや、真っ赤な肉が生々しく露出しているものもある。あるいは骸(むくろ)のすぐそばに、内臓だけがこんもりと盛られていたりもした。灯(あか)りに浮かび上がるどれもこれもが、無残に引き裂かれている。見たところ子猫が多いが、大きなものや犬らしき動物も交じっていた。

あることを思い出した。独鈷路戸に来るとき乗ったバスだ。後部座席に、猫が入ったズタ袋が山と積まれていた。あの可哀相な猫たちがズタズタに引き裂かれて、ここに投げ捨てられたのではないか。あれだけの数の猫を持ってきたのに、町に動く死骸以外の猫など見なかった。小さな集落で飼いきれる数ではない。そうだ、そうに違いない。現に、子猫が押し込められていたズタ袋も、あちこちに散乱しているではないか。

あの納屋の中でやっていた儀式めいた出来事と、無関係ではないだろうと思った。新興宗教のたぐいか、または古くから伝わるこの町の土着の儀式か。どちらにしても愛らしい動物をとっ捕まえて惨殺するとは、えらく狂った教義だ。こんなにたくさんの猫が犠牲になるなんて、どれだけ強欲な願い事をしているのだろうか。

かすかな気配を感じた。私は首を傾げた。ちろちろと燃える新聞紙のすぐそばで、腹部が縦に裂けた黒猫が小刻みに震えている。赤く尖った舌が、何度もおのれの鼻先をなめようと空をさ迷っていた。はにかんだような、笑ったような表情がえもいわれぬほど不気味だ。腸がとび出してとぐろを巻いているが、まだかすかに息があるようだ。痛々しくて堪らなくなった。ホラー映画は胸のむかつきを覚えながらも直視できる。あれは画面に映し出された虚構だからだ。だがこの猫は現実だ。血も肉も生々しくて、私はどこにも逃げ場がない。ひどい臭いもする。これ以上この悲惨な有り様を味わいたくないと、切実に願った。

なでるような感触を足首に感じて、まず初めになにを直観しただろうか。三咲がふざけて触っている。エサをくれると勘違いしたブチが、うれしさのあまり舐めまくっている。あるいは捻挫した足首を母の手がいたわっている、というところだろうか。

いや、そんな上等なものではないだろう。

何事が起こっているのかを確認するには、それ相応の覚悟をきめなければならない。

一瞬後、冷えた生唾（なまつば）をゴクリと呑み込んでから下を見た。

私の足首を刺激しているのは、ミミズだった。ズボンの上からでもこの感触を知ることができるので、それはもう長くて巨大な奴だ。しかも両足首へ器用に巻きつき、さらに強く締めていた。

な、なんだ、これは。こんな大きなミミズがいるわけがない。目の錯覚か。放置されていたロープがたまたま巻きついてしまったのだろうか。

私はペンギンのようにヨチヨチと歩いて、燃えている新聞紙のすぐそばまできた。両足の自由を奪っている赤い鎖は、仄かではあるけど熱い炎によって露（あらわ）になった。

「うぎゃあああ」

あの化け物腸だった。真っ赤に充血した腸が、私の足首に巻きついているのだ。ただ、港にいた奴よりも細かったが、そのことが慰めになるかといえば、答えは否だ。

「うわ、うわっ、あああ」

とにかく逃げようと、とっさに走ってしまった。両足首を縛られた状態になっているので、走ろうとすれば当然のごとく転倒する。私は一歩も進めないまま地に伏すことになり、なかば骸骨となった猫の牙（きば）に額をかじられてしまった。

顔の痛みよりも、足に巻きついているものが死ぬほど気になった。こいつはカモメの頭を食い千切って、アザラシじいさんが海に投げ捨てたあの不浄の腸と同類だ。かなり細くなっているが間違いない。早くどうにかしなければ、あのカモメの頭のように私の足首も食い千切られてしまう。しかし、この気色悪い化け物を素手で触るのは、絶対に嫌だ。

半分パニックになりながら、座ったままで後ろに進んだ。そんなことをしても、足に絡みついた化け物を取り除かないと状況は良くならないのだが、とにかく動揺していて正しい判断ができないのだ。

どれくらい動いただろうか。猫の死骸をかき分けて後退したので、私が通ってきた跡には道ができていた。その道の真ん中に一本の赤いスジが走っていて、私の足まで続いている。それは港で会った腸よりも、よほど長かった。

尻を基点として、縛られた両足を空に向けてむちゃくちゃに振り回した。腹筋がかなり痛んだが、そんな些細(ささい)なことにかまっていられない。

だが細長い化け物腸は、がっちり巻きついてほどける気配がなかった。それどころか振り回せば振り回すほどに、きつく締まってくる。しかもこいつは足首では物足りなくなったのか、ふくらはぎの辺りまで巻きついてきた。

「ヒーヒー」と情けなく叫びながら、再び後退した。腸はピンク色の体をヌルヌルと蠕動させながら、すでに太ももを撫(な)で回している。もうじき股間(こかん)にも到着しそうだ。

両足を大仰に振り回していると、何かを引っぱっているのに気づいた。それがなんだかすぐにわかった。腹が破れて、さらに内臓が露出していた大きな黒猫だ。私の下半身に巻きついて締め上げている腸は、死んだ黒猫にも結びついていた。いや、違う。これは猫の腸だ。死んでいるはずの猫の内臓が、どういうわけか化け物になって私に襲いかかっているのだ。

首に生ぬるい感触がまとわりついてきた。何かが触っている。反射的に両手で摑んで引き剝がし、まじまじと見つめた。ゴムよりもやわらかいそれは、やはり腸だった。下半身に巻きついていた猫の腸が、いよいよ上にまでやってきたかと焦ったが、よく見ると下のやつより太くて、しかも繫がっていなかった。

ぶん投げた。そいつはブーメランのように回転しながら空を切った。そして不運にも、タイマツ代わりに燃えている新聞紙の上に着地した。

聞くに堪えない叫びを発しながら、くねくねと跳ね続けていた。新聞紙の燃えカスが方々に舞う。呆然としながらその光景に目を奪われていると、左手の甲にいやらしい違和感を覚えた。ゆっくり視線を落とすと、思ったとおり腸が私の手に巻きつこうとしていた。こいつも下半身に巻きついているのとは別の腸だ。また、腰の辺りにも尻にも感触があった。私はすぐ近くにあった新聞紙タイマツを右手でつかんで、それを大きく左右に振った。

「あぎゃあ」

いるわいるわ、そこいら中にうじゃうじゃと。長いのも短いのも、どいつもこいつも一面に敷きつめられた猫や他の動物の死骸の間から這い出して、ウネウネと蠢いているのだ。

鳥肌どころの話ではない。脳みその髄まで汚らしい汚水に浸されたような、なんとも形容のしようがない気色悪さだ。もうたまらない。これはなんだ、なんなんだ。ここはもう、巨大ミミズの化け物に満たされたプールではないか。

強迫的な衝動が、意外な踏ん切りと力を与えることがある。私は下半身に絡みついている大猫の腸を握り締めた。思いっきり引っぱるが、こいつの力は強く容易にはいかない。引き剝がす決心がついた。見た目は細いのだが、強靭(きょうじん)なヘビと格闘しているかのような錯覚を受けた。ぬるぬると濡れて滑る感触が、耳の内側をいやらしく撫でる。どうにも剝がれないので爪を立てて引っ搔くようにすると、キューキューと、例のごとく醜く啼(な)くのだ。

じつに頑強だった。頭にきたので、そばに落ちていた木の枝を折って、その鋭くさされた先端を、股間の上にいるやつに突き刺してやった。

「きゅぴぴー」と、けたたましい悲鳴だった。血か体液かわからないが、赤茶けた汁が噴出した。ひどい臭いがするので、糞便混じりなのかもしれない。下半身を締めつけている力が弱くなった。

ためらうことなく第二攻撃を食らわしてやった。苦しげに汚いものを吐き出している先端部を見つけて、間髪いれず、その口の中に棒切れを刺し込んだ。そして、親の敵とばかりに力いっぱい搔き回した。

不浄の生き物は緊縛を解いて、傍らにゆるくとぐろを巻いた。そして伸びたり縮んだりしながら、もがき苦しんでいた。

化け物となった腸が、辺りに敷きつめられた大量の猫、あるいは犬や他の動物の死骸から、いやもっと正確に言うと、それらの腹の中から這いずり出ている。そう信じたくはないが、私を目指していた。これはマズいと悟った。

「うわっ」

突然、空から何かが落ちてきた。猫の死骸だった。

「なんだおい、誰かいるのか」

野太い男の声がした。上を見ると、闇を背景に小さな丸い輪郭が浮き出ている。暗くて誰だかよくわからない。

「た、助けてください」とりあえず、そう言った。

「またおめえか」

その声には聞きおぼえがあった。一日に二度も遭遇するなんて幸運なのか不幸なのかわからないが、間違いない。アザラシじいさんだ。

「なしてこんなとこにいるんだ。さっき家さ帰れって言ったべあ」

「転げて落ちちゃったんですよ。上がろうとしても足場がないから、どうにもならないんです。それに、港にいた変な生き物がたくさんいて、とにかく助けてください。お願いします」

上空はしんと静まり返っていた。返事がない。アザラシじいさんの、あの特徴的な丸顔のシルエットも消えていた。こんなに頭を下げているのに、あえなく見捨てられたのか。

「こっちさ来い」

突然、襟首を摑まれて後ろに引っぱられた。そのままずるずると引きずられるように、後ろ向きに歩いた。私の下半身に巻きついていた大猫の腸は、だらりとだらしなくのびていた。それを小ぶりな奴らが忙しくつっついている。弱った仲間をよってたかって貪り食っているように見えるが、最後まで見届ける前に私は半回転させられ、アザラシじいさんと対面することとなった。

「まったくこの野郎は、ちょろちょろしやがって、ばか者が」といわれた。

「うう、でも」

「帰れって言ったべあ、いうこときかねえから穴さ落ちるんだ、この小便たれ」ともいわれた。

「いや、それは」

「ガッチャキがあ」といわれるに及んで、無性に腹が立ってきた。好きで転げ落ちたわけではないし、猫の死骸と、その蠢く付属物に弄ばれたわけでもないのだ。なんていい草なんだよ。

「どこにいようと勝手じゃないか、小学生じゃないんだ。それにここはなんだよ。猫の死骸だらけで、あの腸の化け物の巣窟だ。猫はあいつらの餌か。あいつらはあんたが飼っているのか」

「ふざけたことぬかしてんじゃねえ。好きこのんでこんなもの飼うわけねえべあ」

「しらばっくれるな。上から猫の死骸を投げ落としたじゃないか。港にいたやつも、ほんとうはあんたのペットだったんじゃないのか」

しばらく睨み合っていたが、意外にもアザラシじいさんのほうが先におれた。

「まあいい。こんなとこでじょっぱり合ってもしゃあねえ。とりあえずこっちさ来いや」

敵意のこもった一瞥をくれると、アザラシじいさんは歩き出した。大きな懐中電灯をもっているので、楽に進むことができる。私もすぐ後について歩いた。するとなんのことはない。脱出不可能と思われた窪地には、窮屈だが上にぬける道がちゃんとあったのだ。登りきって窪地の縁から下を覗いた。アザラシじいさんが照らしてくれたので、つい今しがたまで私がいた場所を見渡すことができた。

猫や犬たちの墓場だ。同時に、化け物たちの巣窟でもあった。死骸はやつらの餌ではない。死骸の一部がやつらだ。死んだ猫や犬の腸が、どういうわけか主人から独立した生き物となって蠢いているのだ。

「これは、あのバスにいた猫たちだな。殺してここに捨てているのか」

「余計なことに首突っ込むな。おめえは知らんほうがいいんだ」

「なんだって、こんなひどいことをするんだ。あんたら鬼か」

この町の老人たちは、野良犬や野良猫を拾ってきては小さな袋に押し込み、血も涙もなく引き裂いて、そして無残に投げ捨てている。

「うるせえ、トッコロにはトッコロのやり方があるんだ。よそから来たタクランケがうだうだ言うな」

アザラシじいさんの言葉に、多少の後ろめたさを感じた。口が悪いのは相変わらずだが、ネズミ顔とは違い、多少は良心の欠片（かけら）を持ち合わせているのだろう。

私たちは少しの間黙った。寒さが身にこたえる前に、知るべきことを訊き出すことにした。

「猫の腹から出てるあの化け物は何なんだよ。あんたらが作ったのか」

「バカこけ、このう。だれが好きこのんで、あんなものこしらえるわけねえべあ」

「じゃあ、あれはなんだよ」

アザラシじいさんから懐中電灯をもぎ取り、足元の向こうを照らした。たくさんの死骸とともに蠢く化け物を、老人はためらいぎみに見下ろした。再び暗闇に沈黙が続く。

私は辛抱強く待った。

「どうしようもねえんだって。腹裂いて血を抜くときによ、どうやってもあいつらができちまうんだ。あの本の力がああするんだって。どうしようもねえんだ」

「腹裂いて血を抜くって、まさかそんなひどいことをしているのか」

子猫の腹部を生きたまま切り裂いているのか。信じられない。正気の沙汰ではない。

「それに、本ってなんのことだよ。なんなんだよ、説明してくれよ」

「だから、あのアメリカ人の本が」

「それ以上しゃべるな。このバカたれが」

その声は後ろからだった。小さな人間がすぐ傍までやって来ていた。反射的に懐中電灯を向けると、見慣れてはいるが歓迎したくはない顔があった。ネズミ顔だった。

「都会のアホガキには関係ねえことだ。これ以上首を突っ込むんじゃねえ。バス出してやるから、とっとと帰れ」

「急に帰れって言われたって、そんなの無理だよ。第一、うわっ」

言い終えないうちに、私は押し倒されてしまった。ネズミ顔の背後に別の数人がいたのだ。どいつも老人ばかりだが、象に圧し掛かられていると思うぐらい凄まじい力で押さえつけられた。身動きがまったくできない。私は仰向けにされた。黒い夜空を背景に、いくつかの顔が私を覗きこんできた。あの理科教師に似た白衣の男も見えた。器用にジャンパーをぬがされて、右腕の袖をまくりあげられた。肘にひどく冷たい感覚が当たった。地面に押しつけられているので雪に接しているようだ。裸となった右腕に鋭い痛みが走った。ああ、ほんとに寒いなあと思った瞬間、私はどこかへ落ちてしまった。

ぅう。なんだか、頭が重くてめまいがする。ひどく嫌な気分だ。胸もむかついて気持ち悪い。これは吐いてしまうだろうとの予感がした。それにひどく寒いし、全身が濡れているような感じがする。すぐにでも目覚めるにこしたことはないが、でもなんだかとても眠くて起きる気になれない。しばらくうとうとして誤魔化していたが、どうにも吐きたくなってしまった。

「うえええっ」っと、こみあげるままに胃の中のものを逆流させた。苦い胃液がちろちろと出た。

漁船の縁につかまって、吐き気がおさまるまで出してやろうとがんばることにした。ゆらりと波立ち透き通った海面を見ながら、これはたぶん船酔いだろうと判断した。私は乗り物には弱いのだ。

な、なんだ。

いったい、なぜ船になど乗っているのだ。あらためて居場所を確認した。どういうわけか、小さな漁船に乗っていた。釣り船なんかよりよほど簡素なつくりで、操舵室なんてものはなくて、ただ平たいだけの味も素っ気もない船だ。カップルが公園の池でいちゃつく、あの手漕ぎボートを二まわりくらい大きくした程度だ。船には、私を包みこんでいた魚臭い毛布以外なにもなかった。

漁船には後ろに動力となる船外機がついているものだが、この船にそのようなものはなかった。舵らしきものも見当たらない。海は静かで凪いでいるので、とりあえず転覆することはないと思うが、まったく安心はできない状態だ。

半紙のような薄い雲をとおして、少しばかり威厳のなくなった陽が降りそそいでいる。

ハッとして時計を見た。正午を数分すぎたところだ。ここにいる以前、私はどこでなにをしていたのか、まったく思い出すことができなかった。軽くパニックになったが大きく深呼吸をして心を落ち着け、徐々に記憶を掘り起こした。

そうだ。港でヤクザなオヤジに因縁をつけられて、変な生き物を見つけたんだ。どうみても哺乳類の腸のそれをカモメが食って、いや違う。カモメが食われたんだ。そうだそうだ。頭からガブリとやられてネズミ顔、じゃなくてアザラシじいさんが助けてくれて、それで母が働く魚の加工場で汁物を食わされたんだ。たいして美味くない汁だ。帰りに納屋を見つけた。母や老人連中、それに変な白衣の男だ。ネズミ顔もいたっけ。墓標を壊してすまない気もした。

それから化け物の巣に落ちてしまった。いったいどんな化け物かというと、犬や猫の死骸から、なぜか自立して生きている腸だ。大腸か小腸かあるいは直腸かは知らないが、その独特の形状となまめかしい色合いから、とにかく腸だと断言できた。そいつらに身体をまさぐられていると、アザラシじいさんが連れ出してくれて、そしてどうなったんだろう。

私は船の縁から少しばかり身を乗りだして、意味もなく海の水を触ってみた。冷たさよりも先に潮の香りが鼻についた。数秒遅れて海水の温度を知ることができた。しびれる指先を大気で冷やしながら、さらに記憶の向こうをまさぐってみた。

ネズミ顔だ。あのじいさんが突然現れたんだ。そして、ほかのじいさん連中と理科教師みたいな白衣男に、無理矢理押さえつけられてから気を失ったのだ。

それがなぜ海の上の小船で、私は一人きりになっているのだろう。気を失っているうちに、私が自らの意思で船に乗って海へと出たのか。

いや、そんなことは不可能だ。誰かに気絶させられてからこの船に乗せられ、さらに海原に放置されたと考えるのが自然だ。そんな犯罪まがいの行為ができるのは、ネズミ顔と独鈷路戸の老人たちだろう。皆に押さえつけられた時に、薬を打たれた可能性がある。ためしにジャンパーをまくしあげて腕を見た。献血針を刺す部位に青い内出血の痕があった。これは間違いなく注射をされた証拠だ。

はるか向こうに陸地が見えるが、かなり遠くて泳いでたどり着ける距離ではない。たとえ近くであっても、真冬の北海道の海水温では、水浴びした程度でも心臓が止まってしまうだろう。アザラシでもない限り、飛び込むのは自殺行為だ。

いったいどうしたらよいのか、私は途方にくれてしまった。たまに意地悪く吹きつけてくる寒風に震えたまま、どういうわけでこんな事態へと放り込まれたのか考えた。

独鈷路戸の住人に死ぬほど嫌われていたからか。でも、そんなことはバスを待っていた、あのレンガ廃屋でわかっていたことだ。私を嫌っている以上の理由がなければ、小船に人を乗せて放置するような殺人行為などしないだろう。

とすると考えられるのは、あの納屋での出来事だ。秘密の宗教儀式を他人に知られてはまずいのか。しかし、私の覗き見はバレていないはずだ。

では、あそこだ。数え切れないくらいたくさんの犬や猫の死骸が敷きつめられたうえに、彼らの内臓がうねうねと動き回る怪奇な窪地。あの場所は町民以外には見られてはいけないのだ。アクシデントとはいえ、私は不用意にも立ち入ってしまった。そして、呪わしくも惨たらしい現場を見てしまい、さらに触られたり巻きつかれたりもした。

禁忌とされているものに触れた者はどうなるか。ドラマや映画では、ガラスを叩き割ったような効果音とともに窮地にたたされる。私も絶体絶命な状況に陥ってしまった。コマーシャルでも入ってくれれば多少の慰めにもなるのだが、これは逃れようのない現実なのだ。

魚臭い布を頭からかぶりながら、私は怯えていた。このまま凍死するか、そのうち海が荒れて船が転覆するか、どちらにしてもたっぷりと苦しんで死ぬことになる。いっそのこと自殺したほうが、苦痛が長くないだけよいかと思ったが、死ぬだけの度胸がないし、ここではその方法もひどく寒そうだ。

半泣きしながら鼻水をすすっていると、陸地のほうから何かが近づいてくるのが見えた。船だ。まっすぐこちらにやってくる。これは救助に来たのかと思い、不安定な足場をものともせず、大の字になって飛び上がり喜びを表現した。

しかし、すぐに屈んだ。もし独鈷路戸の港からやってきたのなら、乗っている人間はネズミ顔の一派だ。助けに来たのではなくて、まだしぶとく生き続けている私にトドメをさしにきたのかもしれない、との深い考えにたどり着いたのだ。

全身に汚い布をかぶって、その場に腹ばいになった。一応隠れているつもりなのだが、当然のごとく見つかるだろう。引きずりだされて海に放り投げられる、あるいは先が尖(とが)って、みるからに痛そうな銛(もり)で串刺(くしざ)しにされるのだろうか。ロクでもないことばかり想像して余計に寒くなった。小便が漏れそうだった。

船がすぐ近くまで来ている気配がした。私はボロ布に身を隠したまま、ひたすら緊張していた。

「おいっ、まだ生きてっか。もう死んじまったか」

聞き覚えのある声だった。独鈷路戸の住民に間違いないが、ただちに敵と判断するには少しばかり躊躇(ためら)いがあった。少なからず不安をかかえたまま、頭だけをひょっこりと出した。

「おお、いたか。海っ風にあたってなんまら寒かったべ。早くこっちゃ来い」

便所ほどの小さな操舵室がある、こぢんまりした漁船であった。私がのっているボートにぴったりとくっ付いている。波の上下で船と船とがぶつかり、がつんがつんと音がした。

「ほら、手をつかめ」

アザラシじいさんが手を差しのべてくれた。ごつごつとした皺(しわ)とシミだらけの手が、このときばかりはとても頼もしく思えた。どうやら助けに来てくれたようだ。

だが私は、あえてその手を無視して無言のまま自力で乗り移った。助けてもらったのはたしかにうれしかったが、もとはといえばネズミ顔やアザラシじいさんがこの状態にしたのだ。冗談だといって、今さら謝っても遅いというものだ。

「なして不貞腐れてんだべ。いいか、おめえはこのままほったらかしになってるとこだ。この潮目は沖のほうさ流れてるべや。今んところはめんずらしくベタベタの凪ぎだがな、すぐに荒れて、おめえの乗ったチンチン船なんか、ちょっとばかし波かぶったくらいでイチコロよ」

この言い方には腹が立った。まるで、助けてやったから涙を流して感謝しろと言っているようだ。普段から私は温和でキレない男と友人たちから評されていたが、このときばかりは違った。

「うるせーじじい、ふざけてんじゃねえぞ。俺を眠らせて、そのチンポコ船に無理矢理のせたのは、いったい誰なんだよ」

アザラシじいさんは、私を無視して操舵室に入った。苦笑いすらしなかった。ひび割れたエンジン音とともに、船は真っ黒な排気煙を空にみまった。唐突な加速感に私はよろめいてしまい、あやうく海に転落しそうになった。まったく、何もかもが遠慮なしだ。船はそのまま陸へと疾走していた。アザラシじいさんは無口だった。私は甲板上で仁王立ちしながら、寒風と吐き気を耐えていた。

漁船は、独鈷路戸の港には向かっていなかった。少し右側に針路をとっていることに、私は安堵した。独鈷路戸に入港した途端、ネズミ顔一派にとっ捕まって、海に放り出されることになるのが予想できるからだ。やはりアザラシじいさんは味方、といえないまでも、少なくとも私に危害を加える気はなさそうだ。仲間を裏切ってまで助けてくれる理由がわからないが、とりあえずよかった。なにせ、危うく死ぬところだったのだ。

　少しだけ右に向かっていると思ったが、実際に着いてみると、港からはかなりの距離があった。あの錆(さび)だらけの納屋がある岬を一つ越えているので、独鈷路戸の港はおろか、町までまったく見えない場所だ。私にとっては好都合だが、船着場が問題だった。

　岩場に桟橋はあるのだが、とうの昔に使用済みになっていたようで、骸骨のような鉄骨の骨組みに、朽ちた木の板が申し訳程度に乗っかっているだけだ。しかも、骨組みは半端なく錆(さ)びている。極端に細くなって、崩れている箇所が結構あった。

「落ちるなよ。浅く見えっけど、なまら深えからな」

　漁船は、桟橋の突端に舳先(へさき)を突っ込んでいた。ロープなどかける箇所がないので、エンジンを微妙にふかしながらその場に留(とど)まっている。

「さっさと行け。町のもんに見つからないようにして都会さ帰れ。静さんも安心するさ」

「ひょっとして母さんが助けろって言ったのか」そうであれば心強い。

「いいから行け」

「でも」

　アザラシじいさんがしっしと手をふる。母が絡んでいるのなら、是非とも事情を訊(き)きたかった。だがエンジンをふかして急(せ)かすので、私は降りざるをえなかった。漁船はすぐに離れていった。

栈橋の残骸は非常に危なかった。腐りきった木板を踏み抜かないように歩くのは不可能なので、錆びた鉄骨フレームの部分を綱渡り師のように歩いて地面にたどり着いた。振り向くと、アザラシじいさんの船は遥か遠くにいた。

さて、どうやらこの町にはいられないのはわかった。母の家に戻っても、ネズミ顔一味に見つかれば、再び拉致されて太平洋に放置されるだろう。船酔いは、二度とごめんだ。

ジャンパーの内ポケットにケイタイがあった。気づかなかった私も間抜けだが、取り上げなかったあの連中も意外と詰めが甘い。船の上で気づいていたら警察に通報していたのに。

そうだ、いまからでも遅くない。さっそく通報してやろう。電波状態は奇跡的に圏外ではなかった。

その時、唐突に呼び出し音がなった。死ぬほどびっくりして、危うくケイタイを落としかけた。着信は三咲からだ。

「ようやく通じた。何回もかけているのに」

「ああそうか、ごめん。その、いろいろあって」たしかに数回の着信はあったようだ。

いま私が遭遇している困難な状況を、彼女に話してよいものか迷ってしまった。余計な心配をかけたくないし、何が起こっているのか、筋道立てて説明するのは難しい。

「そう、ところで私、近くにいるの」

意味がわからなかった。「はあ」と返すのが精いっぱいだった。

「だからあ、独鈷路戸の近くにきてるの。あと一時間半もあれば着くと思うけど」

三咲と話したのは昨日だ。それがなぜ北海道にいるのだ。

「暇だったし、冬の北海道っていいじゃない。なんか、おいしそうなものも食べたい」

という能天気なノリで、今朝の便で来てしまったらしい。冬季キャンペーン中で、空港近くのレンタカーが格安で借りられたと喜んでいた。

「もうちょっと早く着くと思ったけれど、冬道って怖くてスピードだせないのよね」

「ちょ、ちょっと待て」と言ってみたが、何と言えばよいのか後が続かなかった。

「というわけで今晩泊めてね。ネットでホテルさがしたけど、なんかそこの町、全然ないんだよね。とりあえずおばさんの家にいくしかないみたい」昨日の電話で、うかつにも母の家の大まかな場所を話してしまった。

三咲が町にやってきて私の知り合いだとわかれば、あの連中に拉致されて太平洋に流されてしまう可能性があるぞ。犬猫を躊躇なく殺す奴らだ。女子供でも容赦しないはずだ。

「だめだ、三咲、絶対に来るな。いますぐ引き返せ……」

ケイタイが沈黙しているのに気づいた。タイミングよくバッテリー切れになったと思いきや、圏外表示だった。ちくしょうと叫びながら振ってみた。ケチャップではないのだからそんなことをしても無駄なのだが、ものは試しということもある。なにが幸いするか、やってみなくてはわからない。

だが幸運は、すぽっと手の平から滑って落ちてしまった。フジツボだらけの岩場に衝突し壊れたのだ。

ああ、しまった。余計なことをしてしまった。まだ誰も助けを呼んでないのに、唯一の通信手段を失ってしまった。

これはまずいことになった。三咲が独鈷路戸に入る前に阻止しなければならない。一度、町にもどって公衆電話を見つけ出して連絡をとるか。いや、だめだ。独鈷路戸の中をうろつくのは危険だし、それになんということだ。私は三咲の携帯電話番号をおぼえていなかった。

とにかく三咲を助けるために行動しなければならない。そうだ、独鈷路戸の手前で三咲のレンタカーを止めよう。賢明な彼女のことだ。事情を説明すれば納得してくれるだろうし、ついでに私も逃げることができる。この血迷った町に母を残したままにするのは気が引けるが、私と三咲だけではどうしようもない。態勢を立て直して、それこそ機動隊でも引き連れて戻ることにする。

桟橋のある岩場から、高くも低くもない丘を歩いて車道にたどり着くころには、相当に疲れていた。周辺には家がなく茫漠たる原野のみだ。独鈷路戸には海沿いの一本道しかないので、この道を左に戻って行けば町を通りこして逆側の道にいける。そこで三咲の車が通りかかるのを待っていればいい。海岸からここまで来るのに三十分以上かかってしまったので、あと一時間も残されていない。ぐずぐずしてはいられない。ただし、町の中は通れない。誰かに見つかれば終わりだ。適当なところで、迂回するルートを見つけることにした。

自分のことでも精一杯なのに、恋人の命まで心配しなければならないのがつらかった。どうにも気が焦ってしまい、知らず知らずのうちに走っていた。空腹だったことに気づいたが、どうでもよかった。体力にはそこそこ自信があったのに、やたらと息があがる。まるで標高が高い場所にいるみたいだ。

町に入る前に舗装道路から外れて、どこからか迂回しなければならない。原野といっても背丈ほどの低木が散在するぐらいで、ほとんどが枯れ草だ。多少歩きづらくなるくらいで、それほど困難ではなかった。

車道を離れて原野地帯を前進した。小高い丘を越えて急な坂を転げ落ち、ふたたび小山を登る。寒くて暑くて息が切れた。きつい行脚ではあるが、止めるわけにはいかない。誰かが背後からつけてくる気配がして何度も振り返ったが、人影は見えなかった。気のせいだろうか。私は、ずいぶんと臆病になっていた。

息を切らしながら走り続けていると、ゴミ捨て場のような場所にやってきた。廃車や壊れた農機具、冷蔵庫、溝がなくなった古タイヤ、切断された船の舳先など、およそ使用価値のなくなった物が山のようにあった。スクラップ置き場といってもいいかもしれない。打ち捨てられているどれもが猛烈に錆びついていて、薄く白けた原野に赤茶けた色彩がどぎつく映えた。まったく、この町は人も物も、何もかもが感心するくらいに錆だらけだ。

廃ショベルカーの脇に小屋があった。錆びた鉄板で覆われた小さな建物だ。はじめは便所かと思ったが、壁から先端がT字型の煙突が出ており、ついでに煙もあがっていた。廃棄物置き場に人が住んでいるとは思えないので、休憩小屋か何かで使っているのだろうか。粗末な造りではあるが、火の気があるので中はさぞかし暖かいのだろう。

私は疲れていた。咽(のど)が渇いていたし、汗が冷えて寒気がしている。もしも休憩場所であるなら人がいそうだが、逆にいないということも考えられた。昼休みで弁当を買いに出かけていたり、作業が終わって帰宅していたりしてもおかしくない。煙突からでる煙は残り火の可能性がある。

そう都合よく考えたのは、二、三分でいいから腰を下ろして休みたかったからだ。最近では記憶にないほどの距離を、全速力で走るだけ走った。しかも氷点下の原野を、我が身と恋人の命の危機に焦りながらである。息を整え体力を回復させないと、気持ちがくじけてしまいそうなのだ。

我知らず小屋の前に立っていた。ドアに耳を当てて、中の様子を確かめてみようと思った。人の気配がしたら即刻立ち去ればいい。誰もいなかったら、少しだけ温まっていきたい。糖分たっぷりの炭酸飲料でもあれば、一気に飲み干したいところだ。

そう考えていると、突然、ドアが音もたてずに開いた。

しまった、油断してしまった。見つかってしまったか。すぐに逃げなければならないと焦ったが、とっさのことで身体が硬直して動かなかった。

直ちに、取り押さえられることを覚悟した。だがネズミ顔やヤクザオヤジ、あるいは意地の悪い老人たちはいなかった。生暖かな空気と共に私を迎えたのは、細い竹竿(たけざお)の先端だった。そして万年床に寝ている女が、竹竿の片方を握っていた。薄っぺらな布団に仰臥(ぎょうが)したまま、棒でつついてドアを開けてくれたのだ。

ドアを開けるために棒を使っているところをみると、床から出られないほど体調が悪いのだろうか。永らく病を患っていると思われた。

室内は茶室なみに狭く、女の寝床とストーブで、ほぼスペースの大半を占めていた。ストーブの脇には、薪(まき)に使う廃材が積んであった。台所も便所もない。玄関すらなかった。小屋には小さな窓が一つあるだけで薄暗かった。ただ小汚い外観とは違い、物はないが比較的きれいな部屋だった。少なくとも錆だらけではなかった。

「人の気配がしたものだから」と女は言った。もう竹竿を手放していた。

「寒いからお入りなさい。心配しなくてもいいの。今日はもう誰も来ないから」

私が独鈷路戸の連中に狙われているのを知っているのか。ここの住人なら当然知っているだろう。だけど、女からは敵意らしきものは感じられなかった。

「いや、その、急いでるんで」

「いいじゃないの。ばあちゃん以外の人なんか滅多にこないから。それに若い男の人が来るなんて、はじめてで」

　女は首だけこちらに向けて、中に入るよう目配せした。顔だけしか見ることができないが、歳は私と同じくらいか、もう少し上かもしれない。かなり病弱なのだろうか、小さな顔は青白く、いかにも寝たきりといった印象だ。この小屋を含めて周囲の何もかもが薄汚れているが、女は清楚な感じがする。寝具も安物ではあるが、きれいに保たれて不潔感はなかった。

　彼女のいうとおり、ほかに人の気配はない。ほんの少し、五分くらいなら休んでも三咲の迎えには間に合うはずだ。病弱な女一人で、若い男をどうこうすることはできないだろう。危険はないと判断できる。

「それじゃあ、少しだけお邪魔します」

「はいどうぞ。風が入ってくるから、ドアはきちんと閉めてね」

「あ、はい」閉めるのは人まかせだ。

　初対面の人間と話している感じがしなかった。どこかで会っているような親しみを感じたが、そんなことはありえないので気のせいだろう。

「私、体が悪くて動けないから、お茶は自分で入れて。おなかが空いているんだったら、シシャモあるから」

ストーブの上に熱いヤカンが置かれている。お茶の葉もコーヒーも見つからないが、湯のみ茶碗はあった。シシャモは棒を通して干したものが壁に吊り下げられていたが、真っ黒にすすけて汚らしく見えた。お湯だけ頂くことにしたが、微妙に鉄くさい白湯だった。

女は仰向けのまましゃべり続けている。内容は、生まれてからずっと病弱で床に臥せっていることや、ばあさんが身の回りの世話をしに毎日昼頃にやってくることなど、彼女自身のどうでもいいことを一方的にしゃべり続けた。

私は時おり、興味なさそうに相槌を打つくらいだ。病に伏している痛々しい姿とは正反対に、彼女の話し方は潑溂としていた。青白く生気のない顔から、なぜこれほどの言葉がほとばしるのか不思議に思えた。同年代の男に会うのが、よほどうれしかったとみえる。

彼女からは、どこか懐かしい匂いがした。ふと、沙希のことが脳裏をかすめた。あんな極彩色の不潔な不良妹ではなく、たとえ自由に動けなくても、この女のように柔らかな物腰だったら良かったのにと思った。

五分はもう過ぎているだろう。三咲のことが気になってきた。

「ごちそうさまでした。用事を思い出したので、もういきます」

「あら、残念ね。ゆっくりしていけばいいのに。もしかして好きな人のところへいくのかな」

「そんなことは」

私は靴を履いてドアを開けた。途端に暖流と寒流が入れ替わった。身震いしながら外界の現実を思い出した。

「守ってあげなさい。ここの人たちは容赦ないから、捕まったらもうそれでおしまい。残忍なことをされるわ。お母さんだって信じちゃダメ。ほんとうに恐ろしい人だから」

彼女の言葉に凍りついた。どういうわけか、私の状況が見透かされているのだ。

「母さんを知っているのか」

「ほら、早く行きなさい。誰か来るよ。もうそこまで来てるよ、走りなさい」

「うそだろ」

ネズミ顔か。

付近に人の姿など見えないし気配もないのだが、私は瞬時に走り出した。そしてすぐに、ドアを閉めなかったことに気づいた。

いかん、もし誰かが来なければ閉める者がいない。この寒さだ。いくらストーブがあろうとも、外気が入り続ければあの女は凍死してしまう。私は振り返った。

女は布団から這(は)いずり出て、ドアをつかもうとしていた。匍匐(ほふく)する上半身は白いシャツを着ていたが、下半身は何かひどいことになっていた。ドアが閉まる瞬間にちらりとしか見えなかったが、あれはなんだ。

腰から下がとにかく赤黒かった。なにやらひだひだしていてヌメヌメしていた。はっきり見えなくても不気味な印象だった。誰かが来ると焦っていたので見間違えたのか。茶色の毛布か、あるいは濃い色の布切れをまとっていたのだろうか。なにせ鉄板を張り合わせただけの掘っ立て小屋だ。小さな薪ストーブだけでは寒くて間に合わないのだ。そう考えることにした。

結果的に、あの女の言ったことは嘘で、人など来ていなかった。念のため周囲を探るが、やはり誰もいない。私は非魅力的な男と判断されたのだろう。まあ、ちょうどよかった。三咲のことを考えると、のんびりと茶など飲んでいられない。

そこから目的地に着くまで、ちょっとした苦労だった。独鈷路戸は町を縦断する一本道沿いに大体の家があるので、それほど大きく迂回する必要はなかった。ただ誰かに見つかってはまずいので、つねに腰を屈めながらの小走りだった。足場が悪いうえに、注意深く人目を避けなければならない、という精神的な圧迫が負担になった。人に見られることなく、かつ三咲の車を捕まえるにちょうどいい場所まで来たときには、太ももが痛くなっていた。時計を見ると予定時刻前だ。間に合ったようだ。ただ、すでに三咲は通り過ぎている可能性もあるが、それは確かめようがない。そうでないことを祈って待つしかないだろう。

そう決心してしばらく待っているが、車は一台も通らなかった。いくら田舎道とはいえ、生活道路なのにトラックの一台も出入りがないとは完全に自給自足なのか。密林でもあるまいに。

　待っている間に、あのスクラップ置き場の女のことを考えた。なぜ鉄くずの中に、しかもわざわざ犬小屋みたいな家で一人暮らしているのか。ばあさんがいるといっていたが、一緒に生活できない理由があるのだろうか。両親の話がなかったのは、触れられない相当の事情があると推測できる。誰にも望まれない子として生まれ、その宿命がゆえにあんな仕打ちを受け続けているのか。病気でやつれてはいたが、きれいな顔立ちの女性だった。

　そういえば母のことを言っていた。あれは女自身の母親のことなのか。いや、彼女の面倒をみているのは祖母で母親ではないはずだし、あの言い方は私の母のことだと考えたほうが自然だ。彼女は母を知っていて、しかも恐ろしい人間だと評していた。面識があるのだ。女は寝たきりなので、あのスクラップ置き場に母が赴いたということか。自転車での配達を生業（なりわい）としているので、魚でも届けたのだろう。壁に吊るしてあったシシャモが、そうなのかもしれない。

　母は性格がきつくなることが時々ある。病弱の彼女を励まそうとして、精神的に追い詰めることを言ったのだろうか。だから彼女が、母に良い印象を抱いてなかったとしても不思議ではない。他人様（ひとさま）に身内のことを悪くいわれるのは気分のいいものではないが、あの母なら、そういう誤解を受けることがあってもしかたがないのだ。

　それと最も気になるのは、女が私の窮地を知っていたことだ。世話係のばあさんが話したのだろうが、あんなボロ小屋の住人が知っているのだ。私の存在は、すでに町中に知れ渡っていると考えるのが妥当だ。この先、よほど気を付けて行動しなければならない。

女は、捕まると酷いことをされると不穏なことも言っていた。すでに真冬の海に放置された経験があるので、けして大げさな表現ではないとわかっている。それどころか彼女のあの言い方では、もっと過酷な仕打ちをされるということだ。惨殺された子猫たちを思い出すと、何をされてもおかしくはないと心の底から実感している。

などと考えていたが、相変わらず一台の自動車もやって来る気配はない。運転者が三咲かどうかを見極めて車を止めなければならないのだが、とても難儀しそうだ。視力はいいほうなので、かなり手前から確認できる自信はある。十分な距離を保ちつつ強引に止めよう。はっきりとした意志を示すことが肝心だ。戸惑うと轢き殺されかねない。

冷たい海風が強くなっていた。骨身にしみる寒さだ。遮蔽物もない路上ではなく、風をやり過ごせる場所で待っていたかった。それにしても遅い。ずいぶんと待っているような気がするが、三咲がやって来る気配はなかった。

第四章　拉　致

私は歩き始めていた。独鈷路戸に向かっているわけではなかった。むしろ遠ざかっている。三咲がどこにいるのかはっきりとしない。とても心配だ。もし独鈷路戸の老人たちに捕まってしまったのなら、私一人では対処できない。今とるべき最良の策は、誰かに助けを求めることだ。近くの町で事情を説明して助けてもらおう。できれば警察関係者に相談したほうがよさそうだ。私を拉致して海に流したことは立派な殺人未遂なので、被害を訴えれば動いてくれるはずだ。

ぶるぶる震えながら、しばらく歩いた。通りかかる車は相変わらず皆無な状態だ。足のつま先がツンと冷えて、感覚がなくなっている。耳がちぎれそうに痛かった。どこまで歩いても、太平洋を横目にしながらの荒涼とした原野が続いていた。

うら寂しい丘陵地を下ると、右カーブの入り口付近に静止している車があった。いや、ひっくり返っているのだ。一瞬、廃車が道端に放置されているのかと思った。だが近づいてよく見ると、凹んではいるが塗装は全体的にきれいだった。放置車にありがちな汚らしさがない。いかにも、今さっき転がったといった様だ。アスファルト上に黒い跡がへばり付いていた。急ブレーキをかけて急ハンドルをきって、そのまま転がってしまった、という結果が見えた。海風が常に雪を吹き飛ばしているので、路面は乾いており凍結などしていない。スリップしたのでなければ、何かの障害物を避けて自損、大破したと思われる。

とても不吉な気分になった。ひょっとして人がいるかもしれないので、上下逆さまになった車体を調べることにした。運転席側の窓ガラスは粉々に砕けている。屈んで中を覗くと、すでにエアバッグはしぼんでいた。誰もいないことにホッとしたのも束の間、車内に漂っている残り香に背骨を打ちのめされてしまった。これは三咲の匂いだ。彼女が愛用している少しきつめの香水なのだ。

この車は三咲が運転していたのではないか。驚愕しながらも、私は運転席付近をまさぐった。砕けたガラス片に交じって、アニメキャラクターの小さなフィギュアがあった。私がクレーンゲームでとったものだ。三咲はそれをケイタイに付けていた。間違いない。横転したこの車を運転していたのは三咲だ。

逆さになった座席やインパネ周りを調べた。血痕などの流血らしき跡がなくて、一応ホッとした。一見派手な事故だが、シートベルトをしていたのであれば、それほど大きな怪我にはなってないはずだ。

問題は、三咲がどこへ消えたのかだ。どこかで助けを求めて一人でさ迷っているのだろうか。ケイタイが使える場所まで移動中であればいいのだが、知らずにあの町に入ってしまっては厄介だ。私とはすれ違わなかったので、逆の方向に行ったのだろうと思うことにした。いまごろ隣町の食いもの屋で、うどんでも食っていればいいのだが。ブツブツと文句を言いながら、あの愛らしいおちょぼ口で、熱い麺（めん）をすすっていることを願った。

　私も急いで隣町まで行って、三咲に会おう。彼女と一緒にうどんを食いながら、年寄りたちの悪口を聞いてもらうのだ。そう思ってアスファルトの路面を一瞥（いちべつ）したとき、再びショックを受けた。

　とても印象深い物が落ちていたのだ。婦人用の手袋だ。ありふれた色合いとデザインのそれは、母の誕生日にアルバイト代でプレゼントしたものだ。間違いない。大して高価でもないそれを選ぶのに、随分と時間をかけた。手袋は五本の指に折り目などなく、左右きれいに並んで置かれていた。新品を商品棚に展示しているような不自然さだ。なぜ母の手袋が、よりにもよってここに都合よく落ちているのだ。その手袋は生地が薄くて、極寒の地域での使用には適さない品物だ。同じ手袋をこの辺の人間が所持しており、そして偶然この場に落としたはずはない。わざとこの場所に置いたと考えるのが自然だ。

　私は確信していた。母はここに来たのだ。そしてこれは息子への伝言だ。伝えなければならない重大な事態が発生したのだ。しかも他人に知られてはいけない事柄だと推測できる。考えられることは三咲の安否しかない。

　事故を起こした三咲を、具合の悪いことに独鈷路戸の老人たちが見つけた。三咲は余計なことを言ってしまったのだ。そして、どこかへ連れて行ってしまったのだろう。母はたまたまその場に居合わせた。だから手袋をわざと落として、それとなく目印を残したのだ。私がこの現場に遭遇すると見越しての行動だと思われる。あの母らしい気遣いだ。血の痕がなかったので重症ではないと思うが、どのくらいの傷を負っているのか不安でならない。隣町に行くよりも、すぐに三咲を助け出したほうが賢明だ。手遅れになると、それこそ命取りになってしまう。

さあ、これからどうすればいいのだ。母の家に行って相談する。いや、それは剣呑(けんのん)だ。あの家の周辺には皺婆(しわばばあ)がいる。のこのこ姿を現したら、目ざとく見つけだされてしまいそうだ。私が生きていることがバレたら厄介なことになる。死んでいると思われたほうが動きやすい。なんとか味方となる者を探して協力を仰ぐしかない。

アザラシじいさんはどうだ。裏切り者になる覚悟で、私を助けてくれたではないか。恋人の命が危ないと泣いて土下座したら、嫌々ながらも協力してくれそうだ。だけど、どこにいるのかわからない。町中大声をだして探すわけにはいかないから、それは使えない手段だ。他に信用できそうな人間を考えたが、当然だが思いつかない。人は一人では生きていけないとの決まり文句が身に染みる。

そうだ、あのスクラップ置き場の女はどうだろうか。独鈷路戸の住民特有の敵意は感じられなかったし、見ず知らずの私をこころよく招き入れてくれて、お茶までだしてくれた。病弱ではあるが潑溂とした話し方で、好奇心もありそうだった。ゴミ捨て場のような場所に隔離されているので、退屈しきって刺激を求めていそうな雰囲気もある。私の男気を活かして頼めば、協力してくれるかもしれない。

来た道を引き返そうと決心した。道筋が決まると、心に少しばかりのゆとりができる。腹が減っていることを痛感した。あのドス黒くてカビの付いたシシャモでも食っておけばよかったと後悔した。まあいい。どうせこれから行くのだ。今度は遠慮なく頂くことにしよう。

油断しきっていたわけでもないが、全くその気配を感じることができなかった。何気なく振り向いて、心臓が口から飛び出さんばかりに驚いた。

バスがいたのだ。レンガ倉庫から独鈷路戸まで乗った、あの錆だらけの乗り合いバスだ。私を轢き殺さんばかりの至近距離、一メートルも離れていない。エンジンの音などは微塵もしなかった。ただ唐突にそこにいたのだ。

数秒間、放心状態だった。太もものあたりが温かく、そして冷たく感じた。小便を漏らしたと確信し、さらに絶望した。

「おう、やっぱりここさいたかあ」

バスの側面から声をかけられた。身体は硬直しきっていたが、やってきた男を見て呪縛が解けた。アザラシじいさんだった。バスから降りてきたのだ。

「なまらやばっちいことになっちまったべや」と言って、私の前までやってきた。

そうだ、どうせまずいことしか起きないのだろう。まずい老人にまずい猫にまずいアザラシに、とにかく独鈷路戸という僻地にはまずいことしかない。

「ひっくり返った車に女が死んでて、そんで運んできたっけ、それがおめえのこと言ってからよう、みんなにとっ捕まったあ」

アザラシじいさんは、転倒した車をあざとく見ていた。

「なんだって」

聞き捨てならない話であった。車がひっくり返ったとは三咲のことに違いないが、死んでいるのに捕まったただの意味不明だ。

「死んだのかっ、まさか三咲が死んだのか」

「ああ、いまテツんところだ」

テツとは何者だと訊くと、ネズミ顔のことだと言った。

「三咲は生きているのか」

「だから、ちょっと首さ寝違えただけで、たいしちゃ怪我じゃねえって」

三咲は死んでないということだ。紛らわしい言いようで、こいつは馬鹿なのかと本気で思った。とにかく、軽い打ち身ぐらいで済んでいるようだ。だが私の関係者ということがバレてしまい、ネズミ顔一派に捕まってしまった。状況は非常に悪かった。早く救出しないと取り返しのつかないことになる。

「じいさん、頼むよ。助けを呼んでくれ。この町にも警察とかいるだろう」

さっきまで私一人で何とかなると考えていたが、いざ三咲の危機を知ると、どうにも弱気になってしまった。

「無駄だあ。お巡りはいることはいるけど、ありゃあ役に立たねえ。それによお、おめえの女はな、どこかさ隠しちまって、もうどこにいるかわからんって」

「わからないってなんだよ。じいさんはあいつ等の仲間だろうが」

「仲間っても、わしなんか、そのう、なんだべ」アザラシじいさんのオロオロした態度から、下っ端だということがすぐにわかった。

ケイタイを貸してくれるよう頼んだが、たとえ警察関係者をこの町に呼んでも無駄だと言われた。町全体の意思はつねに統一されていて、町ぐるみで隠蔽されるからと、ぶっきらぼうな言動で諭された。

「そうだ、母さんに頼もう。母さんに助けてもらうんだ」

アザラシじいさんは、かわいそうな捨て猫を見た時のような眼差(まなざ)しで首を振った。

「静さんがな、おめえの母ちゃんがやるんだよ」

「どういうことだよ」

嫌な予感がした。ここから先は絶対に立ち入ってはいけない領域だと直感した。私は核心に限りなく接近している。

「母さんがなにかするのか。三咲はどうなる」

「ああ」

「なにされるんだ」

「生きたまま血い抜かれるんだあ」

そんな強烈なことを言われる既視感はあったが、実際に聞かされると、背骨が尻の穴から突き抜けたような衝撃だった。

「血を抜かれるって、いったいどういうことだ。吸血鬼じゃあるまいし、しかも生きたままって、それ、おかしいだろ」

「腹裂かれた猫、おめえも見たべあ。あんなんなるんだ」

あの真っ暗な窪地で見た、いや触った小さな動物たちを思い出した。腹部を切り裂かれ内臓が露になった屍の塊。しかも、それらの一部が魑魅魍魎の類と化して這い回る。動物だからまだ耐えられたのだ。人間が、それも私のもっとも大切な女が惨殺されて、あげくにそんなグロテスクな化け物になってしまうなんて、考えただけで吐きそうだ。

「うわあああ、ちくしょう、どうしたらいいんだ」

「ここでくっちゃべってても、どうもならんべや。テツたちがひっくり返った車始末しにもどってくるべしな。おめえ、とりあえずバスさ乗れや」

「バスなんかに乗っている場合じゃない。三咲を取り戻さないと。あいつらぶっ殺してでも救ってやる」

独鈷路戸に戻って、その辺を歩いているじいさんばあさんをとっ捕まえて、殴る蹴るでもして、三咲の居場所を吐かせてやるのだ。

「馬鹿みてえにイキリ立つな。そんなん早くやらねえから大丈夫だあ。さっさとバスさ乗れ。まんず、あずましいとこで話すべや。心配すんなって、助けてやるからよう」というが、このじいさんにそんな知恵と力があるとは到底思えない。

私の腕を摑んで、アザラシじいさんがバスの乗降口まで連れて行こうとした。もちろん振り払ってやるつもりだったが、異様とも思える馬鹿力に抗いきれない。ジタバタ暴れてみたが、ズルズルと引きずられていった。

「おめえの母ちゃんもいるんだぞ。そんなにいきがったって、あの姉ちゃんは助からん。よく考えろってよ」

そう言われて力が抜けた。ここで味方になるものは、不幸にもアザラシじいさんしかいない。母も敵の一味という衝撃的な事実もわかった。死にたくなるような重い足取りで、私は懐かしいあのバスの中へと入っていった。

独鈷路戸の住民が怪しげな宗教らしきものに取り憑かれ、罪もない小動物を捕まえ残虐非道な行為に及んでいた。しかもその仲間の中に母がいるのだ。なぜ母が家族を捨ててまでおかしな連中の共犯になってしまったのか。狂信的になって奇妙な儀式までやってしまう母を、どのように説得したら元の温和な家庭に戻すことができるか、考えることとやるべきことは多々ある。だが優先すべきは三咲の救出だ。ぐずぐずしていると、腹を切り裂かれたうえに血を抜かれてしまう。それが無学な老人の戯言であればいいのだが、私は実際に惨殺された大量の猫の塊に遭遇し、あまつさえ、それらの一部に絡まれたりもしているのだ。

どうやらこの町の住民を蝕んでいるのは、吸血鬼伝説に感化されたカルト宗教のように思えた。教祖のような中心人物がいるはずなのだが、それがネズミ顔なのか皺婆なのか、或いは考えたくもないが母なのかはわからない。アザラシじいさんはすべてを知っているようだが、言っていることが断片的でどうも要領を得なかった。筋道だった話を聞きたいし、アザラシじいさんも、おそらく私にその辺の説明をするために会いに来たと推測するが、なにを臆しているのか口が重かった。

二人きりのバスには会話がなかった。私はこの町に来た時と同じで、一番後ろの長椅子の中央に腰かけていた。アザラシじいさんは運転席のすぐ左の席にいた。

ボロバスは、ゆっくりとエンジン音もたてずに進んでいた。どこに向かっているかアザラシじいさんは言わないし、だから知りようもなかった。独鈷路戸の中心ではなく、海側とは反対に位置する荒涼とした原野地帯に入っていたと気づいた。アスファルトの道路ではなく、原野にできた轍を上下左右に揺れながら進んでいる。枯れた草原を進み、骸骨みたいな灌木林をつき抜け、物置のような小屋の前で止まった。

その小さな小屋以外周囲に建物はなかった。ひどく軋んだ音とともに乗降口のドアが開いて、見知らぬ男が一人乗ってきた。一瞬身構えたが、振り向いたアザラシじいさんが頷いたので、そいつが敵ではないということを理解した。

男は私の前に立った。老人というほどしょぼくれてはいないが、中年というのも評価しすぎな気がする。真っ赤なダウンコートはちょっとばかり高価そうで、独鈷路戸の町民にはふさわしくない服装だ。

「団長、まず座れや」とアザラシじいさんが声をかけたが、団長と呼ばれた男は無視して立ったままだった。バスは静かに動き出した。

「おまえか」とぶっきらぼうに言われた。

私は黙っていた。相手は正体不明だ。下手なことを口走らないように注意した。

「どこまで知っているんだ。全部聞いたのか」

絡みついたら離れないような、ねっとりとした目線が不快だった。油断のならない人間とわかる。とりあえず知っていることだけを、正直に話した。

「猫がたくさん死んでいたのと、その一部が動いたこと。それと付き合っている女が年寄りに捕まっています。助けないと、殺されるって言われました。しかも生きたまま血を抜かれるって」

「それだけか」

「そうだよ」

「ここで何が起こっているのか知りたいか。おまえの母さんのことも」

「当然だ」

「知らなくていいこともあるんだぞ」

「知っておきたいんだ」

恋人が、すでに危機的な状況に陥っている。正直、母のことは避けたい気持ちがあった。しかし、これより未知の土地で狂信的なカルト集団を相手にしなければならない。たとえ胸を掻き毟られるような熾烈な現実でも、知っておくべきなのだ。

「おい、あいつを見せてやれ」

振り向いた団長は、命令口調で言った。

アザラシじいさんは、自らに発せられたとわからず漫然とこちらを見ていたが、「見せてやれ、とっととしろや」と、やや怒気を含んだ声に当てられ慌てて動き出した。すぐ横の床にある整備用の扉を引き上げた。それは見覚えのあるものだ。夢でうなされた光景だ。そういえば、汚い赤色の絨毯は敷かれていなかった。

「ほら出てこい、出てこいってよ」

アザラシじいさんが、アザラシみたいな太い頭部を穴の中へ突っ込んで叫んでいた。すると、それは整備用の穴から、ゆっくりと這い出してきた。

河童みたいな平たい頭頂部だった。巨大な目玉が特徴的である。それは、匍匐前進しながらこっちに向かってくる。いやらしい湿った音を引き摺りながら、なおも這い進んできた。私は身動ぎ一つしないで見ていた。乾いた唾が咽の奥に引っかかって痛かった。

それは、とうとう団長の足元までやってきた。

「ウソだろう」

間近で見るそいつは、怪奇というしかない。

まず、全身の皮膚がひどいことになっていた。焼け爛れたように赤茶けて、あちこちに水疱が盛り上がっている。水ぶくれの色もまちまちで、黄褐色だったり濁った水色だったり、けしてきれいなものではなく、むしろ汚らしい印象だ。火傷のケロイドが、手の施しようがなく化膿しているといったほうがいいのかもしれない。床を這い進む推進力となっている左右の腕も、よほど尋常ではない。

片方の腕の指は三本なのに、もう片方は十本くらいありそうだった。櫛の歯のように並んだそれらは、細く節っぽくて長かった。背中の爛れは直視できないほどひどくて、吐き気がした。背後から灼熱の火炎放射器で炙られたのだろうと断言できるほどだ。そして、もっとも奇妙なのは下半身だ。

二本の足らしきものは見当たらない。代わりに、濡れたボロ布切れのような長い物がたくさんあった。赤黒いそれらは幾本あるだろうか、下半身から整備用の穴の中まで、ずるずると繋がっていた。いや、引きずっていると表現したほうがいい。何らかの粘っこい液体が後ろにのびている。いやらしく濡れた床は、ヌメヌメと光っているではないか。

なんの冗談なんだ、これは。

こいつを生き物として分類することなどできないし、かといって妖怪図鑑にも載ってないだろう。しいていえば、拷問された河童の死体だ。河童の全身の生皮をひん剝いて金属ブラシで擦り、さらに殴る蹴るした後、焼け火箸を縦横無尽に押し付けたらこのようになるだろうか。皮膚の損傷具合の他には、異様な目玉の大きさと頭頂部がスパッと切れているのが、極めて特徴的だった。とにかく見ているだけで、我が身に痛みを錯覚させるほどの惨状なのだ。しかも息詰まるほど生臭い。

「これは何だと思う」足元のそれを顎で指し示しながら、団長が問いかけてきた。

「化け物」と即答した。それ以外の言葉を思いつかなかった。

「では、どうやってこの化け物ができたと思う」

なんだか私を小馬鹿にしているような言い草だった。

「もったいぶらずにはっきり言えよ、どうなってるんだ」三咲が監禁されている。ちまちまと問答をしている時間はないのだ。

団長と呼ばれる男は、目玉河童の平らになった頭部を靴の裏で小突いていた。それは嫌がりもせず、されるがままだ。それどころか愛想笑いしているようにも見えた。その負け犬のような態度が屈辱的で、見ているのが辛かった。

「じゃあ、教えてやろう」団長が話し始めた。

一人の白人宣教師が独鈷路戸にやってきた。私が生まれるかなり前だそうだ。そいつは、よく街中で布教活動をしているありきたりの宣教師ではなかった。十字架を持っていたので一応キリスト教徒だと思われたが、なぜか布教活動を全くしなかった。集落の年寄りたちとたわいのない話をして、日々を過ごしていた。日本語は達者だったようで、柔和で人懐っこい性格と相まって住人には好かれていた。使われなくなった納屋に住み着いて、漁師や年寄りから食べ物や生活必需品をもらいながら、特にトラブルを起こすわけでもなく暮らしていた。

「したっけなあ、あいつはやりだしたんだあ。なまらやばっちくな」と、憎々しげにアザラシじいさんが言った。

彼は血を集めだしたのだった。独鈷路戸の住民の血だ。もちろん血をくれといって、はいそうですかとは、いくら僻地の田舎民でも了承しない。奇異の目で見られ、危険人物として村八分にされるのが相応だ。

だが宣教師は持ち前の人たらしの話術で、住民の健康状態を調べるためだと説明し納得させたのだ。医学の知識があるとも言っていたらしい。執拗な説得に根負けして、最初の女性が承知した。彼女は、よく使い込まれた注射器で血を採られた。宣教師はそれを自らの住まいへと持って帰った。二日後、宣教師は予想外の行動にでた。驚くことに血を返しにきた。悪い元を取り除いたからこの血を体に入れなさい、大丈夫いいことがあるからと諭され、女性は宣教師に言われるがまま従った。すると血を返された女性は、持病の関節炎が嘘みたいに治って体調がすこぶる良くなったのだ。

小さな町で噂がひろまるのは、あっという間だった。体内の悪い血を浄化して元に戻すという治療法に皆がとびついた。採取した血液をどう浄化するかはわからないが、とにかく宣教師に血を抜かれ、そして返されると体調が劇的に良くなる。独鈷路戸の住民ほとんどが恩恵にあずかった。年寄りだらけの過疎漁村に、元気がみなぎったのだ。

「副作用がでるまではな」と団長が言った。

「副作用って、どんな？」

「全部返してなかったんだあ。あのタクランケめが」

外国人宣教師は、集落の住民から採取した血液のすべてを返しているのではなかった。少しずつ中抜きしていたのだ。

「その血で何を作っていたと思う」

見え透いた団長の問いかけに、大きな声が即答した。

「この化け物よ」

そう言い放つと、アザラシじいさんは、やつの束になった下半身をたぐり寄せた。全身赤茶で痘痕の目玉河童は、地引網にかかった魚のように漁師のもとへと引き摺られていった。私から遠ざかる刹那、にこりと笑いかけたような気がして、背筋が非常に冷たくなった。化け物をたぐり寄せると、紐状の下半身もろとも整備用の穴の奥へと押し込めた。

一緒に来いと言われて団長の後に続いた。通路はぬるぬると濡れていて気持ち悪い。靴を履いていることをありがたく思った。

私はそこの前に立った。

「下を見てみな」

団長と呼ばれる男の声が、胃の奥へと重く沈んでいった。この穴の下がどういうことになっているのか、好奇心が少しばかりうずいた。だが独鈷路戸という、底知れぬ集落にとり込まれたくない気持ちも僅かに残っていた。ふん切りがつかない状態で数秒がたった。

三咲を救出しなければならないので、どのみち引き返すことはできないのだ。見ておくべきことを見て、知るべきこと以上の事実を知っておこう。氷上のシロクマがアザラシの呼吸穴を覗き込むような格好で、私は階下の暗闇に頭を沈めた。

見た瞬間は洞穴だと思った。とても狭くてごちゃごちゃしている。内部は赤褐色の鍾乳石に覆われた洞穴だ。視界がはっきりしているのは、壁のところどころに小さな電球が埋め込まれていたからだ。

そこは車体フレームにエンジンやシャフトなど、駆動系がある場所だ。バスの機関部なのだから当たり前なのだが、ただ極めて異常なのは、密集した機械に妙な物がびっしりとへばり付いていたことだ。

さらによく観察した。鍾乳石を連想させたのは石灰化した石ではなく、生々しい肉状の組織だった。バスの機械が骨格であれば、肉状のものはまさしくむき出しの筋肉であり、あるいは肉そのものだ。表面には血管らしき赤青の管が浮かび、縦横無尽に走っていた。黄色く白濁した部分は脂肪の塊だろうか。膜のような薄い皮が透けている。あらゆる箇所(かしょ)から体液が滴り落ちていた。そして下にはいくつかの血だまりがあって、それらが猛烈に生臭い。心臓が鼓動するみたいに、あちこちの瘤(こぶ)が脈打っていた。血管がへばり付いた肉の塊が、縮んだり膨らんだりしているのだ。

肉の隙間からドライブシャフトが回転しているのが見えるが、その長い棒が金属なのか肉組織なのかわからない。バスと肉が融合して、境界が判然としない箇所が多々ある。いったいどのような仕掛けなのか、わけがわからなかった。金属と生肉という正反対の特性がくっ付いて、しかもバスを動かしているのだ。物理と生物学の地平を超えた異様な現象だった。

あの全身やけどの目玉河童がいた。それも息がかかるほどの間近にだ。穴の奥ばかり見ていたら気づくのが遅れたが、すぐ後ろに佇(たたず)んでいた。傍らには肉紐状の下半身が、何重にも巻かれて置いてあった。赤黒い汚らしい紐の先端が、白や赤の電線となっている。バスの電装系に繋がっているのだ。

私と目が合うと、申し訳なさそうに何度も頭を下げた。上目づかいの巨大な目と、愛想笑いみたいな口元の歪(ゆが)みが、相変わらず卑屈だ。

もういい、十分だ。私は穴から頭を出して、しばし呆然(ぼうぜん)としていた。おそらく、生気を失った表情をしていることだろう。

「このバスはどうなってるんだよ。どう考えても、おかしいだろう」

「わかっただろう。こいつが動かしているんだ。もっとも、長距離はちゃんとエンジンをかけるんだよ」

「ここんところは、よくなまけるなあ」

アザラシじいさんの顔を見ていて、ずっと気になっていたことを思い出した。いったい、誰がこのバスを運転しているのだ。私は立ち上がって運転席を見た。

ああ、なんてことだ。そこに座っているのは人間ではなかった。

人形だ。しかもビニールを膨らましただけの粗悪品である。ご丁寧にも、典型的なバス運転手の制服を着せ帽子も被せていた。看護師の制服を着せたら安物のダッチワイフになる。まるでマンガだ。人形が人間のふりをして、ただ座っていたのだ。よくこれで市中の人間を誤魔化せたと感心する。警察にでも止められたら何と言い訳するのだろう。フロントガラスが汚すぎるのがずっと幸いしたのだろうか。それとも、緊急時にはじいさんの誰かが着席するのだろうか。

とにかく、このバスに運転手はいない。実際に運転しているのは、階下に巣食う機械と肉塊の融合物だ。つまり目玉河童の肉体がバスの機関に繋がり、エンジンをかけ、あるいは自らの肉体を駆使して動かしている。奴は河童の化け物ではなく、大型バスの妖怪だった。

「もっと教えてくれ」

好奇心とかではない。見たものを正しく認識するためには、その事実に対する十分な補足が必要なのだ。

「あの外国人がみんなの血を少しずつかすめ取って、この生き物を造ったんだ。ひどいもんだろ」

外国人とは、もちろん宣教師のことだ。治療と偽り独鈷路戸の住民の血を集め、その一部で化け物を造っていた、ということか。まるでフランケンシュタインではないか。

「本だ」

「ほん？」

「そう、古い本だよ。とても古いんだ。それには、不治の病気を治したり怪我を治癒させたりするやり方が書かれているんだ」

「それだけじゃねえって。化け物もこさえるし、死人も生き返るんだあ」

「な」

化け物は実際に目の当たりにしているが、死者が生き返るとは初耳だ。

「どこの国で、誰が書いたのかもわからない奇妙な本なんだ。とにかく、あいつはそれを使って良からぬことをしたわけだ」

「その本は魔術書かその類だということか。ホラー映画でよくあるような」

「魔術かどうかはわからんが、まあ、この世のものが為せる業ではないわな」

にわかには信じられないことだ。魔術書などは全くのフィクションで、この世にあるわけがない。夢多き中学生の白昼夢でもあるまいし、なんてくだらないことを言い出すのだ。そんな陳腐な話を真に受けるとでも思っているのか。本に死者を復活させる方法が書いてあるとか、バカバカしい限りだ。ゾンビの入門書とでもいうのか。話が安すぎて失笑するレベルだ。

ずっと前に独鈷路戸に居ついた外国人は、宣教師は偽りの姿で本当は医者か生物学者だったのだろう。本国ではできない生体実験を遠い異国の、しかも田舎者ばかりの寂れた土地で為したと考えるのが妥当だ。問題が起こってもすぐ逃げてしまえば、僻地だけに捜査当局の追跡は緩い。閉鎖的な住民心理が大きなニュースになることを妨げてしまう。時間の経過とともに忘れ去られてしまうのだ。

本の戯言はさておいて、狂った科学者が見るも無残な化け物を造り出したことは、歴然とした事実だ。なぜこんな奇怪な妖怪もどきを造り出したのか。バスの運転手をさせるために生み出したとは考えられない。目的があるはずだ。そのことを団長に問うてみた。

「あの外国人は死んだ息子を生き返らせようとしたみたいだ。本には死者の蘇（よみがえ）らせ方も記されているからな」

「じゃあ、この下にいる奴が息子なのか」

「んなわけねえべあ」ケケケとアザラシじいさんが笑った。

「こいつは失敗作だ。出来損ないでバカだが、バスは動かせる」

眷属（けんぞく）以下の奴隷みたいなものか。少しばかり可哀そうになった。

「それで生き返ったのか、その人の子供が」

「さすがに息子を生き返らせることは難儀だったみたいだ。出来上がったのが人の子ではなくて、醜い化け物ばかりだったからな」

実験に失敗し、駄作ばっかり出来上がってしまった。宣教師であろうが科学者であろうが、その外国人はほぼ頭がおかしいといっていい。

「そん中にはなあ、手つけられんくらいな、ヤバいもんもいたんだ。わしんとこの犬を食っちまった奴だ。シェパードでもなあ、あっさり殺られてしまったあ」

それは糞尿を濃縮した臭いを発していたそうだ。見かけも、全身糞を被ったみたいに汚らしいものに覆われていたらしい。アザラシじいさんは糞人間と名付けていた。

「結局うまくいかなかったんだ。死んだ子供を生き返らせることはできなかったんだよ。代わりに妖怪みたいな肉の塊を生み出した。そのうちあの外国人が死んでしまって、残されたやつらがうろつきだしたんだ」

「ワヤだったあ。とんかくよお、あの糞人間にはあずったべあ。触れば糞付くからよお、なまら臭くって下手にぼっかけられねんだあ。だからおめえ、ツルハシでぶん殴ってやって」

糞人間との出会いがよほど印象深いのだろう。糞が糞がと、口端から泡を飛ばして話すアザラシじいさんは生き生きとしていた。

「漁港で腸みたいな生き物がいたけど、あれは」

「あの外国人が拵えた化け物の断片だ。大体はとっ捕まえて処分したが、残りがまだいる」

「こまいのは結構残っとるんだって。ちょろちょろしてて、こなまずるくて、どうもなんねえ」と、アザラシじいさんも口を挟んだ。

魔術書の話は荒唐無稽すぎて全く信用できないが、化け物の説明には一応納得した。岸壁でカモメの頭を食い千切ったのは、おかしくなった宣教師が住民の血液を集めて造った化け物の一部だということだ。バスと一体化した目玉河童もそうだ。こいつは素直で馬力があるので、集落の交通手段として重宝されている。化け物の大部分を処分したと言ったが、焼くなり煮るなりして殺したのだろう。海に突き出した崖の上の納屋にあったのは、元凶である外国人の墓標だと確信した。もう死んでこの世にいないのが幸いだった。

だが、ネズミ顔と他の老人たち、そしてあの母が、いま現在いかに関わっているのかがわからない。化け物を造り出す人間はもういないのだ。それなのに猫を集めて引き裂き、あの納屋で怪しげな儀式に興じている。なぜだ。

「母さんたちは何をしているんだ。だってもう、その外国人は死んだんだろう」

「そうだ、ここからが実に厄介で、だからおまえに手伝ってもらいたいんだ」

「静さんがいるんだあ。おめえしかできねえ」アザラシじいさんが気になることを言った。

「本だよ。すべての出発点が、あの本なんだ」

また本の話になった。ここまでしつこく言うのなら、その本というのが実在している可能性がある。もしあるとしたら、今までの経過から考えて、医学書か生体工学や再生医療の専門書が考えられた。科学的な方法で治療を施し、ちょっと科学を逸脱して化け物を造り出したのだ。ある種の人間には、とても価値があるものだろう。

「それが目当てなんだろう」と指摘してやった。

団長は目を細めた。アザラシじいさんはおとなしく俯いていた。こいつらも、容易に信じてはダメな気がする。

「おまえ見かけによらず勘がいいな。その通りだ。みんなであいつの家を探したよ。当然だろう。元気でいたいからな。万能薬か、なんらかの医療器具があると思っていたんだ」

「したっけ、空の注射器だけだあ。あと、なんもねえ」

「だが本があった」

その本は、宣教師が寝ていた棺桶のようなベッドの下に隠されていたそうだ。何らかの革で作られた表紙は重厚で、いかにも曰くあり気な作りだった。書かれていた文字は外国語だったので、独鈷路戸の住民には当然読めなかった。

「だから、その本がどんな内容なのかもわからなかった。まさかあんな方法が書かれていたとはな」

あんな方法の内容は大体想像できる。老人たちを元気にしたことや、死者を生き返らせようとして、醜悪な化け物を造ってしまったことだ。

「じゃあ、その本の内容を誰が読み取ったんだ」

ここからが本番だろうと思った。核心に近づきつつあると同時に、もう後戻りできないのだとの感触が、私の気持ちを引き締めた。

「札幌から医者がきたんだ。過疎地域の検診とかで、頼みもしないのにな」

都市部にある大病院が地域医療への貢献ということで、おもに若手の医師を寂しい田舎に派遣していた。そこで独鈷路戸にやってきた若くて有能な医師が、住民たちの健康状態に気がついた。高齢者ばかりなのに皆がそろって健康であり、慢性的な疾患をかかえているものは僅かしかいない。

いい年こいた田舎のじいさんばあさんが、思春期の柴犬みたいに元気ハツラツなのを不審に思ったのだ。そして事情を探っているうちに、血を抜き取って治療する話に行き着いた。都市伝説の田舎版みたいな話で、当初は半信半疑だったが、どうやら血液を採っていたのは確からしい。それで死んだ宣教師が住んでいた家屋を調べた。老人たちが見過ごした本を見つけ、老人たちには意味不明だった文字列を翻訳したとのことだ。

「あの医者には、おめえも会ってるべや」

アザラシじいさんに言われて、すぐに理科教師に似た白衣の男を思い出した。私に薬を注射した男だ。

「あの医者は頭がきれる。外国人の本を解読したんだ。そして方法を見つけたんだよ」

「腸や河童の妖怪を造り出す方法か」

「茶化すんじゃねえ、このガキャア」

茶化したつもりはなかったが、アザラシじいさんは意外と怒っていた。一呼吸おいてから団長が続けた。

「不死だ」

「フシダ？」

「不死。死ぬことなく好きなだけ生きていける方法さ」

ため息が出た。いくら死んだ外国人が医術の達人だとしても、死なない方法を確立するなんて無理なことだ。ましてや本にその方法論が書かれているなんて、いよいよトンデモな話になってきた。

「信じられないだろう。だがこの町でおまえが見たもの、出会ったものを否定できるか」

確かに化け物は存在していて、現に私が乗っているこのバスを軽快に転がしている。港で釣りをすると、高い確率で汚らしい消化器官の一部が食いついてくるだろう。母はここの老人連中に抱き込まれて妙な儀式を行い、そして小動物から残虐な方法で生き血を採り、さらにその小動物の腹の中が化け物になっている。死にたくなるほど異常でアブノーマルな世界なのだ。

「今は、あの医者が外国人の代わりみたいなことをやっているんだ。みんなの血を集めて、処置をして戻している」

「それで、ここの人たちは不老不死になっているのか」

あらためてアザラシじいさんを見た。このじいさんのしょぼくれた姿からは、とても奇跡の治療をされているようには見えなかった。

「いいや、そうじゃない。いたって健康だがやっぱり年は取る。血を処置するだけではダメなんだ」

年をとらず、不死になるためには特別なものを造らなければならないと団長は続けた。

「アメリカ人の納屋でやってるって。もう大分できてるべや」

すぐにピンときた。海に突き出した丘にある納屋だ。ネズミ顔やヤクザのオヤジ、母までもが集まり宗教儀式みたいなことをやっていた。中に不気味なものがあったではないか。

「船みたいなやつか」

「そうだ。知っていたのか」

「おめえ、納屋ん中にいたんか」

覗き見していたので、そこにいたことは間違いない。私は小さく頷いた。

「あれは血を集めるものだ。あの中に人間を入れて潰すんだ。そうしたら血が凝縮される。不死の血液だ。たくさん集めたら、身体の血をすべて入れ替えるんだ」

それで年も取らずに死ななくなる、と団長は言った。潰されるのは生きた人間でなければならないとも付け加えた。据えつけられた種々の粉砕機器で、非常にゆっくりとすり潰されるとのことだ。しかも、有用な血は一人につき一滴ほどしか搾れないらしい。

「あんたら、なんて恐ろしいもの造ってんだ。人を入れて潰すなんて殺人事件だろう。ひどいと思わないのか」

「もっとひどいぞ。あれが出来上がったら人の手なんか借りない。自らを動かして地を這いずり始める。闇にまぎれて山野をさ迷い、人を見つけては呑み込んで潰す。そうやって不死の血液を溜め込みつづけるんだ」

見かけはボロ船のくせに、陸上を闊歩し人間を呑み込んでは潰すというのだ。化け物の頂点に立つような、極めて邪悪で陰惨な存在だ。独鈷路戸の人間はとんでもない物を造り出そうとしている。しかも、母がその一味に加わっていた。こんな最悪なことがあるか。

「まさか三咲をあの船に入れて血を採るんじゃないのか」

惚れている女が、不浄の機械で生きたままゆっくりとすり潰されるなんて想像したくもない。

「安心しろ。あの装置は完成まではまだまだだ。動けるようになるまでには獣の血がもっともっと要る」

団長の説明によると、あの船を化け物にするには、人間以外の動物の血が大量に必要となる。そのため、独鈷路戸の小動物はあらかた捕まって切り裂かれてしまった。いまでは近くの比較的大きな町に出て、小動物狩りをしているそうだ。

血の抜き方にも順序があって、特殊な方法で生きたまま腹を裂いて搾り取るとのことだ。ただし、血抜きの処置をされた生き物はゾンビのようになるらしい。とくに内臓の暴走が目立つということだ。

「だから、出来上がってしまう前に何とかしなければならないんだ」

「何言ってるんだよ、あんたらが造ってるんだろう。長生きしたいからって」

「それは違う」と団長が首を振った。

「わしらは止めさせたいんだあ。だけどなあ、みんな夢中になっとるからな。だめだっつってんのに聞きゃしねえ」

団長とアザラシじいさんは独鈷路戸の老人たちに与しつつも、船の化け物を造り出すことを拒否していた。あれは人智を超えた邪悪な怪物であり、いくら長生きがしたいとはいえ、やってはいけないことだと理解している。あんなものに生命を吹き込んではならない。神様仏様の罰が当たって地獄の釜の蓋が開いてしまうと、アザラシじいさんは真顔で言った。

「そう思っているのなら、納屋に行ってあの船を壊せばいいだろ。あんたらは一応仲間なんだから入れるはずだ」

「ダメだ」

「なんでだよ」

「あれを叩き壊しても、また新しい物を造られてしまう。血を集めてな」

確かにその通りだ。老人と猫はどこにでもいるからな。

「じゃあどうすればいい。あの納屋ごと燃やすか」

「あの本がある限り何度でも造られてしまう。逆に本さえこっちの手に入れば、今あるやつを跡形もなく始末できるんだ」

いつの間にかバスが止まっていた。どれくらい前に停止したのか、全く気づかなかった。

「だったら、その本を盗めばいいだけの話だろ」

「俺たちは近づけない。本の恩恵を受けているからな」

どういう恩恵を受けているのか、それは説明されなくともわかった。血液の入れ替えだ。あの理科教師に似た医者に血を抜き取られ、そして再び自らの体内に戻してもらっている。だからアザラシじいさんは、しなびた見かけのくせしてやたら力強いのだ。

「そのままとっとと行って、その本っていうのをかっぱらって、化け物を退治すればいいだろう」

「だから、わしらにゃあ無理だって言ってるべや」

アザラシじいさんの拒否が強かった。本の警備がそれだけ厳重だということか。

「俺たちの血には本の力が入っているから、それを管理している者の意思には逆らえない。不用意に近づくのは命取りになるんだ」

ますますオカルトじみてきた。まるで、呪いにでもかかっているかのような言い様だ。

これをどう解釈したらいいのか。

ここの住民は、常識では考えられない現象を体験している。医学書か生体工学の専門書かわからないが、とにかくその本が素朴な住民の宗教心を掘り起こしてしまい、信仰の対象になってしまった可能性がある。神々しい力を秘めたそれには、うかつに触れてはいけないとの強い禁忌の暗示が効いているのだろう。

「独鈷路戸に、あの特別な本を扱えるのは二人しかいないんだ。俺たちは読めもしないし、手出しできない」

「はあ。それじゃあ本を手に入れても無駄じゃないか。読めもしないのにどうやって化け物を退治するんだよ」

「だからおまえがやるんだ」

「ちょっと待ってくれよ。たとえ俺がその本を盗み出したとしても、扱えるのは二人しかいないんだろ。だとしたら意味ないじゃないか」

本を読むことができて、その効力を発揮できるのは誰かと訊くと、アザラシじいさんが医者だと答えた。

「もう一人いる」と団長が言った。そいつは医者の仲間だろうとの予測は裏切られた。

「おめえの母ちゃんだべや」と聞かされた瞬間、しばし息をするのを忘れてしまった。

母は、宣教師が残した特殊な本を読むことができるのだと団長は言った。しかも、あの納屋で人間すり潰し船を造っていると、アザラシじいさんが付け加えた。理科教師みたいな医者は、老人の血を循環させるだけで、他にできることはないとのことだ。想像以上に本の内容は謎が多くて、医学部出のエリートでも簡単には扱えないのだ。それがなぜか、母にはできると言う。高卒のうえに家を出るまで主婦一筋なので、語学の専門教育を受けたことはないはずだ。得体のしれない古文書か最新の生体工学書なのか知らないが、そんな難解な医学用語など読めるはずがない。まして医学、生物学の臨床的な施術をするなんて不可能だ。母はちょっと不気味なところもあるが、根本はごくごく平凡な主婦でしかない。これはきっと、なにかの間違いだ。

「静子さんが中心になって、あれを造っているんだ。他の年寄り連中は手伝っているだけだ。静子さんがいなければなんにもできないからな」

家出をしてから、母がどんどん遠い存在になっている。ブチの尻の穴を雑巾(ぞうきん)で拭(ふ)いていたあの凡庸な主婦が、いまではカルト宗教じみた生体実験を指揮しているとは驚きだ。

「俺たちの言うことには耳を貸さないが、息子が止めろと説得したら、さすがに考えるだろう」

団長の魂胆はすぐにわかった。私に利用価値を見出(みいだ)したのだ。

「手伝ってくれればいい。おまえだって、母親が人殺しの道具を造っているのは嫌だろう」

あの船が人間を呑み込んで潰すのなら、道具なんて生易しい物ではない。邪悪の権化であり、もしうろつきまわるのなら、それは北の大地の災厄となるだろう。母がそんな魔物に関わっているのなら、息子である私が煉獄の向こうから引き戻してやるのが、親孝行というものだ。それに三咲の救出をこの二人に頼らなければならない。協力するしかなさそうだ。

「わかった。なんとか母さんを説得してみる。だけどまず三咲を助けてからだ」

「おまえの女は静子さんのとこにいるよ」

その状態が良いのか悪いのかわからない。一石二鳥だとも団長が言った。

「まず降りて、ゆっくりするべや。あっつい茶でもごちそうになってよ」

私たちはバスを降りた。辺りには機械類や重機のスクラップが散らばっている。ここは見覚えがある。あの寝たきりの女がいる場所だ。

すっかり日が暮れてしまった。蛍光管一本だけの小屋は、決して明るくはなかった。吊るしていたシシャモの黒い干物をストーブで炙り、アザラシじいさんが旨そうに食っていた。どこに隠し持っていたのか、カップ焼酎をぐびぐびとやっている。アルコールがまわったのか、充血した目玉がとび出ているようにみえて、まさしく海獣そのものだ。団長は白湯を何杯もおかわりしている。ちなみに団長と呼ばれるわけは、彼が独鈷路戸消防団の団長だからだ。どうしてそれがわかったのかというと、布団の女が教えてくれたからだ。

彼女は、昼間出会ったときと変わらず床に臥せっていた。青白い顔が蛍光灯の光でさらに白く見えた。あの時も思ったのだが、女は病弱で痛々しいというよりも、その白色具合が妙に端麗であり、翳った妖しさというか、正直にいうと魅力的なのだ。明るくて活発な三咲の対極にある美しさだ。苗字は言わなかったが、咲恵と名乗った。

　女が母のことを恐ろしいといったのは、母がやっていることを知っていたからだ。咲恵さんも、ここの年寄り連中が生体実験まがいのことをしているのに反対していた。非道な行いを続けていると、やがて人は悪鬼にとりつかれ、地獄で際限のない責め苦を味わうと言った。団長とアザラシじいさん、咲恵さんは、いたってノーマルな正義感を持っていた。

　私たちは、スクラップ置き場にある小屋で計画を練った。万年床の女を囲むようにして話し合った。宣教師が住処にしていた納屋に入って、例の本を盗むのだ。そして母に会って説得する。未完成な船を、その毒が飛び散る前に葬ってもらわなければならない。三咲は納屋に拉致されている。母は人間すり潰し船を仕上げるために、本を片手に籠っているのだと団長は言った。

「あしたよう、みんなで一緒に行くことになっとるんだ。だからなあ、おめえはこっそりと後からつけてこいや。わしが最後に入ってちょびっと開けとくから」

　そうして皆が帰ったあとに母と対面し、なんとか説得するという作戦だ。

「ちょっとまって。三咲はどこにいるんだよ」

　優先順位は三咲が一番だ。もちろん母の翻意がなければすべてがうまくいかないが、彼女の救出を忘れられたら困る。

「入って一番奥に地下室があるから、そこに監禁されているよ」

地下室に監禁とか、これはもう凶悪犯罪の類だ。

「彼女さんが心配なのね」

いえそれほどでも、と思わず言いそうになった。三咲を大事に思っていることを、咲恵さんに知られるのが何となく疎ましかった。

「団長は、なにをするんだ」

「俺は連中に少しばかり睨まれているからな。一緒にはいかないほうがいいだろう。ちょびっと離れた場所で待っている」

「団長さんは正義感が強すぎるの。じいちゃんたちとは合わないわ」結局、私一人がほとんどの役割をこなさなければならないようだ。

アザラシじいさんの後に続いて納屋に侵入したら、人の気配がなくなってから地下室の三咲を助け出す。母に化け物を処分するように説得して、その結末を見とどけてから本を団長に渡す。それを炭の破片になるまで焼いて終わりだ。

本を焼いたとなると、団長やアザラシじいさん、咲恵さんは、独鈷路戸で困難な立場になるのではないかと心配なのだが、「なあんもだあ。全部おめえがやったことにすっからよお」との返答だった。なるほど、悪いのはどこまでも私だということだが、まあいいだろう。私としても、母と三咲を連れてここを離れれば万事解決だ。二度と北の辺境地を訪れることはない。

本がなく、母がいなければ独鈷路戸の年寄り連中はなにもできない。医者だけでは、真似事しかできないそうだ。不老の夢と健康への執着は、あきらめるしかない。

「あとは時間がたてば話題にもしなくなる」

「忘れたころに、みんな死んじまって終わりだあ」

そんなにうまくいくのかとの不安があった。これまでの人生で、計画した物事が当初の目論見通りいったためしがない。必ずひと波乱、いや、二つも三つも波乱があり、目的自体を見失ったこともある。困難は覚悟しなければならない。

「おまえはここに泊まれ。明日むかえに来るから」と唐突に言われた。

「変なことするんじゃねえぞ」とアザラシじいさんは意味ありげに言った。二人は出ていき、私と寝床の女だけにされた。

咲恵さんの小屋はまさに犬小屋のように狭いので、私が寝るスペースなどないし、まして寝具なんてものも見当たらない。まさか病気で寝ている女の布団に潜りこむわけにもいかないだろう。薪ストーブは朝まで小さく燃え続けるから、凍えることはないと思う。壁に寄り掛かった姿勢のまま仮眠するしかない。

見知らぬ女と二人っきりの夜は、どことなく気まずい。夜が深まるにつれ二人の仲が不埒なものになるのなら、そういう期待で時間を短く感じるが、咲恵さんとそうなってはいけないので時の経過が長く感じる。おしゃべりな三咲なら、初対面でもさほど緊張することもなく話し続けられたが、寝床にふせっている美人には臆してしまう。無理に話しかけると墓穴を掘ってしまいそうだ。そんなことを考えながら黙っていると、彼女のほうから言葉をかけてきた。

「お母さんは、普段どんな人なの」

「どんなって、ふつうの主婦ですよ」

そうなの、と天井を無表情に見つめる。どうして母のことなんか訊くのか気になった。

「母さんを知ってるのですか」

「知ってるよ。だって怖い人だから」

「そんなことは」

「あの人はなんだってするの。どんな残酷なことだって平気。ねえ、知ってる、あの自転車でみんなの血を運んでいるのよ。注射で血を抜きながら、また注射で血を返すの。血の配達人よ。恐ろしいでしょう」

母は医者の真似事までしていただけでなく、あの薄汚れた自転車で血を宅配しているのか。荷台にある箱が赤茶けていたのは、錆ではなく血液だったのだ。

「ここではそうでも、家族にはやさしいよ」

「そんなのは嘘、本性を隠してるだけ。あの人はこうと決めたら絶対にためらわない。たとえ血を分けた子供にだって容赦しないよ」

返事に困った。母の捉えようもない影の部分を、私は知っている。残虐を知りつくしたような冷徹な瞳で、底なしの領域を見つめる時があった。そんな母は、咲恵さんが言うように、なにもかも呑み込んで、灼熱の地獄で嚙み砕く鬼神なのかもしれない。

事実、遠く凍えたこの土地で、生きた人間をすり潰す化け物を造り出そうとしているのだ。それが真の目的なら、説得しようとする息子にも容赦ない呵責を加える可能性はある。

「失敗すると思っているのですか」そうであることを望んでいるように思えた。

「うまくいくわよ。それはわかっているから。だって、家族でしょ」

眠るので電気を消してと言われた。立ち上がって紐を引っぱった。薪ストーブの吸気口に微かな炎が起こっている。女の寝息が聞こえたような気がした。壁に寄り掛かり、私も目を閉じた。この姿勢は尻が痛いなと思いながら眠りについた。

差し迫った尿意で目が覚めた。鉄板で体中を叩かれているような寒さだ。明るかった。ドアが開いているのだ。咲恵さんが上半身を起こしている。小柄なばあさんがいた。

「あんれまあ」と、あきらかに私を見て驚いていた。見られた、まずい、と思った。咄嗟に言い訳じみたことを考えて、それを急いで吐き出そうとした瞬間だった。

カコンと、小気味よい金属音が響いた。小さな老婆がさらに縮まり、ドサッと崩れ落ちた。団長が後ろに立っていた。手には先のとがったスコップを持っている。何が起きているのかわからなかった。小便したいのも忘れて呆然としていると、ヒューヒュー言いながら老婆が立ち上がった。額には血が流れている。私に向かって、まるで酸欠気味の金魚のように口をパクパクさせていた。血まみれの顔面が、とても気の毒に思えた。

団長が大きく振りかぶっているのがわかった。ああ、そういうことなのかとぼんやりと認識した。開け放たれたドアから寒風が吹き込んでくると同時に、スコップの底部が老婆の頭を直撃した。両方の目玉がとび出したように見えたが、多分それは錯覚だろう。床に伏せているので確かめようがないし、確かめる気もなかった。飛び散った血が私の頬に当たった。ひどく熱いように感じた。濡れた感触がいやで、指で頬を抓(つま)んだ。赤黒い血とともに、数本の白髪が絡みついていた。

うおおおおと、私は叫んだ。ばあさんが再び立ち上がった。頭頂部がひどい有り様になっている。恨めしそうな眼が、こちらを凝視していた。睨まれただけだが、十年は寿命が縮んだと確信した。なぜ私ばかり見るのだと叱ってやりたかった。

「ぶっ叩いたってだめだべや」アザラシじいさんが入ってきた。

団長は気がふれたみたいに、何度も何度も殴打を繰り返した。頭部をスコップでぶん殴られるたびに、老婆は沈んでいった。それでも両足を踏ん張って膝(ひざ)をつかずにいた。熟れたトマトを踏み潰したみたいな頭になっても、まだ四股(しこ)を踏んでいた。

「すったらもんじゃ日暮れるわ。こうだっ」と言って、アザラシじいさんが割り込んできた。見るからに不吉な大物を手にしている。ざっくりとした音がした直後、老婆の頭部が落ちた。巨大なナタで叩き落としたのだ。

「な、うっ、これは、え」

意味のある言葉が出てこなかった。床板と壁の合間に止まった老婆の生首が、まだこちらを見つめていた。

私は腰を抜かしている。生まれて初めて殺人を目撃した。しかも、血飛沫がかかるほど近くでの凶行だ。ただ現実という感じがしなかった。私がこの瞬間を経験しているはずがないとの思いが、ことのほか強かったのだ。

「おらあ、とっとといくべや」

アザラシじいさんが、私の襟首を摑んで引っ張った。

引きずられるようにして小屋を出た。そこには、すでにバスが来ていた。靴はかろうじて履くことができた。団長が小屋のドアを閉める際に、寝床の女がとった行動が異様だった。

ナタで切り離された老婆の胴体を、布団の中へと引き込んでいた。切り口からドロドロと血が流れる死体を、まるで地蜘蛛が獲物を巣穴に引き入れるように手繰り寄せていたのだ。布団の中へ引き込まれた老婆がどうなるのか、想像すらできなかった。

私は恐慌状態のままバスに乗った。いや、アザラシじいさんに摑まれながら無理矢理乗せられたのだ。もはや常連客となった車内で、ジタバタと暴れながら喚いた。

「落ち着け、シャキッとしろ」

「放せこの野郎、俺に触るな、あんたら人殺しだ。それも、なんにもしてないおばあさんの首を切るなんて、ほんとに、ああ、ちっくしょう」

沸き上がる感情を、どういう言葉で表現したらいいかわからなかった。

「仕方なかったんだ。吉見(よしみ)のばあさんに見つかったからな。殺さなければ、おまえがあそこにいることがすぐにばれる」

「そしたら、おめえはなあ、すぐにとっ捕まって、こんどこそ容赦ねえぞ。手足もがれて、化け物のエサだ」

「それも生きたままだ」

二人の言うことには説得力があった。おそらく、そうなるだろう。私が引き裂かれる現場に母が同席するかどうかはわからないが、彼らを苛立(いらだ)たせているだけに、手加減なしの暴虐を受けるのは確実だ。状況は切羽詰まっている。もし最悪が老婆に降りかからなかったら、三途(さんず)の川の向こうで手足を集めているのは私なのだ。

首を切り落とされた老婆は、咲恵さんの身の回りの世話をしていた。独鈷路戸の年寄りなので、当然母とネズミ顔一派につながっていて、血液入れ替えの効用で頑健な体になっていた、ということだ。

「ぱあ〜って走られたら追いつけないんだ。俺たちの関係もバレてしまったら、もうそれで終わりだからな」

「あのばばあ、速(は)え〜なんてもんじゃねえからなあ」

時速百キロで走ると、アザラシじいさんは真顔で言った。まるで都市伝説ではないか。

「わかっただろう。あの本の力を受ければ、驚くほど丈夫になって、そう簡単には死なん。俺たちは怪物になりかけているんだ」

自らが怪物に近い存在であるというのは、いい気分ではないだろう。望んでしたことではあるが、巻き付いた不浄の鎖をほどきたくなるのは人としての道理だ。人殺しとなってしまったが、自らの身体に宿った魔性の血に苦悩し、背信的な行為をやめさせようとしているだけ、団長やアザラシじいさんは良心的なのだろうか。

「だけど、あのばあさんがいなかったら、咲恵さんはどうなるんだ。いまだって誰も世話する人がいなくて困っているんじゃないか」

「おめえが心配しなくていい。うめえこと、母ちゃんを言いくるめればいいんだあ」

正直な話、咲恵さんの心配よりも、彼女のあの瞬間の行為が非常に気になっていた。グロテスクな肉の塊を自らの布団の中へ入れるのに、如何なる意味があるのか。思い返しても、おぞましいとしか言いようがない。咄嗟のことで、我知らず死体を隠したのかもしれない。極度の焦りは人をおかしな行動に駆り立てるものだ。そう納得するしかなかった。

「ばあさんのことは忘れろ」

団長は強い口調で命令した。あの光景を忘れることはできないが、忘れようと努めなければ成就しない事実があることを、私は知っていた。「わかった」と言ったと同時にバスは動き出した。

第五章　侵　入

運転席でハンドルを握るのはビニール人形だが、実際の仕事をしているのは目玉河童だ。私は、納屋の少し手前で降ろされることになっていた。アザラシじいさんはすでに出かけている。これから年寄り連中と合流し、母を連れてやはり納屋へと向かうのだ。そこで化け物船を仕上げにかかる。無残に首を落とされた老婆の死を無駄にしないためにも、私はそれを阻止しなければならない。母を説得して化け物船を解体し、諸悪の根源になっている宣教師が残した本を手に入れ、団長たちがそれを処分して終わらせる。もちろん三咲は真っ先に助け出す。

「静子さんが嫌だと言っても本だけは手に入れろ。いいか、本だけは絶対に奪い取れ」

団長の本に対するこだわりは、度を越しているように思えた。この人は、おそらく私や三咲のことなどどうでもいいのだろうな。それだけ化け物船の脅威が深刻だということでもある。母がどうしても本を手放さなかったらどうするのか訊こうとしたら、バスが止まった。私は、蹴飛ばされるようにして降ろされた。

車道を歩くと人目につくので、脇の草むらを、腰をかがめて這うように進んだ。粉雪が靴の中に入ってひどく冷たい。凍てつく地でも、なぜか枯れない笹の葉に足をとられて何度も転んだ。納屋がある場所までは、まだまだ歩かなければならない。もっと近づいてから降ろしてほしかった。

途中から走ったりしたので、納屋にたどり着いたときは相当疲れていた。ゼーゼー咽を鳴らして肺に極寒の空気をとり込むと、かえって咳き込んでしまう。周囲に人の気配はなかった。まだ誰も来ていないようだ。

入り口の大きな南京錠は、しっかりと掛けられていた。ドアに耳をつけて中の様子を探ってみたが、とくに何も聞こえなかった。耳がよほど冷えたが、三咲がこの中で監禁されていると考えると、そう簡単には離せない。聞き耳を立てながら、飯は食わしてもらっているのか、寒くて凍えているのではないか、ひどい暴力を受けているのではないか、と心配に思った。

女子なので、トイレはどうしているのだろうか気になった。さびれた納屋の地下室に清潔な便器があるとは、とても思えない。洗面器かバケツの類にするのが監禁の常道だ。三咲はトイレが汚い飲食店などに行くとキレてしまい、注文したものも食べずに出てしまうことがあった。奔放そうに見えて意外にも潔癖症な彼女が、おそらく不潔で埃だらけの暗闇で、一人耐えているのが不憫でならない。

人がやって来る気配がした。中の様子を探るのをやめて、少し離れた窪地に身を隠した。母や老人連中がやってきたのだと思った。アザラシじいさんが最後尾についているはずで、みんなが納屋に入ったあとに、入り口のドアを少しだけ開けてくれる手はずになっている。その隙に忍び込めばいい。

しかし、姿を現したのは団体ではなかった。人影は一人しか見当たらない。細身の男が、なんだかためらいがちに歩いてくる。納屋の側面をうろうろしたかと思うと、前面にきて入り口の南京錠を見ていた。極寒の北国には場違いな、いかにも安物そうな薄手のジャンパーを着ている。よほど寒いのか、上着のポケットに両手を突っ込んで背中を丸めていた。そのなさけなく萎縮(いしゅく)した男には見覚えがあった。父だった。

びっくりした。なぜ父がここにいるのか、わけがわからない。いくらなんでもありえないだろう。しかも、このタイミングでだ。

父は薄着で帽子も被らず、長年使い古したテニスシューズを履いていた。家の周りを散歩するような格好で、あまりにも無防備すぎる。

私は混乱した。どうしたらいいのかわからない。声をかけるべきなのか、このままやり過ごしたほうがいいのか、考えがまとまらなかった。どっちにしようかと迷いながら父を眺めていると、遠くのほうから騒がしさが近づいてきた。大勢の人影が見える。一列になって来る集団には、自転車も交じっていた。母たちがやってきたのだ。父は気づいていないのか、寝床を探すホームレスのように、相変わらずウロウロしていた。しかも催してきたのか排尿をし始めた。背中を丸めて、なかなか切れない小便に右手を震わしている様は、差し迫った状況を忘れさせるほど情けなく滑稽でもあった。

私は飛び出した。集団に見つからぬように腰をかがめながら、納屋の扉へ急いだ。どうしても小便が切れない父は、いらだって悪態をついていた。下ばっかり見ている父の肩を摑んだ。ハッとして顔を上げた父は、食い入るようにこちらを見つめた。飛び散った数滴の尿が、私の左手の甲にかかったような気がした。蹴飛ばしてやろうかと思ったが、代わりに顎をしゃくって後ろを指し示してやった。

父は、それでようやく集団がやってきていることに気づいた。弾かれるように逃げて、父に覆い被さるようにして伏せた。入れ替わるように、母とネズミ顔、ヤクザオヤジ、その他の年寄り連中が納屋の入り口までやってきた。最後尾には、アザラシじいさんが白々しくついてきている。南京錠が解かれて全員が中へ入った。約束どおり扉は少しばかり開いていた。

「こんなところで何してるんだ」と、できるだけ押し殺した声で父を怒鳴った。これから大事を成し遂げなければならないのに、思いもよらぬ邪魔者だ。

「おまえが知らせたから、ためしに来てみたんだろうが」たしかに電話はしたが、来いとは言っていない。

「なぜこの場所に来たんだよ。母さんに会ったのか」

「会うものか、そんな必要どこにある。俺はあんなやつ、なんとも思ってないんだ。あいつがいないほうが気楽でせいせいしてるんだ」

だったら来なければいいだろうと言ってやりたかった。

父の話は支離滅裂だが、要するに母に未練たらたらでどうしようもないのだ。帰ってきてくれと正直に言えばいいだけなのだが、それをできる器量など生まれる前から持っていない。しかし、よりによって独鈷路戸の、この納屋にたどり着いたことが謎だった。

「おまえが言っていた家に行ったさ。教員住宅ったって、あれは犬小屋だ。強情張って家をでるから、あんなとこしか住めないんだ」

空港から独鈷路戸まで、漁師の車に乗せてもらったそうだ。中年オヤジがヒッチハイクするとは、まあヤケクソだろうが無駄に行動力がある。母の家はすぐに見つけたみたいだ。

学校に隣接した家で、いかにも住んでいるのは母のところだけだ。もちろん、玄関から入って母と向かい合う度胸など父にあるはずもなく、ただストーカーのように張り込みしていたらしい。本人は散歩していただけだと言い訳したが、初めて訪れた土地で、しかも家出した女房の住まいの周囲を散歩するバカがどこにいるというのか。父らしい未練がましさと弁明の姑息（こそく）さに、イライラした。

父は、母の隣の家の陰で座っていたそうだ。寒い中で張り込みをしていったいどうするつもりだったのか。それについては答えなかった。たぶん、見ているだけで何もしなかったはずだ。

しばし下衆（げす）のように覗き見していると、年寄りたちがわらわらと集まってきた。家から出てきた母を囲んで、老人たちが納屋の話をしていたそうだ。田舎の人は、たとえ年寄りといえども地声が大きいので、会話内容はよく聞こえたそうだ。

「で、納屋について、どんなことを話していたんだ」

「知らん」

「はあ」

「納屋に行くということを長々話していた。なにか美味いもんでもあるのかと思ったがな」

「それで、ノコノコと母さんたちの後つけてきたのか」

「ああ、納屋が見えたから、途中で追い越してやったがな」

独鈷路戸での事情を話している余裕がない。オカルトじみた生体実験が住民たちに蔓延して、化け物じみた奇怪な生き物が造り出されている。今日は殺人まで起こってしまった。

しかも、その中心に母がいる。母の家出で、ただでさえ心にダメージを負っている父に、その事実を納得させるのは困難と思われた。なにをマンガみたいな戯言を言っているのだと、変人と成り果てた父に変人扱いされるのがオチだ。これから忍び込んで正々堂々母と対峙しなければならないのに、この男はどうにもお荷物で仕方がない。母と話したとたんに激高して、気分次第で喚き散らすのが目に見えている。場をぶち壊して、私の目論見が達成できなくなってしまう。これでは三咲を救えない。

「父さん聞いてくれ。俺はこれから中に入らなければならないんだ。だから、そのう、ここで待ってたほうがいい。いや、そうしてくれ」

「こんなクソ寒いとこで待ってなんかいられるかっ。いったい、あいつは中で何やってるんだ。おかしな連中がいたな。なんだ、ありゃあ。宗教か、宗教だろう」

父は、母が新興宗教の類にのめり込んでいると判断したらしい。まるっきり間違っているわけではないが、その誤解は楽天的すぎた。

「だから、少しの間だけでいいんだ」

「いや、行く、俺も行く。早く連れていけ」

来るな、行く、を親子で押し問答していると、なにやら不穏な気配がやってきた。

納屋のドアの隙間から黒い何かが出ていた。猫だ。小さな黒猫が隙間をすり抜けて、トコトコ歩いている。

私と父は話すのをやめてその黒い物体に注目した。黒猫の進み方がどこか妙なのだ。最初は脚を怪我しているのかと思った。そいつは数メートル歩いて、くるりと向きを変えた。おやっ、と思った。黒猫が赤猫になったのだ。いや、毛並みの色が変わったというよりも、その形状が立体的に納得できないものだった。

「おい、あれはなんだ」

向きを変えたこちら側は断面だった。黒猫はその身体を縦に真っ二つに切られていた。そして、半分だけになって納屋から出てきたのだ。歩行が不自然なはずだ。脚は前後一本ずつしかないからだ。

「半分っこだな、あの猫」

父は呆然としていた。蚊の鳴くような小声で、もう片方はどうしたとも言った。

半分に切断された黒猫のもう一方は、おそらくその辺をうろついていると思われる。雪の地面に血がほとんど滴っていないことが、この生物の異常さを物語っていた。

「おい、説明しろ。おまえ、なにか知ってるんだろう」と父は言った。

確かに私はあらかたの事情を把握している。だがそれを今ここで説明しても、父が正しく理解できるかどうかわからない。非科学的だ、妄想だ、と言って頭から拒否する可能性が高い。

黒猫が近寄ってきた。背骨が大きくもり上がって、尺取虫みたいな動きだ。半分しかないので、当然そんな歩き方になるだろう。

それにしても、半分だけの猫というのは常軌を逸している。口も鼻も、脳みそまでが半分なのだ。舌らしきものがチロチロとでて、自らの前足を舐めた。咽でも渇いたのか雪を一口二口食べた。溶けた液体は、咽元まで届かないうちに断面から滲みだしていた。なにを思ったのか、父が頭をなでようと手を伸ばした。冷静そうに見えて、じつは混乱しきっているのだ。

「わっ、ばか、触るな」と言ったが遅かった。

まず黒猫の鼻の奥あたりから、ナメクジを長くしたようなものがヌメッと出てきた。

次に、半分になった脳みそがワサワサと蠢きだした。そして、その小さく白濁した塊が父の手の甲に貼り付いた。

「うっ」

一瞬の後、父は悶絶しながら腕を何度か激しく振った。そして死刑宣告されたような絶望的な表情で、その手の甲を私に突き出した。脳みそが中指の付け根付近にくっ付いているのだが、そこから血が出ていた。父の狼狽ぶりから脳みそが噛みついているとわかった。とってくれ、とその必死の形相が訴えていたが、あまりの気色悪さですぐに対処できなかった。

私の左足首のあたりに、柔らかな感触があった。父に集中していたので気づかなかったが、別の黒猫が来ていたのだ。もちろん、別といっても他の個体ではない。半分になった、もう片方という意味だ。

合体でもするのかなと暢気に考えた。そうなった場合、片方の脳みそは父の手に噛り付いているので、余程お馬鹿な猫が出来上がるだろう、などと考えた。ニャーではなくワンと鳴くかもしれない。なぜそんなに楽観的なのか、自分でもわからなかった。異常な事態に遭遇し続けているので、おそらく突きぬけてしまったのだろう。

合体するという予想自体は、それほど間違いではなかった。少なくとも私の足元にじゃれついている脳みそがある方の半分黒猫は、そう願っていたのではないか。

ミョーと一言鳴いて、その半分黒猫が跳んだ。そして、信じられない速さで父の顔面に巻きついた。鼻下から咽までを、黒猫のマフラーがすっぽりと覆った。切断された生々しい断面が、父の呼吸器官をふさいでいる。かろうじて、鼻の穴が露出している程度だった。

何かが出ている。最初は鼻血が黒猫を通り越して噴出していると思った。だがそれは、とても長く伸びて先端がへらへらと揺れていた。しかも両方の鼻の穴からだ。二つの物体は、お互いの存在を尊重するように付かず離れずにじゃれていて、けして絡み合うようなことはなかった。

私はすぐに理解した。父の鼻から出ているのは、黒猫の腸か太い血管か、はっきりした部位はわからないが、とにかく猫の身体の一部だろう。

父の手に嚙みついていた白いブヨブヨが、何故だか私の胸元へ跳んできた。しかも、ファスナーの合わせ目をヘコヘコと登って、鎖骨のあたりから服の中へと入ってしまった。

「うわああ」

冗談じゃねえと叫びつつ、上半身をバタバタと叩いた。

必死だった。気色の悪い化け物が素肌の上を這いずりまわり、いまこの瞬間にもヘソに嚙り付こうとしているかもしれない。二十年そこそこしか鍛えられていない精神が変調をきたしていた。小さな脳みそが腹を食い破るとの想像が、私の脳に尋常ではない量の化学物質を分泌させていた。

内臓を喰い荒らした脳みそは、しまいには肛門を勢いよく破って出てくるかもしれない。ホラー映画でそういう場面を見たことがある。しかも、ここの状況はまさにそういう劇場の真っ只中だ。パニックにも拍車がかかるというものだ。

　幸か不幸か、右わき腹にこちょこちょとした感触があった。贅肉検査をする時のように、服の上から力を込めてむんずと掴むと、服の中でパチンと弾けた。やったと安堵した。胸元に鼻を突っ込んでニオイを嗅いでみた。プ〜ンと、野良猫の体臭を凝縮したようなニオイがした。脳みそは、破裂して死んだみたいだ。

　私のことに気を取られて、しばし父の相手をできなかった。見ると、雪と笹の地面に仰向けに倒れていた。何てことだ。いつの間にか、脳みそが逸脱したほうの半分黒猫も顔に張りついていた。したがって父の顔面は、二つの黒猫によって目、鼻、口、咽まで覆われているのだ。息ができなくてよほど苦しいのか、全身が小刻みに震えている。これはまずいと直感した。このままでは窒息してしまう。

「父さん、いま引き剝がしてやるから」と叫んで黒猫の毛皮を掴んだ。

　力を込めて引き剝がそうとするが離れない。がっちりと張りついていた。無理に引っ張ると、父の頭部ごと持ち上がってしまう。まるで巨大な二匹の吸血ヒルに吸いつかれたみたいだ。これはどうしようもないぞ。父が何事かを言っている。だが猫の半身に覆われているので、はっきりとは聞こえなかった。おそらく泣き言だと思う。

　上下二段に巻きついている、上の奴から引き剝がすことにした。顔のあたりに手をかけると、噛まれてしまった。それほど痛くはなかったが、いい気持ちではない。脳みそがないくせによく反応できるなと、正直感心した。

今度は噛まれないように、要領よく摑んで力を込めた。少しだけ引き剝がすことができた。なるほど困難なはずだ。半分に切断された黒猫の肉の部分が、父の顔の皮に食いついていた。より正確には、肉のヒダが多数のミミズ状になっていて、その一匹一匹が噛みつき、皮膚の内部へ食い込んでいるのだ。

引き剝がすことを一瞬ためらった。無理強いすると、父の顔が悲惨な状態になりそうだからだ。だが、このまま放置すると窒息死してしまうし、何よりもこのミミズのような無数の肉片が、顔の皮の奥深く侵入し、骨を突きぬけて脳にまで達するかもしれない。やるしかない。

力を込めて握ったために、黒猫の頭は潰れていた。それの脳みそは私の脇腹あたりですでに潰しているので、さして罪悪感はなかった。そのまま引き剝がしにかかる。

父の頭部を右手で抱えるようにして、ゆっくりと慎重にやった。べりべりと嫌な音が聞こえたような気がした。顔の皮膚が長く引っ張られる。瞼に食いついたミミズが離れなくて、中年男の、うつろな瞳が見えた。幸いなことに、目玉まで食いつかれていなかった。

なんとか、上段の黒猫を引き剝がすことができ、顔の鼻頭から上の部分が露になった。噛みついた箇所の皮膚が食い千切られ、赤い点が一面に散らばっている。黒猫の断面は、肉や内臓のすべてが無数のミミズ状に変異しているのだ。忌まわしいという表現は適当ではない。まさに虫唾が走り、自身の咽を心ゆくまで掻き毟りたい衝動に駆られた。

そいつを地面に叩きつけて、死ねと心の中で罵倒しながら踏みつけた。しかし雪の柔らかさと毛皮が緩衝材となり、さらにミミズ肉どもが意外に強靭なので、容易に潰れてくれない。靴のつま先で捻じり潰すように押し付けたが、やはり黒猫の毛皮が邪魔でうまくいかなかった。

埒があかないので、とりあえずそれを放っておいて、下段の黒猫を引き剝がしにかかった。頭部を掴むと、脳みそが指の間からとび出した。鱈の白子のようなそれは、わさわさと動きまわり、父の眉間に落ち着いた。一度手を離し、父の頭部を地面に寝かせてからゲンコツを見舞ってやった。運よく命中し、黒猫の半分脳みそは潰れた。だが相当に力を込めていたので、父も少なからずダメージを受けてしまった。まさか骨が折れてはいないかと心配したが、どこかすっきりした気持ちもあった。

一度経験した作業を二度目にすると、案外雑になってしまうことがある。上の毛皮は慎重にやったが、下段の黒猫は一気に剝がしてしまった。鼻の下から咽元にかけて、多数のミミズ肉が食いつき、ぶら下がっていた。まるでナポリタンスパゲティーの付け髭をつけているようだ。

それは生涯のトラウマとなる光景だった。全身が鳥肌を通り越してサメ肌となった。さっきよりも猛烈に、身体のあらゆる箇所を掻き毟りたいと思った。半狂乱になりながら、父の顔半分に繁茂しているミミズ肉を摑んで引き抜いた。ぶちぶちと音が鳴った。全てを片付けた顔は、穴だらけ血だらけであった。父の意識はない。毟ったミミズ肉と、踏みつけても強靭な黒猫は、遠くのほうへ放り投げてやった。

父の鼻の穴にさっきの長い奴がいた。両方の穴から、長い体をだらりと出している。心の底から触りたくはなかったが、排除しなければならない。だらしなく飛びだしている太ミミズ肉の先端を、つまもうとした。だがそいつは、ひょいと身を縮ませて鼻の奥へ潜ってしまった。もう片方も摑もうとするが、やはり指先に触れるか触れないかで身を縮めてしまう。鼻の穴に細い木の枝を突っ込んでみたが反応はない。すっかりと穴の奥へ潜ってしまったようだ。

遠くに放り投げたはずの黒猫が、いつの間にか納屋の前を行き来していた。それは歩いてはいなかった。切断面を地面につけて、滑るように動いていた。黒猫の毛皮が川の流れに乗っているようだった。

父は呼吸していないように思えた。とにかく顔中傷だらけで、ひどい有り様だ。私は医療の素人なので、どうしたらよいのかわからない。人工呼吸を行って息を吹き返させなければならないとの考えには至っているが、たとえ肉親といえども、この中年男に口づけなどしたくはなかった。ましてや、鼻の奥に得体のしれない化け物が寄生しているのである。そんなことは論外だ。

あるいは衝撃を与えたら意識が戻るのではないかと考え、力まかせに張り手をしてみた。父の顔が歪(ゆが)み、片方の鼻の穴から太ミミズ肉がとび出してきた。

正解である。すかさず摑んで全部を引っ張りだした。すると、尻尾(しっぽ)の先に何かを咥(くわ)えているように見える。ひょっとしてこれは頭部内にある何かの器官ではないか。こいつは父の一部を食ってしまったのかもしれない。まずいことをしてしまったか。

呆然(ぼうぜん)としていると、納屋の扉が開いた。ざわついた空気が近づいてくる。とっさに身を伏せた。年寄りたちがワイワイ言いながら出てきた。

しまった。せっかくアザラシじいさんが段取りをしてくれたのに、父と黒猫に気を取られて、納屋の中へ侵入できなかった。母が一人で残る際には施錠されてしまう。しばらくしてから、白衣の男が開けに来るらしい。頭の中が真っ白になって、なにも考えることができない。手にした太ミミズ肉を無意識に握りつぶしていた。

騒がしかった人だかりは徐々に薄くなってきた。ネズミ顔も白衣の男も、すでに帰ってしまった。ややしばらくして、アザラシじいさんが出てきた。頭に手拭(てぬぐ)いを巻いたばあさんと、何やら話し込んでいる。手拭いばあさんは、納屋入り口の南京錠(なんきんじょう)に鍵(かぎ)をかけようとしていた。

アザラシじいさんがしきりに話しかけている。一見するとナンパしているような感じだが、実はばあさんの気を逸(そ)らしているのだとわかった。なぜなら、ばあさんが南京錠の鍵をかける直前、アザラシじいさんが何気なく手を重ねるようにしたのだが、じつは鍵がかかってなかった。ばあさんの後について帰るアザラシじいさんが、一瞬手を振ってから南京錠を指さした。鍵が開いて納屋の中へ侵入できるということを、私に知らせているのだ。

ミミズ肉にやられてしまった父を放っておくのは気が引けるが、この機会を逃すと納屋に入ることはできないだろう。母に直談判して化け物船造りを止めさせ、問題の本を団長に処分してもらわなければならない。父の処置は、その後でもいいと思った。もう一方の鼻の中にいる太ミミズ肉は奥に引っ込んでしまい、つまみ出すことができなかった。父の汚れた顔を手で拭いて、あとで必ず何とかすると約束した。私は屈んだ姿勢で扉へと向かい、そして南京錠を外し、ゆっくりと扉を開けて納屋の中へと足を踏み入れた。

以前にもまして生臭い臭気が充満していた。例の化け物船は、こころなしか少し大きくなっているように思えた。肉厚感が増して、より不気味になっている。なんだか、とても肉っぽく見えた。船体の大部分を血の滴る生肉でコーティングしているかのようだ。誰かの肉を毟り取って、それをくっつけ合わせて船を造ったみたいだ。一言でいえば、肉船である。

母はその肉船の舳先にいて右手をあてがい、じっと立っていた。まるで精魂込めて造った芸術品を愛でているようだ。

「母さん」

振り向いた母は、意外そうな顔をした。突然現れた息子に、かけるべき言葉を失っている。

「母さん、そんなものを造っちゃだめだ。もう家に帰ろう。沙希だってブチだって待っているよ」

母は愚かな女ではない。話せばわかるはずだ。ここは説得しきるしかない。

「な、帰ろうよ」

だが私は、母の表情の奥にあるものを摑めていなかった。

「これはね、あなたには関係ないことなの。ここで見たことは忘れなさい。誰にも言ってはいけない。すべてを忘れて帰るのよ」

「いやだ。一人では帰らない。三咲と母さんと一緒だ」

正義は私にあると確信していた。親だからといって臆する理由はないのだ。

母は、再び意外そうな顔をした。なにかを言いかけたが、なにかに気づいたようにその言葉をのみ込んだ。

「人喰いの化け物なんて造って長生きしても意味なんかないよ。頼むよ母さん、目を覚ましてくれ」

「人喰いって、なんのことをいってるの」

「何って、この船だよ。これは母さんたちが生き血を集めて造ってるんだろう。それで不老不死の血がほしいから、人をすり潰すんだ」

「それで」

「それでって」からかうような言い方に気勢がそがれた。「だから」私は母たちがやっていることを言ってやった。

おかしな本の持ち主である外国人の宣教師、血の交換、小動物の殺戮、そこから造り出された化け物たち、三咲の拉致など、オカルト思想に取り憑かれた悪行の数々を、その純然たる当事者である母に向かって吐露してやった。どのような言い訳をしても、逃がさないと気負っていた。

「おまえ、俺を捨ててそんなことをやっていたのか」背後からの突然の声に、飛び上がってしまった。

父だった。顔中血だらけになって、ひどい有り様で立っていた。

どうやら無事に覚醒したようだ。家を捨てた女房との再会という、とてもシリアスな場面なのだが、片方の鼻の穴からあの太ミミズ肉がへらへらと顔を出していたために、どこかコントのような可笑しさがあった。しかしそれを見た母は、かつて夫だった男が抜き差しならぬ状態に陥っていると気づいた。

「ああ、なんてことなの」

怒っているようで、それでいて起きてしまった不幸を哀れんでいるようでもあった。母は、父の顔を見ながら何度もため息をついた。

「いったい、ここで何をしていたんだ。おいっ、この気色の悪い肉の船はなんだ。これが化け物か。臭いぞ」と言ったところで、突然倒れ込んだ。母に文句を言えて感極まったわけではない。誰かに後頭部を殴られたからだ。

そこに団長が立っていた。フライパンに似たものを持っている。いや、フライパンだ。

「本をよこせ」と母に向かって怒鳴った。

おいおい、どういうことだよ。私はまだ、母とさえまともに話をしていないのだ。三咲の救出だってこれからなのに、出番が唐突すぎるし予定にない行動だ。それに、なぜ父を殴り倒すのだ。その必要がどこにあるのだ。

「父さん、父さん」

昏倒しているので、ひょっとしたら重症なのかもしれない。私は父を抱き起こして、必死になって呼びかけた。

「父さんに何てことするんだ」

「なんでおまえの親父がいるんだ」

団長は少しばかりうろたえていた。いろいろと状況が錯綜している。混乱しているのは、私だけではなかった。

「本は諦めなさいと言ったはずだけど。団長さんには扱えないのよ」

「うるせえ、このクソババア」

団長は母に罵声を浴びせた。そして私に向かって、本を持って来いと怒鳴り散らした。

「本より三咲だろ。おいっ、地下室ってどこにあるんだ」

地面は、冷たく乾いた土がしっかりと固まっている。ざっと見回したが、それらしい出入り口は見当たらない。

「どうやら息子に嘘を吹きこんだのね。怪物で人類を喰い尽くすとでも言ったのかしら。頭が悪くてほんと困るわ」

母が他人を挑発している姿を初めて見た。言葉の端々に、ゆるぎない意志を感じる。危害を加えられるかもしれないのに、真正面から向かい合うつもりだ。

団長は二言ばかり女性を蔑視する言葉を投げつけた後、おさまらぬ衝動にまかせて、凶器を持った右手を振り上げた。私はとっさに母の前に立った。頭を殴られては致命傷になるので、両手で防御する姿勢をとった。手首の骨が砕けるだろうと覚悟した。母が背中を引っぱった。私を助けようとしているとわかったが、下手に動くと母が攻撃を受けてしまう。暴力に慣れていない人間は、いざ暴力に直面するとなにもすることができないな、と自嘲した。格闘技でも習っておけばよかった。

「ギュオオオオー」

ものすごい咆哮があった。地獄の狂犬が閻魔大王に踏み潰されたら、こんな感じだろうか。精神に応える響きだった。

父だった。狂乱した獣みたいに団長に跳びかかり、もみ合いとなっていた。私は強烈に引っ張られた。足がもつれて転んでしまったが、それでも引きずられた。早く逃げなさいと母の声が聞こえる。子供の頃、愚図って動かなくなった私を、やはり母はよく引きずっていた。あの頃より随分と重くなっているはずだが、母の力加減は変わっていない。

たとえば獣人というのは、バイオレンスアニメやマンガにでも登場する架空の超人キャラだが、目の前で暴れている父こそが、その姿にふさわしいと感じた。

いま団長に襲い掛かっている男は、正気を完全に失ったケダモノでしかない。唸り、喚き、嚙みつき、爪を立てて、腕を無茶苦茶にぶん回して殴りかかっている。しかも、団長が手にするフライパンで何度ぶっ叩かれても、すぐに地響きのような咆哮をあげて立ち上がるのだ。叩かれる度にひどく耳障りな音が響いた。おそらく、父の頭蓋骨の相当な部分が砕けていると思われる。怒りの限界を超えた雄叫びと、痛みを突きぬけた叫喚と嗚咽が、ひどく暴力的な怒気とともに吐き出されていた。

父は、人間の生命力を超越したしぶとさと力強さを見せたが、それを迎える団長もまた常人ではない。嚙まれては頭突きを食らわし、しがみ付かれれば、十メートルも先に蹴飛ばした。地面に伏した父は一瞬動かなくなったが、くるりと四つん這いになると、それこそ発狂したゾンビのような形相で、しかも尋常ではない速さで再び団長に襲い掛かった。

鼓膜に弾けるような衝撃が伝わった。やや遅れてから私に向かって何かが飛んできたので、思わず受けとってしまった。日常的に見慣れたそれを、きちんと把握するのに数秒間を費やした。足だ。膝から下の足なのだ。ささくれた肉から血が出ていた。テカテカした安っぽい運動靴を履いている。

父が転げまわっていた。片足が見えなかった。アザラシじいさんがやってきて、用心深そうにすり足で近づいてくる。手に持っているのは銃だ。猟師が持っているのと同じような鉄砲だ。

「ちくしょう、なんなんだ、こいつは」

団長が父を蹴り上げた。エビみたいに身体を折られ、こちらに転がってきたそれを母が抱きかかえる。ウーウー唸り続ける父の頭に頰をあてて、静かに話しかけていた。すると、痙攣（けいれん）していた中年男の身体から緊張が解けだした。強張（こわば）った顔が、子供のようにほころんでいる。いつものしかめっ面からは想像できない。父がこんなにも穏やかな表情を持っていたのが、すごく意外だった。千切れた足を、父に戻したほうがいいのかどうか迷った。

「なんかよう、おっかしなふうになったべあ。まどろっこしいことしねえで鉄砲みせりゃ」

「うるさいっ。そんなもんでこの女がいうことをきくものか」

いったいどうなっているのか。味方であるはずの団長が父を殴り倒し、アザラシじいさんは猟銃で足を吹っ飛ばしてしまった。

「そうよ。撃たれても本は渡さないし、団長さんの言うことなんかきかない。無駄よ」

誰が味方で、どいつが敵か、判別がつかなくなった。いったい、私は何と戦っているのだろうか。

「母さん、何がどうなってるんだよ。母さんが悪いんじゃないのかよ」

母が人間の道を踏み外したのでないのなら、私が行動する正当性がなくなってしまう。

「三咲はどこにいるんだ、返してくれ、母さん」

父の頭部を抱きかかえたまま、母は私を見つめ、そして首を振った。「それは私じゃないの」と申し訳なさそうに言った。

「団長さんでしょ。息子の彼女をどうにかしているのは」

団長は黙っている。否定する気はないようだ。

「おい、マジか、それじゃ最初っから」私は騙されていたことになる。

三咲の救出を第一の条件に手を貸しているのだ。それなのに、三咲を拉致したのが団長とアザラシじいさんということになると、私は恋人をわざわざ窮地に陥らせていることになるではないか。しかも母親を悪と断定して、敵対する覚悟すら持っていた。父を巻き込んでしまい、取り返しのつかない大怪我までさせてしまった。

そうか、あの事故現場にアザラシじいさんがやってきたのも、今となってはうなずける。私を一味に引き入れる芝居だ。あの事故だって、バスで道をふさいで誘発させたのだろう。そうに違いない。

「おめえら、動くなよ。ぶっぱなすぞ」

私は瞬時に固まった。本物の猟銃を向けられて、動ける人間はまずいないだろう。弾を出さなくても、その存在感は絶句するほど凶悪だ。所詮ただの一般人が、映画やドラマのように格闘戦などできるはずはないのだ。

「亭主と同じ目にあいたくないのなら、本を渡せ」と団長はしつこい。

「本だけあっても、あなたでは満足にできないわよ」

母も、断固として拒否する構えだ。

団長は、アザラシじいさんから猟銃をひったくった。そしていきなりぶっ放した。地面がうなり、埃が舞った。土の粒が頬を叩き、短いが甲高くてナイフのような鋭い声が耳に刺さった。生まれて初めて母の悲鳴を聞いた。「わかってる。いちいちうるさい女だ」

もう片方の父の足が犠牲になった。足首から先が離れていた。いかにも安そうな靴を履いた足が、あらぬ角度で転がっている。父はか細い声で呻いていた。随分威力のある銃だなと、膀胱のあたりが心底冷えた。

「羆撃ちの弾だ。次は息子のチンポコをぶっとばしてやろうか」

母の前で、私に関する卑猥な言葉を聞くのは気まずかった。さらに恥ずかしい話題になる前に団長の口をふさぎたかったが、なんとしても身体が動かない。

「本をよこせ。そして俺の言うとおりにしろ。わかったか、クソ女」

銃口は私の股間あたりを狙っている。猛烈な怒りの中に嘲笑を浮かべた団長の表情は、これぞ悪人という面構えだ。

私の股ぐらが危機的だと絶望した刹那、突如として騒がしくなった。誰かが、納屋の外から入り口の扉を叩いている。男の声だ。なぜ開かないのだと叫んでいた。アザラシじいさんがオロオロしだした。チッと団長が舌打ちして、入り口の扉に向けて猟銃をぶっ放した。排出された薬きょうが地面に転がり、かすかな煙が昇っている。威力のある猟銃が続けざまに火を吐いた。思わず耳をふさいだ。母は中腰になって瀕死の父を抱えたまま、後方へ引きずっている。団長は弾をよこせと怒鳴るが、アザラシじいさんはすぐに反応できない。

入り口の扉にはいくつかの穴があいて、淡い陽光が射るように入ってきた。団長とアザラシじいさんが這うように扉に近づいて行った。我が家族のことは、一時的に眼中になくなったようだ。扉は丈夫な角材が、つっかえ棒の役割を果たしている。扉そのものが壊れないと開きはしないだろう。

扉付近はいよいよ騒がしくなった。さっきより激しくやり取りしているようだ。暴力的な声には聞き覚えがあった。ヤクザオヤジだ。開けろ、こら、ぶっ殺すぞと物騒な言葉を吐き出していた。

母の後に続いて、肉船の後ろへと回った。船の尻のあたりが、身を隠すのに丁度よかった。私は、父を背負ってこの納屋を脱出することを考えていた。体力には自信がないのだが、不幸にも足がなくなった分、父は軽くなっているだろう。死ぬ気になればなんとかなるはずだ。

だが母は、私の腹積もりとはかけ離れた行動をとっていた。ほとんど意識のない父を持ち上げて、船体底部側面へ顔を押し付けているのだ。

「何してるんだよ母さん、そんなことしたら父さんが死んでしまうよ」

父の傷だらけの顔が、船体を覆っている汚らしい肉の中へ沈んでいる。このままでは窒息してしまう。母の手から父の顔を引き離そうと試みたが、「いいのよ、これでっ」と怒られてしまった。

父はどんどん肉の中へ埋まっていく。やがて首から先の頭部が、船体の中へすっぽりと入ってしまった。母は何事かを連続して呟(つぶや)いている。それが日本語でないのは明らかで、かといって英語でもないし、どこの国の言葉なのかさっぱりわからなかった。声色から女性らしさが消失していた。低くこもったような濁声(だみごえ)が読経のようでもあり、または魔術的な呪文(じゅもん)のようでもあった。生々しい肉に覆われた船が、左右に揺らいでいるような気がする。父の身体は、もう肩が見えなくなっていた。垂直の底なし沼に吸い込まれているようだ。

「父さんが呑(の)み込まれている。呑み込まれている」

母の呪文言葉につられて、私も繰り返してしまった。もう、どうしていいのかわからない。

肉船が父を喰っているのだ。母がそうさせているわけだが、その行為の帰結するところを想像できない。そんなことして父はどうなるのだろうか。呆然と見ている間にも、父の尻から先が肉船に呑み込まれた。船体の肉が蠕動(ぜんどう)している。肛門から排泄(はいせつ)されるのと逆の動きみたいだ。

「おまえらなにしてやがる」

団長が怒鳴った。まずいと思ったが、二人はこっちには来ない。扉を破ろうとする勢力と小競り合いをやっている。

「ここから出るからついてきなさい」と母が言う。気味の悪い独唱は終わったみたいだ。

「ちょっとまてよ、父さんはどうするんだよ」

肉船に呑み込まれている父は、片方の足の砕けた骨が、少し見えるくらいまで沈んでしまった。

「この人はここに置いていくしかないの。大丈夫、足は復活するから」

「置いていくって、呑み込まれてるじゃないか。足も治るのか」

「いいから逃げるの」

そう言った途端、銃弾が母の太ももをかすった。キャンと、子犬みたいな悲鳴をあげてうずくまった。ズボンが破れて黒いシミが滲んでいる。傷口を押さえると、私の手が血だらけになった。かすっただけだと母は言う。なるほど熊用の銃弾がまともに当たったのなら、太ももから先はすでにないであろう。軽症であるのは幸いだが、母は歩くことができない。

担いで逃げるしかないと考えた。母を肩に乗せて屈んだところに、再び銃弾が飛んできた。命中しなかったが、尻の下の地面が弾けて砂埃が舞った。おっきなオナラねえ、のに。

と母はこんな一大事に冗談を言う。こっちは、一歩間違えれば尻がふっとばされていた

おもいきって立ち上がった。細身の女性でも、人間とは存外に重いものだとわかった。そのことを母に伝えようかと思ったが、足元に銃弾が飛んできたので後にすることにした。向こうで、アザラシじいさんが汚らしい言葉で怒鳴っている。可哀そうだが、肉船に呑み込まれてしまった父は、ここに残していくしかない。

脱出を決意したが、この納屋のどこから外へ出ればいいのかわからなかった。唯一の入り口では、団長とアザラシじいさんがでっかい猟銃をぶっ放している。うかつに近づこうものなら、親子そろって撃ち殺されてしまうだろう。

「出口はどこだ」

私の問いに返事をしたのは、思いもよらぬものだった。

トラックだ。白い軽トラックが納屋後方の壁をぶち抜いて、しかも荷台を先頭にして私のすぐ前で止まった。バックで突進してきたのだ。

「静さん、大丈夫か」

おっさんが血相を変えて、運転席から飛び下りてきた。どこかで見たことがあるが、すぐには思い出せなかった。「静さん静さん」と、私の母親の名を恋人みたいに呼ぶふてぶてしさで気づいた。母が働く水産加工場の社長だ。

「静さんを助手席に乗せろ」そういわれて、私は母を軽トラの助手席に乗せなければな

らないと思った。担いでいた母を地面にそっとおろした。

「君はうしろだ」

えっ、と思った。詰めれば、軽トラックでも三人は乗れるだろう。荷台は撃たれる危険性がある。

「大丈夫だから、私も荷台に乗るわ」

「だめだ、後ろは危ない」

「息子と一緒がいいの」母は軽トラックの荷台に乗り込もうとしていた。

「怪我してるじゃないか」

母を荷台に乗せる手伝いをしている社長が、太ももの出血に気がついた。すぐに尻ポケットに垂らしてあった手拭いを巻いて、応急手当てをした。さすが大人は気遣いが違うと感心したが、魚の鱗（うろこ）が付いた手拭いは結構汚くて、ツンと生臭かった。それに荷台に持ち上げる振りをして、母の尻を掴んでいるのも気に入らなかった。

「どうしてここに来たの」

「団長が猟銃撃って暴れてるって、無線がきたんだ」

ネズミ顔が知らせてくれたとのことだ。入り口では、怒鳴り合いながら相変わらず攻防戦をやっている。あのドンパチやっている状況でよく無線などできたものだし、そもそも無線機を持っているということで、ここが如何（いか）なる場所なのかを強く思い知らされる。

「乗ったか。思いっきりぶっとばすから、しっかり掴まってろよ」

掴まれといわれても、どこを掴んでいいかわからなかった。母はすでに縁にしがみ付き、私もそうするようにと目が指示していた。

ズドンと爆裂音がして、助手席側の背もたれ部分のガラス窓が砕けた。危なかった。もしもそこに母が乗っていたら、頭部を粉々にされていただろう。

エンジンが尋常でないほど唸っていた。母を救い出したい高揚感で、社長がアクセルを余計に踏み込んでいるのだ。数秒後、私たちは納屋をとび出した。

軽トラックの荷台というのは、人が快適にしがみ付くようにはできていないと痛感した。納屋から続く野良道は、雪と氷と枯草でデコボコしている。そこを車体の軽いトラックで疾走しているのだ。母と私の身体は何度も宙に浮き、危うく落ちそうになった。母の太ももに巻かれた手拭いが真っ赤になっている。血の量もさることながら、相当痛いはずだ。

強烈な突き上げの一撃があった。今度こそ落ちると覚悟したが、母にしがみ付いて難を逃れた。ひどい怪我をしているのに私を支えてくれた。母は、いつになっても偉大な女だ。

荷台を吹きぬけていく風が冷たい。突き上げるような揺れが突然止んで、とても滑らかになった。軽トラはアスファルトの車道に出てきたのだ。納屋では、ネズミ顔と団長がまだ戦っているのだろうか。父の安否が気になるが、今は母の手当てが先だ。この町に病院があるのか知らないが、母に惚れている社長のことだ。適切な場所へ向かうことだろう。

と考えていたが、この軽トラは独鈷路戸へ向かっていない。海岸沿いの一本道を、町とは逆方向に走っている。隣町の病院にでも行くのか。いや、そうではない。逃げているのだ。

後ろから巨大なものが追って来る。バスだ。目玉河童が機関部に巣食っている化け物バスが、まさに喰いつかんとして迫って来るではないか。

「ああなんてことなの」と母が呟いた気がした。

団長の危機を察知したネコバスがやってきた。だから社長は、獣道から車道への分岐点で、町とは逆側へとハンドルを切ったのだ。

バスの鼻先が、私の足元にくっ付きそうなほど接近していた。うす汚れたフロントガラス越しに、ハンドルを握るビニール人形が見える。こころなしか元気がないように感じるのは、空気がやや抜けているからだろう。ネコバスが上下に揺れると、一呼吸おいてから、うつろな表情でお辞儀する。

アスファルト路面はところどころアイスバーンになっているので、そういう箇所では軽トラは横滑りしまくりで、何度も道を外れそうになった。私たちを追跡しているネコバスも、当然のごとくスリップした。錆びた四角い鉄の塊が豪快にケツを振る様は圧巻で、細い車道をはみ出した車体が、道脇に生える低木をバリバリとなぎ倒していた。

ネコバスの鼻先が何度も触れそうになった。この巨体に少しでも追突されると、軽トラなど簡単にはじき飛ばされてしまう。荷台に乗っかっているだけの私と母は、放り出されて大怪我をすることになる。場合によっては死ぬかもしれない。

そんなことを心配していると、ガンッと、軽トラの尻にネコバスのフロント部分がぶつかった。私は一瞬跳ね上がった。路面が中途半端に凍っていたために、軽トラは横転することなく、一回転半スピンした。軽トラとネコバスがお互いの鼻先を合わせて、ほぼくっ付いた格好で走行している。すごいのは社長の運転テクニックで、背もたれのガラス窓越しに、後ろを向きながらバックで走らせていた。ロクに前を見ていないので、これではいつ事故が起こっても不思議ではない。というか、このままでは確実にクラッシュするだろう。

凍っていない箇所では、タイヤのグリップが効く。さすがにバックでの運転は危険だと判断したみたいで、社長はブレーキを踏んだ。地面とスタッドレスタイヤが擦れて、激しく悲鳴をあげた。当然スピードは落ちるはずだが、実際はよっぽど速い。なぜなら、ネコバスがぐいぐいと押しているからだ。

一時的に、ネコバスとの間隔が少しばかり開いた。すると、さらに具合の悪いことが起こった。

ネコバスの下から何かが這い出てきたのだ。それは壁を這うヤモリみたいにフロントガラスまでたどり着き、首を曲げてこちらを見た。あの目玉河童の化け物だった。下半身がバスと繋がっていたはずだが、どうやら脱着可能なようだ。

「社長、前、前っ」

背もたれのガラス窓に顔を引っつけて、食い入るように後ろを見ている社長は、化け物の出現に気がついていない。「前を見て、前よっ」と母が金切り声で叫んだ。

社長が前を見た瞬間だった。化け物が飛んだ。そして軽トラのフロントガラスを突き破り、運転していた社長にしがみ付いた。

小さなトラックが右に左に振れながら、なんとか横転することなく止まった。鉄臭いネコバスがすぐ横を、もう触れるばかりの至近距離で通り過ぎて行った。

軽トラの狭い運転席で、社長が赤黒い物体ともみ合っている。ギャーとかウゲーとか、悲鳴とも呻き声ともつかぬ叫びが聞こえた。荷台と運転席を隔てるガラス窓が粉々になった。私と母はすぐに荷台を降りた。社長に加勢するように言われたが、正直、あの化け物と関わり合いたくなかった。怪我をしているのに、母はすでに運転席側のドアに手をかけている。

苦しげな悲鳴が響いた途端、軽トラが急発進した。弾かれたみたいに手を離した母は、足がもつれて転んでしまう。駆け寄ると傍らに何か落ちていた。手袋でも落としたのかと思い、何気なく拾ってしまった。

「うわあ、なんじゃこれは」

生の手首だった。切り口がギザギザしている。血までついていて、こう表現してはとても不謹慎だが、新鮮に見えた。

「嚙み切られたみたい」

「あいつ、そんなに凶暴だったのか」

社長の手首を母に手渡そうとするが、そんなもの捨てなさいと言われた。

「そんな、社長に返してやらないと」

「もう、社長さんはダメになってるわ」

「ダメになるって、なんなんだよ」

「あいつにしがみ付かれたら、死ぬのよ」

目玉河童を見て可愛いという感情はなかったが、命を脅かされるほど獰猛だとも考えなかった。ネコバスの中で、私はいわば保護されていた状態だったのだ。

「ここにいたら、まずいんじゃないか」

「そうね、あのバスは戻ってくるはずよ」

そんなことを言っているうちに、ネコバスの醜い車体が近づいてくるのが見えた。すぐに母の手をとって車道を離れ、低木が密集している場所に身を隠した。華奢で冷たい手だった。三咲は、もう少し肉厚であったかな感触だ。

ネコバスは、車道のど真ん中で止まった。こちらとの距離はそれほど離れていないが、枯れた枝が密生した低木の下に身を伏せているので、見つかることはないだろう。

ネコバスは停止したまま誰も降りてくる気配がない。目玉河童は、社長の軽トラでどこかへ行ったままだ。団長かアザラシじいさんでも乗っているのかとも思ったが、あの二人はまだ戦っているはずか。

親子して息をひそめていると、なにか得体のしれない物体が車道上を滑るようにやってきた。目玉河童だった。その不吉な様は、まるで全身をヤケドした強大なタランチュラが、獲物を求めて辺りを探っているようだった。心の底から、大量の殺虫剤をぶっかけてやりたいと思った。

「逃げよう、ここにいては見つかる」

「しっ、動かないで」

ネコバスの後部ドアが開いた。母は、眉間に深い皺をよせて見ていた。

なにか出てきた。はじめは、なんらかの液状の物質が、バスの中から流れ出てきたと思った。なぜなら、遠目に見てもそれはヌルッとみずみずしくて、滑るように出入り口の段差を降りてきたからだ。

どう表現したらよいだろうか。乗降口の踊り場で、大きな動物の腹を裂いたら内臓が流れ落ちてきた、とでも言おうか。だから生臭い印象を持った。実際には臭いを感じなかったのだが、そういう雰囲気があったのだ。

私の肩を摑んでいた手の力が強くなった。防寒着の厚めの布地を通しても、母の爪が食い込んでいるのがわかる。両方の瞳から潤いが消えていた。非常に悪い予感がする。見ないほうがいいと心の声が警告するが、もう止めることはできない。

ああ、なんてことだ。

バスを降りてきたのは咲恵さんだった。スクラップ置き場の小屋に住む寝たきりの女。このうす汚れた老人ばかりの町にいる、唯一のきれいなお姉さん。そして、独鈷路戸の年寄りたちの悪行を阻止しようとする正義の人。

だが、それは間違っていた。団長の仲間であるということは、いまや母や私の敵である。しかも、彼女は人間として余程おかしかった。人の姿をしているのは上半身だけで、下半身は、内臓状のベロベロとしたわけのわからない物体だった。醜く水膨れした巨大蛸（だこ）の足のようでもある。彼女のヘソから上の身体は、その上に乗っかっているだけだ。人類としては、あきらかに間違っている形状なのだ。

「化け物だ」

布団に寝たきりのままだったのは、この世のものでない身体を隠していたからだ。

「そう。あの子もかんでいたの。だから、アレがいうことをきいているのね」母は言った。

「知ってるのか」

当然、そうだろうと思った。この町の住人になりきっている母のことだ。顔見知りだとしてもおかしくはない。ただ、化け物であることも知っているのであろうか。

「私の娘だから」

少しの間、呼吸が止まった。私の娘という言葉を発したのが、私の母親ではないと思いたかった。

「むすめって、娘のこと。はあ、娘だよね」なにを言っているのか私でもわからない。

「そうよ、あれは私が最初に産んだ子供。あなたの姉になるの」

グーのパンチで鼻の頭を殴られたような衝撃だった。鼻孔の奥がツーンとした。

「あね、って」

兄妹は、今も昔も妹の沙希だけのはずだ。ずっと二人だけの兄妹で、この絆の中に入り込める隙などない。ましてや下半身がデロデロの化け物が、私たち二人の姉なんてありえないし、あってはならないだろう。

「こんな時に、ヘンな冗談はやめてくれよ」我ながら懇願するような言い方だった。

「あの化け物は、間違いなく私の子よ」

母が私を見つめている。幼いころに異様に怖かった、あの冷徹な瞳が瞬きもせずに凝視していた。それが堪らず、私はネコバスのほうに目線をずらした。

下半身が化け物である女は乗降口を降りたところで立っている。足が臓物のような、或いは触手のような肉塊なので、立っているという表現が正しいのかわからないが、とにかく立ち止まっていた。そこに目玉河童が、甲虫みたいな動きで這い寄ってきた。彼女は河童の平らになった頭に手を当てた。まるで、よくなついている飼い犬の頭を撫でているみたいだった。

「咲恵さんが、俺の姉さんなんて、ウソだろう」

「咲恵を知っているの。そう、あれに会ったのね」

母は私の手をとって、ゆっくりと後退している。車道からできるだけ離れるように、丘陵地帯の斜面を慎重に進んだ。

「あの女と団長さんで、母さんたちがやろうとしていることを止めさせに来たんだ」

急な斜面を滑り落ちないように進むのは、容易なことではなかった。薄く積もった雪に足をとられ滑ってしまうが、母がしっかりと手を繋いでくれているので転げ落ちることはなかった。私よりも細身の女に頼るのは情けないが、見かけ以上に頑健な母なのだ。

「それで、私たちが何をしようとしているっていうの、さっきは変なこと言ってたけど」

「それは」

私は、咲恵さんや団長、アザラシじいさんから伝えられたことを、再度話した。母と独鈷路戸の老人たちが、生き血を使って不老不死の実験まがいのことをしていること。小動物を惨殺していること。さらにそれらの血を集めて船の化け物を造り、それでもってさらに血を集めようとしていること。本がすべての鍵であること。そしてもっとも重要な、三咲が拉致監禁されているということを、しっかりと伝えた。

「あきれた話だけど、まるっきり違うわけでもないわね」

「母さんは、本当に怪物を造り出そうとしているのか」

母は答えない。凍えた手先を温めるため、はあはあと息を吹きかけていた。話題を変えることにした。

「三咲はどこなんだよ」

「三咲ちゃんは団長さんたちが捕まえているのよ、おそらくね」

　少なくとも、三咲の拉致に母は関与していないようだ。嘘ではないと思う。

「父さんはどうなるんだよ」

　化け物船に呑み込まれた、いや、母が呑み込ませた父はどうなるのだろうか。やはり母は答えなかった。あえて訊き出すのは止めといた方がいいみたいだ。

「これからどうしたらいいんだ」

「とにかく、団長さんにどれだけ味方がいるのかわからないうちは、下手に動けないでしょう」

　団長とアザラシじいさんがどれだけ住民を懐柔しているかわからないので、危険だと母は言っているのだ。

「団長は、どうして本に固執してるんだ。あの食いつきかたは異常だぞ」

　その理由はなんとなくわかっているが、いちおう、正確なところを母の口から聞きたいと思った。

「団長さんたちは本の力を手に入れたいのよ。あれと私があれば、命を思いのままに操れるから。それこそ不老不死を望んでいるのはあの人たちね。健康で長生きできるし、化け物だって造り出せる。いろいろと捗ることがあるのでしょう。でもそれは私たちの目的とは違うし、私たちがそうすると困るのよ」

「そうするって、母さんは一体何をしようとしてるんだよ」

団長たちの目的はわかったが、母がなにを企んでいるのかは謎のままだ。訊きだしたいのは山々だが、いまの優先順位は母親ではないし、おそらく答えないだろう。

「とにかく、三咲を探さないと」

「いいからついてきなさい。いまは焦っても、いいことないわ」

母の後についていった。ネコバスが見えなくなるまで十分に距離をとってから道路を渡り、原野をしばらく歩いた。なだらかな丘陵地帯に積雪はそれほどでもないが、舗装の道に慣れている者にはきつかった。怪我を負っている母がしっかりとした足取りなのに、ちょっと悔しさを感じた。幼いころと同じで、彼女の背中が大きく思えた。

「母さん、どこに行くんだよ」

「もうすぐだから」

もうすぐという言葉とは裏腹に、かなりの距離を歩かされた。独鈷路戸の町中には向かってはいなかった。海から離れるように、内陸側へと歩いている。丘陵地というにはなだらかすぎる原野地帯を、もくもくと歩いた。牧草地が多く積雪もそれほどではないため歩きにくくはなかったが、疲れているせいか足取りは重かった。

「ほら、あそこよ」

寒々しい原野の向こうに、塔のような建物が見えた。母の歩き方が速くなった。どこにそんな体力が残っているのだと、まったくもって感心する。遅れないようについて行くのがやっとだった。

その建造物は、トウモロコシや麦などの飼料を保管しておく倉庫だった。酪農家によくある塔形のサイロだ。むき出しのコンクリート製で、高さは十メートル以上ある。屋根は三角錐形で、窓は二カ所しかない。そういえば懐かしの北欧原作のアニメで、主人公のカバ家族が住んでいた家に形が似ている。ただ、塗装も飾りもない無機質な外観は、なんともいえず無骨だ。しかも、極寒のだだっ広い原野には、このタワーサイロの他に何もなかった。酪農家の住居や他の倉庫などがあってもよさそうだが、そういう建造物は見当たらない。まるで海原にたつ孤高の灯台のようだ。

サイロには出入り口があって、母はそのドアに手をかけた。木製のドアは寸法が狂ってしまったのか、引っぱっても容易に開こうとはしない。

「下の方が凍っているのかも」

母がそういうのでドアの下部を見ると、確かに雪の塊が付着していた。気づかなかったが、地面のあちこちに踏み固められた跡があった。誰かが出入りしているということだ。

「ここに誰かがいるのか」

ドアは、母の「えいっ」という掛け声で開いた。

「なにしているの、中に入った方が寒くないよ」

すでに中に入った母がそういうので、私もサイロの内部へ足を踏み入れた。

「なんにもないな」

何もなかった。はるか頭上まで吹き抜けの空間には照明すらなかったが、連絡用の窓から光がこぼれ落ちているので、真っ暗ではなかった。

「ここですべてを見せるから」

母は地面を蹴っていた。埃が舞ったので、てっきり足元は大地かと思ったが、じつは違った。土の下はコンクリートの床だった。埃が自然に堆積したのだろうか。それにしては量が多いし、結構大きな砂粒もある。誰かが人為的に撒いたと考えた方が妥当だ。なぜそんなことを、という疑問には母が行動で答えた。

足で床の土を少しばかり除けると、蓋が現れた。屈んだ母が窪みに指を突っ込んで引き上げた。ぽっかりと四角い穴が現れて、覗くと下に続く階段があった。何がしかの照明が灯されているのか、赤色の淡い光が重たく充満していた。

母はためらうことなく下りた。コンクリート製の階段は頑丈な造りで、やはりコンクリートの内壁に手をあてながら下りていく。私もおそるおそるついて行った。

階段を下りきると廊下になっていた。ここは、ちょっと物置代わりの手軽な地下室といった様子ではない。本格的な地下建造物であり、その上に建てられたサイロは、おそらくは擬装用だ。

頭がつかえそうな低い天井に、赤色の裸電球が一定の間隔で取り付けられていた。母について歩いていくと、鋼鉄製の大きくて重厚なドアに行き着いた。

「これから部屋に入るけれど、吐かないでね」

母の言っている意味がわからなかった。疲れ果ててはいるが、とくに胃がムカついているわけではない。

鋼鉄製のドアはよほど重いのか、母は肩でタックルするようにして押し開けた。途端に生臭くて獣臭い風が、どっと押し寄せた。私は思わずむせ返って、ただちに嘔吐したい衝動にかられた。だが、母の言いつけは守らなければならない。吐きたいのを我慢して前を見た。

第六章　激　闘

「うっわ」

圧巻だった。

肉だ。部屋中が肉だった。

廊下のものよりも幾分か大きな電球のもとに照らされているのは、瑞々しい肉の蜘蛛の巣だ。それほど広くない空間に、肉のスジが縦横無尽に張り巡らされている。ロープ状の肉のあちこちに、膜のようなビラビラがたれ下がっていた。内壁には腫瘍のような肉塊が無数にできている。天井には消化器官だと思われる長くブョブョしたホースが、まるでヘビが這っているように貼りついていた。床は体液と思しき液体でびしょびしょに濡れている。ここの暖かさは暖房とかではなく、おそらくこの肉の体温なのだ。

部屋のほぼ中央に塊があった。巨大な生ハムみたいなそれから、ひどく湾曲した背骨がとび出していた。昆虫のような肢が何本かあって、臓器のようなちょっと柔らかそうな物がいくつか付着している。肉スジ状の蜘蛛の巣は、その肉塊を起点にあちこちに張り巡らされているのだ。

「さあ、遠慮なく入ってきなさい。大丈夫よ。あのバスの奴とは違って、ここのは無害だから。蜘蛛の巣には、引っかからないようにね」それと足元には気をつけてと、母はつけ加えた。

「一応、痛みは感じるみたいだから」

床に貼りついている無数の管を踏みつけないように、二歩ばかり進んだ。体液を循環させているのか、管の太い箇所は一定のリズムで脈打っていた。

「母さん、これはいったい何なんだ」

「人よ」

「バカな」

人間であるはずがない。たしかに中央の肉塊には背骨があるし、内臓らしき器官もある。壁についている無数のデキモノは、鼓動するように脈打っている。生きているのだろう。

だがしかし、人というには遥かに遠すぎる。あえて人間と関係づけるのなら、これは肉体のパーツだ。部屋の中央で人間を爆発させ、胴体を残してバラバラになった各部位が生きていたら、こうなるだろうか。そしておぞましいことに、こいつはスジや血管を蜘蛛の巣のように張り巡らせて、突然変異した雑草のように繁茂しているのだ。

「独鈷路戸に本を探しに来た外国人さんの、なれの果てなのよ」

「外国人って、宣教師のことか」

この化け物が、息子を生き返らせるために血を集めて生体実験をしていたという、宣教師まがいのマッドサイエンティストなのか。

「宣教師じゃない。従軍牧師だ」

突然後ろから声がした。びっくりして振り返ると、白衣を着た男が立っていた。私に注射を打った理科教師風のあの男だ。

「来ていたの」母が言うと、白衣の男は軽く頷(うなず)いた。

「従軍牧師って」なんのことだ。まだややこしい外国人がいるというのか。

「アッツ島への上陸部隊にいた、アメリカ陸軍の従軍牧師だって言ってるんだ」

何を言っているのかわからなかった。だいたいこの男は何者で、母とどういう関係なのだ。

「息子は、どうやら団長さんたちに、嘘っぽい話をふきこまれたらしいの」

「あいつらにか。どんなことを言われたんだ」

母は、私が団長に聞かされた内容を白衣の男に話した。

「我が子を生き返らせるために、わざわざ地球の反対側にある日本の、しかも北の果ての僻地(へきち)まできて生体実験をやる外国人ってか。冗談にしては感動的な話だな」

団長の話には、かなりの虚偽が交じっていたようだ。しかし、化け物どもが存在しているということは、まるっきり嘘でもないのだろう。母もそれは認めている。

「アッツ島の戦いを知っているか」

そんなものは知らない。アッツ島なんてはじめて聞いた。いきなり何の話だ。私は小さく首を振った。

「この前の戦争で激戦だった島だ」

「戦争って、イラクか。それともベトナムとかの話か」

白衣の男は鼻で笑っていた。私の無知を嘲笑しているのだとすぐにわかった。

「今どきの大学生は、自分の国が戦った戦争を知らないのか」

そういわれても、わからないのだからどうしようもない。母もため息をついていた。

「アッツ島は、日本軍が最初に玉砕した島なんだよ。場所は北方領土のもっと向こう、アリューシャン列島の寒くて小さな島だ」

背骨の肉塊が蠢きだした。尻のあたりの肉が縦に割れて、何かが押し出されてきた。それはラグビーボールくらいの大きさで、産卵管から卵が産まれるようにせり出してきた。

ただし産み落とされはせずに、肉塊の一部として繋がったままだ。髪の毛も眉毛（まゆげ）も、耳も目も口もないが、鼻のような突起があり、おそらく人の頭部だった。

「気にしなくていいのよ。あなたに興味があるみたい」気にならないわけがないだろう。

「まるで話が見えない。団長は、そのアッツ島については、なにも言ってなかったぞ。この化け物についてもだ。母さん、もったいぶらずに教えてくれよ」

「息子に教えてあげて」

母がそういうと、白衣の男は頷いた。

「あの戦争で、北の辺境の島を守り抜こうとした日本人の守備隊が、米軍に殲滅されたんだ。この化け物は、その時上陸したアメリカ兵で、従軍牧師なんだ」

白衣の男は、背骨の肉塊にむかって顎をしゃくった。

「従軍牧師というのはね、兵隊さんたちと一緒に戦場に行く牧師さんのことよ」

母に言われなくても、それくらいはなんとなく想像できる。

「こいつの場合、信仰している神が突きぬけているけどな」

「神様なんかじゃないわ」

「もっと詳しく話してくれ」

私は、すべての詳細を知る必要があるのだ。

「一九四三年、日本軍の守備隊がいるアリューシャン列島の一つ、アッツ島に米軍が上陸したんだ。守備隊といっても、たかだか二六〇〇名ほどだった。対して米軍は戦艦や戦闘機に援護された一万人以上の上陸部隊だ。激戦だったらしい。日本の守備隊は果敢に戦ったが、所詮多勢に無勢だ。日本軍は最後に玉砕してほぼ戦死した。そして島は米軍に奪取された」

背骨蜘蛛の化け物を前にしての歴史の講義は、今まで受けたどの授業よりも真剣に聴くことができた。

「その激戦の最中に、おぞましい行動をする人間がいたんだ。そいつは死体を求めて戦場をさ迷っていた。それを、たまたま塹壕に隠れていた日本兵がつかまえたんだ」

　蜘蛛の巣状に張り巡らされたスジが、わなわなと震えはじめた。自らの話だとわかっているようだ。

「最初は衛生兵と思ったらしい。でも、治療している風には見えなかった。味方の兵士の胸を切り裂き、内臓をえぐり出して、まさに鬼畜の所業だった」

「そんな生易しいもんじゃねえ」

　聞きなれた声が割り込んできた。ネズミ顔だった。納屋で団長相手に暴れているはずなのに、ここに来たということは、戦いに決着がついたのだろうか。

「哲さん、大丈夫だったの」

　大丈夫ではなさそうだった。顔が腫れあがって血もでている。

　母がハンカチで血を拭こうとするが、よほど痛いのか、ネズミ顔はその手をうるさそうに払った。

「あの銃でぶん殴られた。吉川は足の甲を撃たれて歩けんくなっちまうし。あいつらはバスに乗って、どこかに行っちまった」

　そこまで話すと、ネズミ顔は私に向かって敵意むき出しで突っかかってきた。

「トッコロを出ろと言ったべあ。おめえがチョロついてっから、おっかしくなったんだあ。バカタレがあ」

「いや、俺はあんたらに注射を打たれて、海に捨てられたんだ」

これは是非とも反論せざるを得ない。私は注射を打たれてから、ボートに放置されたことを主張した。

「安治(やすじ)に町の外さ連れていけっつったんだがな、まさか、あんにゃろうが裏切るとは」

安治とはアザラシじいさんのことだ。どうやらネズミ顔一派は、私を薬で眠らせて町から追い出す気だったらしい。ところがアザラシじいさんが手の込んだ攪乱(かくらん)工作をして、町の外へ出さなかった。母は、団長の指示があったと結論付けた。

「どうしてそんな」

「おめえを仲間に引き入れようとしたんだべあ。なんっつっても、静さんの息子だからな」

団長たちの企みが、なんとなくわかってきたような気がする。母の本を手に入れるために、私はいいように利用されたのだ。

「わざわざ海に放置して、それから助け出すなんて、ずいぶんと手の込んだことをしたものだな」

「恩に着せて、息子を自分たちの手下にしようとでも画策したのね。咲恵のところに行くように仕向けたのも計画のうちでしょ」

「いや、咲恵さんの件は偶然だよ」

咲恵がいるあのスクラップ置き場には、私の意思でたどり着いたのだから、彼女との出会いは意図的なものではないと思う。

「わからないの。あなたがそこに行くように仕向けたのよ。ちょっとでも道をそれようとしたら、どうなっていたかしら。きっと、誰かが後をつけていたはずよ」

ハッとした。そういえば、あのとき誰かが後ろにいたような気配があったのだ。

「でも、三咲までさらうことないだろ」

私は、付き合っている彼女が拉致されていることを訴えた。

「町はずれで張ってたんだな。おまえが誰かを呼んだかもしれないと警戒したんだろう」

三咲の拉致が、どこまで団長の策略なのか判然としなかった。独鈷路戸に三咲が来ることなど知る由もないから、行き当たりばったりの行動だとも思える。そうすると、この先が読めなくなる。もし計画通りなら、本を手に入れるまで三咲には手を出さないはずだが、無計画な行動なら何をしでかすかわからないからだ。

「母さんの手袋が三咲の事故ったレンタカーの傍にあったんだよ。だから、最初は母さんがさらったのかと思ってた」

「前にね、自転車の荷台に置いてたらなくなってたの。風で飛ばされたのかと思っていたけど、盗まれていたのね」

三咲の拉致に、母はまったくの無関係であると確定した。嫁姑（よめしゅうとめ）の確執と無縁であったことは、数少ない朗報の一つだ。

「安治のやろうは年季が入ったヘンタイだからな。静さんの身に着けたもんでマスでもかいてたんだべや。シコシコシコシコってな」

ウヘヘへと、ネズミ顔が下衆(げす)っぽく笑う。殴ってやりたかったが、いちおう味方ということで不問にしてやった。

「それでよう、このガキにどこまで話したんだ」

「アッツ島っていうとこで、アメリカの従軍牧師が死体を漁(あさ)って、それを日本兵が見つけたって聞いたよ」

「ああ、ワシが見つけたからな」

「はあ?」

背骨蜘蛛の化け物を囲んで、いつの時代だかわからない戦争の話を悠長に聴いている場合でないのはわかっている。しかし、この町で起こっている凶事の根幹を知っておかなければならない。

「ワシはな、アッツにいたんだよ。あの寒くて霧ばかりのなんもない島にだ。山崎(やまざき)部隊長率いる北海守備隊の工兵としてな」

ネズミ顔は元兵士だという。どこかの寒々しい島にいたようだ。工兵というのはなんだろう。工事をする専門の兵隊か。

「ワシらが守ってたあの島で、何があったか若いもんは知らんだろう。あの激戦を知らんだろう。敵さんが上陸してくる時の艦砲射撃っつったら腹にこたえるんだあ。ドーンドーンてなあ、いっつまでも続くんでヤンになる。したらば今度は飛行機が爆弾落としやがる。頭ん上でなあ、ヒューヒュー鳴ってみろ。金玉縮みあがるわ」

年寄りの話は過分に冗長で、往々にして本論から逸脱してしまうことがある。要点を知るまでしばしかかりそうだ。

「続けて」

母がネズミ顔の肩に手をあてた。小さな身体が大きく息を吸って話を続ける。

「タコツボにこもってたら、明け方近くに敵さんの死体いじくってるヤツ見つけたんだ。ははー、仲間を助けに来たのか、コイツはいいカモだ、ぶっ殺してやろうかと思ってたら、三八が弾づまりおこしちまって、しゃあなく銃床でぶん殴ったらのびちまったんだ」

いかにもネズミ顔が体験しそうな、野蛮この上ない話だ。

「トドメさそうとして気づいたんだ。そいつが死体から心臓ば抜き取ってたのをよう。ぶったまげて、いったん後方の塹壕まで引っぱったべや。従軍牧師だってわかったのは、軍医殿が訊きだしたんだ。軍医殿は英語がしゃべれたからな。それからな、みんなでよう、なして仲間の亡骸切り刻んでたんだって訊いたさ。黙ったままなかなか吐かんから、軍医殿がポカポカ殴ったんだ。あの人は普段は温厚なんだが、キレたら容赦しねえとこあって、しまいにはこの野郎切り刻んでやるって、銃剣突きつけてなあ」

母のハンカチが腫れた頬を撫でるが、ネズミ顔は話に身が入っているのか気にしていなかった。

「したっけ、死人を生き返らすんだっていうんだと。死人がどうやったら生き返るんだこのドアホって、軍医殿がまたポカやったんだ。ありゃ本気で殺しちまう勢いだったな。そしたら観念したのか、ここに書いてあるっていったみたいで、服ん中から汚ねえ本だしてきやがった。なまら古い本でよう、変な字で書いてあって誰も読めねえ。軍医殿も英語じゃないから、わからんっていうんだ」

団長が血眼になって手に入れようとしているのは、その従軍牧師が持っていた本だろう。

「そんなヨタ話、誰も本気にしちゃあいなかったけど、じゃあやらしてみるべえ、ってことになったんだ。とりあえずよう、敵さんの死体引っぱってきて、そいつにやらせたんだ。その間も、軍医殿がポカポカやってたな。そいつは本を開いて、中の文字をな、なんつうかこう、なぞるみてえに読んでるような唄ってるような、そんでもって、腹ん中からいろんなモノ引き抜いて、また戻したり。そんときゃあ、死体見慣れたワシたちでも、さすがに気色悪くてヘド吐いちまった」

吐きたいという気持ちはよくわかる。私も、いまこの瞬間にもそうしたい。この生臭さの中で、母は平気な顔をしている。ネズミ顔は、口の中に溜まった唾を嘔吐するように吐き出した。

「それで、生き返ったのか。その兵士が」

「ああ、おったまげたことに、生き返りやがったさ」

そんなことがあるものかと思った。だがネズミ顔の次の言葉を聞いて、すぐさま岸壁での出来事を思い出した。既視感をともなった戦慄（せんりつ）に、背中がぞくぞくした。

「臓物だけな」

「なっ」

「生き返ったのは死人のハラワタだけだ。心臓やら肝臓から虫みてえな肢生えてきて、そこらへんを這いずりやがった。ぶっ叩いてもなかなか死なねえ。腸にいたっちゃあ、なんていうか、うねうねのムカデだ」

私はそのムカデを経験している。この町の海と窪地で、さんざんな目にあわされたのだ。

「結局、内臓しか生き返らなかったってことか」

「そうだ。新鮮な血が足りない、生きている血に浸さなければって、そいつは言い訳したみたいだがな。ついでに自分の力もダメみてえなことも言ってたらしい。ようするに、そいつも一人前じゃなかったってことだ」

「そいつは戦場で試していたんだよ。本の威力と、それを自分が使いこなせるかどうかな」

久しぶりに白衣の男が口を挟んできた。

「そんで、ああだこうだやっているうちによう、敵さんの砲撃がはじまって、その辺が穴だらけよ。ワシたちは何人かふっとばされて、従軍牧師は消えていたんだあ。てっきり死んだかと思ったがな。そいつが独鈷路戸に現れるまでな」

ネズミ顔と母、白衣の男も見つめた。注目されていることを知ったのか、背骨蜘蛛の頭部が照れくさそうに揺れる。

「従軍牧師はいなくなったが、ヤツが持っていた本は残った。軍医殿が持ってたんだ」

「さっき玉砕したってきいたけど、それって全員死んだってことだろう。あんたも戦死したはずじゃないのか」

ひょっとしたら、目の前にいるのは死人かもしれない。本が残ったのなら、それで生き返った可能性もある。

「最後はなあ、山崎司令官が先頭に立って突撃よ。皆、死ぬ気だった。日本人があんな気持ちになることは、もうないな。まあ、結局玉砕よ。だけどよう、怪我して動けなくて捕虜になったもんもいたんだ」

素直に降伏しとけば死なずにすむのに、昔の人はなんて無謀なことをするのだろう。

「突撃の途中で、ワシも安治も怪我して動けなくなっちまってな。死ぬと思ったな」

野蛮で自暴自棄な時代だった。老人の戦争体験を聴いていると、いま生きている時代が、いかに平穏で暮らしやすいかを実感する。私の心を見透かしたのか、ネズミ顔が邪悪な笑みを浮かべていた。

「今じゃあ向こうが善人で、ワシたちがとんでもねえ悪人みたいになってんだが、んなことはねえ。あいつらもなまらエグかった。すぐ近くのタコツボでよう、ワシたちのな、死んだ仲間の手足をもぎとって、ブン投げてくるヤツがいたんだ。なんだか汚ねえ言葉で一晩中叫んでいたな。イカれてたってもんじゃねえぞ」

激戦だったのは、敵であるアメリカ兵も同じだったということだろう。

「その問題の本を持った軍医も捕虜になったのか」

「それは俺が話してやる。曾祖父のことだからな」

白衣の男が軍医の子孫だと告白した。ようやく話が繋がってきたぞ。

その軍医は最後の突撃に参加しなかった。卑怯者と呼ばれることを覚悟の上で、夜陰にまぎれて手漕ぎのボートで脱出したのだ。命が惜しくなったわけではない。従軍牧師が起こした奇跡を見て、その謎を解き明かしたいと切実に願ったのだ。想像を絶する邪悪な所業を見て、命の神秘を見せられて、医者の性分に火がついたということだ。

アッツ島の周囲の海域には、米軍の戦闘艦がうようよしていた。すぐに見つかってしまいそうだが、まるでミルクの中みたいな濃密な霧がボートを隠してくれたらしい。そのまま海流に身を任せていた。気味悪いぐらい波が穏やかなのに、ボートは流され続けた。やがて、行き着いた先が隣のキスカ島だった。

キスカ島の守備隊も圧倒的な敵軍の前に風前の灯だったが、アッツ島とは別の運命を辿った。日本海軍の救出艦船が、濃霧にまぎれての無血撤収を成功させたのだ。奇跡的に、一兵残らず全員が脱出することができた。その中にアッツ島を逃れた軍医がいた。彼は、本と共に日本に帰還することができたのだ。

「こんなことをいうのもあれだが、あの本が曾祖父の命を生かしたのかもしれないな」

日本が戦争に負けて郷里に帰った軍医は、本の謎を解こうとした。しかし当然のように、死体を生き返らせる文献など日本では探しようがない。医学のツテを頼って方々を探索したみたいだが、やはりダメだった。

それならばと、世界に探索の手を広げた。実家が資産家なのと、政財界に少なからずコネがあったのが幸いだった。

軍医はヨーロッパにもアフリカにも行ったらしい。いかがわしい連中に騙されたり、悪魔と罵られ呪詛を投げつけられもした。中東では、反悪魔思想をもった組織に捕まり殺されかけたこともあった。あまりにも謎が深くて諦めかけたが、戦場でのあの光景が忘れられず探索を続けた。そして死ぬような努力の甲斐があって、とうとうアメリカの大学に文献があることを突き止めた。

アメリカの大学といえば日本人でも思い浮かぶ名前が結構あるが、白衣の男が口にした大学名は聞いたことがなかった。キリスト教的な響きが、どこか偽物っぽかった。

「文献があって訳したわけじゃない。その本を英語に訳せる人物が、その大学にいたんだ」

その人物は大学教授などではなく、ただの講師だったようだ。

「曾祖父は、その英語を何とか日本語に訳した。そして、原本と日本語訳を持って帰国したんだ」

二冊の本を持って軍医は帰国し、そして、このうら寂しい漁村に住み着いた。都市から離れた閉鎖的な集落を研究の場に選んだのは、なるべく衆目に晒されたくないのと、ここならネズミ顔やアザラシじいさんなど、本を知っている者たちがいるからだ。

「母さんはそれを持っているのか」

「本を持っているのは、それよ」

母は首を振って背骨蜘蛛を指さした。化け物は、照れているかのように禿げた頭を上下に揺らした。

「彼はねえ、とり込んだのよ、自分の体の中にね。それでずっと読み続けているの」

読み続けているって、どういうことなんだ。この背骨蜘蛛が食べてしまったのか。

「こいつは曾祖父を殺して本を奪ったんだ」

「ゲロ吐くような殺し方だったべや」

本の生々しい魅力に囚われた従軍牧師は、軍医をしぶとく探し出して独鈷路戸までやってきた。そして彼を惨殺し、本を奪ったのだ。

「じゃあ、団長がよこせって言ってる本は、こいつが持っているのかよ、体の中に」

「これが持っているのは原本よ。きっと体に溶け込んでしまっているのよ」

ややこしくて、頭の中が混乱してきた。話の筋道を整理する必要がある。

「こいつは、あの本を探してここまでやってきたんだ。どうやって探り当てたのか謎だがな。多分、本が引き寄せたのだろう」

本を手に入れた従軍牧師は嬉々として読み耽り、やがて化け物になってしまった。彼なりに研究したらしいが、やはり半人前だった。本の真髄を究めることなく、その多大なる副作用を浴びてしまったのだ。

「死んだことにして、墓まで作ってやったべや」

岬にあった十字架がこの化け物の偽りの墓標であると、すぐにわかった。もし牧師の足跡をたどる者がやってきたら、死んだことにして誤魔化すつもりだったらしい。だけど、誰一人として来なかった。彼は魔書の力を独り占めするつもりだったのだ。

あの十字架の所有者は彼で間違いなかった。漁港に落ちていたというと、墓標にかけられたままのはずだと母は言うし、「すったらものだれもちょさねえ。安治も気味悪がって見もしねえ」とネズミ顔も言う。私が見つけたのは、本が引き合わせたのかもしれない。

「それで、原本以外の日本語訳はどうなったんだよ。それも、この化け物が飲み込んだのか」

「それは私が持っているの」

母がそう言ったのは意外でもなかった。おそらく、そんなことだろうと思った。

「曾祖父が日本語に訳したけど、誰もそれを読めない。より正確に言うと、おまえのお母さんしか扱えないんだ」

訳した本人にも理解不能な内容が、母にはわかるということだ。なぜ一介の主婦でしかない女にそんなことができるのか。

「母さん、それにはどんなことが書いてあるんだよ」

「説明は難しいわ。読んでいるというより、体感しているというか、リズムをとっているというか。そう、心の奥底で感じているのね。日本語ではあるけど、文章としてほとんど意味をなしていないのよ。記号のような感じかしら」

　本を感じるなんて、母にしかできないのだろうな。

「その本は何ていうんだ。名前があるのか」

　悪魔のような所業を記した本なのだ。きっと、身も凍るような呼び名なのだろう。

「『根腐れ蜜柑(みかん)』っていうのよ」

「ネグサレミカン？」

「そう、『根腐れ蜜柑』」

「だいぶ昔に、頭のおかしなアラブ人だかアブドラ人だかが書き残したんだとよ。なんでも大昔にこの世を支配していた種族がどうたらこうたらって、わけわからんべや」

　根腐れと蜜柑。連関することもありそうなありふれた単語だが、一つの繫がった言葉になると、なんとなく不吉な響きになる。ただし、アブドラ人のくだりは、さっぱりわからなかった。

「見せてくれよ母さん、その本を」

　これだけの奇跡を、悪い意味での神業を見せつけられている。どんなに邪悪な本なのか、是非とも見たいと思った。

「ここにはないの」

だが、母は首を振るのだ。たしかに、ここにはそれらしき本は見当たらない。

「あの船の中よ」

父が無理矢理入れられた、あの毒々しい肉船にあるという。

「あれは持っているだけで、その絶大な力の影響を受ける。なんていうか、放射性同位元素みたいなものだ。じわりじわり心が病んできて、終いには化け物になっちまうんだ。コイツみたいに」

背骨蜘蛛の頭部が大きく上下した。こちらの話を理解しているような仕草だった。

本の呪詛は強烈である。それを所持する人間の精神どころか、肉体までも変えてしまう。本に魅了され邪道の神髄に触れてしまうと、その身まで奈落の底の住人となるというのだ。

「母さんたちは、そんな危険な本でいったい何をしようというんだ。目的はなんだ」

核心部分を訊きだそうとしたところで、「ちょっとまて」と白衣の男が制止した。

誰かが来ていた。チラリと姿が見えたが、見覚えのない年寄りが扉のところに立って白衣の男に耳打ちした。

「おまえの女がさらされているみたいだ」と言われた。

母が私を見つめている。ひどく冷たい視線だ。よくないことが起こっているということだ。

「さらわれているのは知ってるよ。だから焦ってるんじゃないか」

頓珍漢な答えをしてしまったようだ。ネズミ顔が、さもバカにしたように言った。

「よくきけやガキャア、さらわれてるんじゃなくてよう、晒されてるんだあ」

「え」

三咲は捕らえられているのだ。今頃は、どこかの廃屋か地下室で監禁されているはずだ。それが晒されているとは、いったい何なんだ。意味がわからないぞ。

「これはマズいな」

「晒してるってことは、誘ってんだべなあ」

「そういうことだろうな。ノコノコ出ていけば、飛んで火にいるなんとかってわけだ」

白衣の男とネズミ顔の談議に、口を挟まずにはいられなかった。

「なんだかわからないけど、三咲の身に危険が迫っているのなら俺は行くよ。今すぐ行くんだ」

晒されているという状況が判然としないが、すぐにでも三咲を助けに行かなければならない。罠でもなんでもかまうものか。独鈷路戸に来てからさんざん酷い目にあっているので、覚悟はできている。かえって探す手間が省けたというものだ。

「息子の彼女なの。私も行くわ」

母の助太刀は正直うれしかった。未知の町にて一人で戦うのは困難を伴う。目的が三咲の奪還なので、特殊部隊員なみの活躍をしなければならない。敵は猟銃をぶっ放して父の足をもぎ取り、同じ地域に住む老婆を惨殺している。本を手に入れるためなら何でもやる凶悪人だ。まるで害虫をひねりつぶすように、私や三咲を躊躇なく殺すだろう。肉親を巻き込みたくないが、その母親が最も頼りになる唯一の人間なのだ。

「いまは行かねえほうがいいぞ、静さんよ」

「だけど、おまえは行くんだろう」

白衣の男は私を止める気はないようだ。ネズミ顔も私や三咲など心配していない。ただ母は大事なようで、団長の元へは行かせたくないのだ。

「当然だ。三咲を取り戻してやるよ」

「とにかく、団長さんたちがどんなことをしているのか、確かめないと」

「あいつらは、バスで港のあたりをうろついているらしい。咲恵もいっしょだ」

そういえば、咲恵のことを忘れていた。母は彼女を娘であると言った。母はありきたりの主婦で、れっきとした人間だ。もしあの化け物と親子なら母も化け物であり、その子供である私や沙希も、蛸入道的なモンスターということになる。

是非ともこの場で説明してもらいたかったが、いまの優先事項は三咲を助け出すことだ。あとでじっくりと訊きだすことにする。

私と母が先に地下室を出た。廊下を歩き階段を上がった。サイロを出てから空気がすごく美味いことに気がついた。冷えて澄み切っているので、余計にそう感じるのかもしれない。

白い軽四輪駆動車が停まっている。私は白衣の男からキーを渡されていた。運転は得意でないというより、自動車学校での経験しかない。三咲のほうがよっぽど慣れている。彼女の親父さんの車でのデートは、当然のことながら三咲が運転者となるからだ。

窮屈な運転席に座ってキーを差し込んだ。よりによってマニュアル車だ。一応、免許のうえではマニュアル車も乗れることになっているのだが、腕のほどは定かではない。AT車限定免許でいいと考えたが、母がマニュアル車も乗れなければいけないと言ったので、そうしただけだ。この日を予期していたわけでもないだろうに。

作戦は特になかった。三咲を助け出すことが喫緊の課題なので、出たとこ勝負となるだろう。母は手伝ってくれるようだが、なにせ相手は熊撃ち用の弾をぶっ放す凶悪犯である。すんなり事が運ぶとは、とてもじゃないが思えない。

「まずは様子を見ること。三咲ちゃんに何かあったら元も子もないのよ」

「わかっているよ」

車はギクシャクしながら走っていた。私の運転のヘタさもさることながら、軽四輪駆動車に問題があるのだ。とくに三速が入らないのには困った。ギヤボックスが壊れているようだった。

「あまり音を出さないほうがいい」

「わかってる。でも三速が入らないから、どうしようもないんだ」

誰に見つかるかわからないので、車道ではなくて原野の脇を走行している。凸凹なうえに雪の吹きだまりがあるので速度は出せない。四速で走るとエンジンの回転数が足りなくてエンストしてしまい、二速では回転数が過多である。唸るわりには速度が出ない。無駄に燃料を費やしながら走り続けた。

もちろん、港まで走らせるつもりはなかった。住宅地に入る遥か手前で車を捨てて、私たちは歩きだした。母は私より先を歩いている。寒風をまともに受けて、その華奢な身体がより小さくなったように見えた。時々、咲恵のことを訊ねてみるが、いまは三咲を助けることに集中したほうがよいとかわされた。もっともなことなので、それ以上訊かなかった。

港付近までやってきた。民家の間を、背を屈めながら慎重に進んだ。幸いにも人影はほとんどなかった。錆びた鉄板の外壁が痛々しい平屋の角で、漬け物樽を洗っているばあさんとすれ違ったが、こちらには無関心だった。母も言葉をかけなかった。敵でも味方でもないようだ。

港に近づいてから、何かの音が耳に入っている。民家のどこかで音楽でもかけているのだろうと思っていたら、それが徐々に大きくなってきた。

「なんの音だ」

耳を澄ましてみる。どこかで聞いたことのあるリズムだ。

「これは『サウンド・オブ・ミュージック』ね」

「なんだよそれ」

「昔の映画よ、知らないの。『ドレミの歌』じゃない」

その映画は知らないが、『ドレミの歌』は聞いたことがある。耳に残りやすいメロディーであり、なるほどいま聞こえている音楽も、母の言う通りたしかに『ドレミの歌』だ。

それは、どこかの家で鳴らされているのではないということはわかった。なぜなら徐々に大きくなっていたし、なにかが近づいてくる気配がしたからだ。

「くるよ」

母に言われるまでもなかった。『ドレミの歌』は、もはや躊躇なく踊れるほどに大きくなっていた。すぐ近くに漁網の塊が放置してあったので、母を連れてそこに身を隠した。網には強烈な魚臭がこもっていて、とても気分が悪い。迫りくる音楽が、どうしようもなく不吉な気がしてならなかった。

「来たみたいね」

かどをゆっくりと曲がってきたのは、あのネコバスだった。錆びついてボロボロになった車体で海風を切っていた。『ドレミの歌』の出所は間違いなくそこだ。あの目玉河童の化け物が口ずさむわけはないので、カーステレオの音源を外部スピーカーに繋げているのだろう。まるで政治的な抗議活動をする街宣車である。威圧するには十分すぎる効果があった。

「きっとバスの中に三咲がいるんだ」

「まって」

迂闊に出ていこうとした私を母が引き止めた。団長やアザラシじいさんが乗っているとは限らない。物陰に潜んでいて、私の姿を発見次第、あの強力な熊撃ち銃をぶっ放してくるかもしれないのだ。

「悪い、母さん。つい焦ってしまって」

小声で謝る私を母は見ていなかった。すました顔で一点を見つめている。

「母さん」

母が見つめる先を追った。大音響を響かせながら近づいてくるネコバスだ。その車体前面の垂直の壁に、フロントガラスの真下に、異様な物体がへばり付いていた。それは、そこにあっては極めて不格好な、或いはそこにあることが許されないものだった。

「…………」

女が貼り付いていた。しかも全裸だ。フロント部分に裸の女が縛りつけられているのだ。しかも、その様は見るも痛々しくて吐き気すら覚えるものだ。

身体を垂直な車体に留めているのは、錆びた鋼鉄製のワイヤーロープだ。それが女の柔らかな肉に血をにじませながら食い込んでいた。乳房も陰部も隠されることなく露出している。寒風に晒されているため、肌は青白く血の気がない。顔は赤や濃紺色で腫れて、とくに目の周りはひどかった。身体全体が左斜め下を向いている。逆さに近い状態だ。だらりと垂れた長髪が、凍てついた地面の上を撫でていた。拷問といっていい容赦のない仕打ちだ。

「これは、まずいわ」

まずいという母の言葉が、この絶望的な状況をあらわすには軽すぎると思った。ネコバスに貼り付けられているのは、三咲だった。

「みさきっ」

思わず飛び出そうとしたが、その細い腕からは想像できないほどの力で、母が私を押さえていた。

「今はダメ、我慢するの。大丈夫、三咲ちゃんはまだ生きてるから」

「いま助けなきゃ死んでしまう。死んでしまうよ」

ネコバスは、その仕打ちを見せつけるように実にゆっくりと動いていた。三咲の過酷な裸体が、もう目と鼻の先まで迫った。私もよく知っている、つきたての餅（もち）みたいな肌が無残なほどに痛めつけられていた。ここからだと、はっきりと見える。漂ってくる匂いは、あきらかに三咲のものだ。彼女が好んでつける香水のそれなのだ。

もうすでに死んでいるのかもしれない。あのように晒されて、生きていると考える方がどうかしている。現に足や手の指は青みがかっているではないか。身体のいたるところが青い。内出血の痕（あと）だろう。顔の腫れかたと合わせて三咲はどれだけ暴行されたのか、医者でなくともわかる。

「まだ殺さない。絶対に生かしておくから」

「なんでそう言えるんだ」

「死ねば、エサとしての価値がなくなるでしょう」

母でなければ手をあげていた。息子の恋人に対してどのような感情を抱いているのか、わかったような気がする。

その毒々しい筐体と極めて人為的な装飾を見せつけながら、ネコバスは悠然と進んでいた。どうしても飛び出したくて身体が前のめりになるが、母の指が強く肩に食い込んだ。息子を見つめる母親の目線は、かつてないほど厳しかった。ここは母を信じて自重するしかない。

「あいつら、どこに行く気だ」

「それはわかってる。あの納屋しかない」

肉船がある納屋に誘い込む気だと、母は断言した。

「どうしてそう言い切れるんだ。違うかもしれないだろう」

生きているとしたら、三咲は相当に弱っている。間違った場所に突入して、時間を無駄にするわけにはいかない。

「それはない。『根腐れ蜜柑』はあそこにあるもの」

団長らが欲しているのは、あくまでも『根腐れ蜜柑』という邪悪な本であり、さらにそれを使える母だと、母が言う。私や三咲はエサでしかないということだ。

「いったい、母さんは何なんだ。どうして、そのおかしな本を読めるんだよ。それに、あの化け物女はなんなんだ」

「咲恵のこと」

「そうだ」

「娘って言ったでしょう」

さも当然であるかのように抑揚のない声だ。母には動揺という感情がないのだろうか。

「お父さんと結婚する前に、ここに来たのよ。ほら、ここって寒くて寂しくて、死ぬのにはうってつけじゃない」

「なっ」

そこまで言うと、母はひとまず車に戻ることを提案した。なるほど、凍えそうな野外で濃密な話を聞かされるのはたまらない。三咲は心配だが、のこのこ出ていけば団長たちの見え透いた策略に嵌（はま）ることとなる。私は撃ち殺されて、母は拉致されるのがオチだろう。

人に見つからないように、なんとか軽自動車まで帰ることができた。一刻も早くあの納屋へと疾走したかったが、急（せ）いては事をし損ずると母の目が言っている。三咲救出は失敗が許されない。その前に、すべての情報を知らなければならないのだ。

エンジンをかけて数分経つが、一度冷えてしまった車内はなかなか暖まらない。震えながら待っていると、その告白は唐突に始まった。

「犯されたのよ。仕事の先輩だったんだけど、手ひどくやられたわ。そして、最悪なことに妊娠した」

母に関することで、もっとも聞きたくない範疇に属する事実だった。たとえばレイプされたのが私の女友達であるなら、まだ冷静に宥めることができると思うが、肉親、さらに母親というのはとても辛い。冷静に聴いてはいるが、ものすごい衝撃だ。

「お腹の子供と死んでやろうと思った。どこか遠い、見知らぬ土地で。それでここに流れ着いたの。いまみたいな寒い冬にね」

慰めの言葉も相槌もなく、私は凍ったようになって聞いていた。噛みしめすぎた口の粘膜が痛かった。

「睡眠導入剤を飲んで凍死したはずなんだけど、なぜか生きてた。いや、生き返らせられたのよ」

母は自殺を図り、この凍った原野で死ぬはずだった。だが、二つの命は救われたのだ。凍死していた母を助けたのは、あの軍医だそうだ。彼は『根腐れ蜜柑』を所有し、従軍牧師に殺されるまで本を研究していた。

「母さんは、そのう、死んでいたのか」

「そう、私は死んでいた。死んでせいせいしたけど、あのおじいさんが生き返らせてくれたわ。『根腐れ蜜柑』の力で」

軍医は本の力をもって凍っていた母を溶かして、そして新たな生を吹き込んだ。ただし、その行為が感謝されているのかは疑問だ。

「血を入れたのよ。あの本で穢された汚らしい血を注ぎ込んだの。くそったれた血をね」

母の口から汚い言葉を聞くのは、なかなかにきつかった。

「母さんは、ここで血を配達してるって聞いたぞ」

「誰から？　咲恵ね」

あの化け物女と知り合ったことを、責められているような気がした。

「そうよ。ここの人たちはみんな元気でしょう。哲さんはいくつに見える？　戦争が終わってから何年経つの？　おかしいと思うでしょう」

ここで血の入れ替えが行われているのは事実だった。いまでは、軍医のひ孫であるあの白衣の男が続けている。被験者っていうか、その恩恵にあずかっているのは集落の年寄りたちだ。独鈷路戸の少なからぬ住民に、その処置が施されているそうだ。なるほど、ネズミ顔は相当な年寄りのはずだけど、忌まわしい血液療法でやたらと元気なわけだ。

「ここには若い人がいないから」

「全然いないのかよ」

「いないよ。社長さんが一番若いかな」

水産会社のおっさんが若者なら、私などは子供だろうな。

「咲恵さんは若いだろう」

「そうね、咲恵がいたわ。私はあの子をここに捨てたから、さぞ恨んでいるでしょうね。だから団長さんと組んだのかしら」

「望まない子供だったとしても、れっきとした母さんの娘じゃないか。たしかに奇妙っていうか、ちょっと不気味だけれど、捨てるっていうのは酷いと思う」

私にとって母は情が深い人だが、それが誰にでも当てはまるわけではないのは、次の言葉から推し量られた。

「だって、化け物だもの。あなたもあれを見たでしょう。『根腐れ蜜柑』で私の血は穢された。その時、お腹にいたあの子も呪われた。何度か殺そうとしたけど、あれはしぶとく生き続けるのよ。それこそ化け物のようにね。そのうち、心が折れたわ」

生き返った母は咲恵を産んだ。幾度も絶命させようとしたが、子供はいじらしいくらいに頑健だった。そして、およそ母らしくなく、それを育てることは断固拒否したのだ。

「そう、ここを逃げ出した。みんなにあれを押し付けて逃げた。ただ、もう逃げた。『根腐れ蜜柑』の力が及ばない遠くへ逃げたのよ」

そして都市にやってきて、父と出会いすぐさま結婚した。その時、恋人たちに愛があったのか、それは非常に厳しいところだろう。母は逃避できる場所を求めていたのであって、すがる人格は誰でもよかったのだ。

独鈷路戸の町は静まり返っている。もともと人口が少ないのに、この騒動だ。どっちの側にも与しない者は、じっと息を潜めているようだ。

「だったら、母さんはどうしてここに戻ってきたんだよ」

化け物を生み落とした場所から逃げたのに、四半世紀経って戻ってくるってどういう魂胆なのだろうか。しかも、家族も何もかも捨ててまでだ。

「あれは」

母がフロントガラスに顔をくっ付けんばかりに、はるか前方を見ている。向こうにある車道を誰かが歩いていた。私たちの軽自動車は古びた住宅と松の間にあるので、あちらからは見えないはずだ。

「どうやら沙希みたいね」

「えっ」

びっくりした。なんと、あそこにいるのは妹の沙希だ。遠くからでもハッキリとわかる。このくそ寒いのに、あの薄っぺらで派手な上着姿は間違いようがない。

「どうして沙希がいるの。あなたが呼んだの」

「そんなわけない。とにかくヤバいから連れてくる」

理由はわからないが、妹が独鈷路戸に来ている。こんな危険な場所でウロついていたら、なにをされるかわかったもんじゃないぞ。すぐにでも保護しなければならない。

だが一歩遅かった。ネコバスがやってきて、沙希の前で止まった。あいつは前面に縛り付けられている三咲を見ていた。それがとんでもなく禍々(まがまが)しい状態だと気づくまでに、しばしのタイムラグがあった。

次の瞬間、沙希は悲鳴をあげながら逃げ出した。しかし、バスの底から出てきたモノに抱き着かれて、そのまま中に引きずり込まれてしまった。目玉河童(かっぱ)に捕まってしまったのだ。

私は飛び出そうとした。しかし、助手席から母が羽交い締めしてきた。毎度のごとく強い力で押さえられ、まったく身動きができない。そのまま絞め殺されるかと思ったくらいだ。

「すぐには殺さない。三咲ちゃんと同じよ。いま出て行っても、あなたも捕まる。何度も同じこと言わせないで」と、押し殺した声が耳元で囁く。

「でも」悠長なことを言っていたら、間に合わないだろうが。

「一度サイロに戻るの。目には目を、化け物には化け物でやるから」

きつい桎梏が解かれた。母はサイロに戻るのだと、とても硬質な命令口調で言う。親の言いつけに抗うことはできなかった。

あの背骨蜘蛛の化け物がいる建物へと戻ってきた。入り口付近にはネズミ顔と白衣の医者、それと数名のじいさんたちがいる。味方はこれだけか。

「妹が捕まった。あいつらに捕まった」

「なに」

沙希がネコバスに引き込まれたことを話した。ネズミ顔は、さすがに呆れた様子だった。「で、どうするんだ」と母に詰め寄った。

「団長さんがここに来ないということは、あの納屋で待っているってことでしょう。息子の恋人と娘を取られたわ。私が行くしかないでしょう」

母はケリをつけると言っている。それは団長らに降伏して、三咲と沙希を無事に返してもらうことかと問うと、彼女は私を固く見据えていった。

「独鈷路戸に来た目的を果たすだけ。それをするだけよ」

母はサイロの中に消えた。ネズミ顔の表情が強張っている。

「いよいよ、あいつを出す気だな。おい、ダンプを呼んでこいや」

ネズミ顔がじいさんの一人に指示したが、ダンプが来る前に、それは現れた。

サイロの入り口から肉が這い出してきた。ヌメヌメと濡れている表皮が冷気を浴びて、白い湯気が立ち昇っている。出口が小さすぎるのか、最初は触手みたいな肢だけが出ていたが、次の瞬間、壁が内側から吹っ飛んであの背骨蜘蛛の化け物が出てきた。彼は堅牢な地下の牢獄をぶち壊して、這い出てきたのだ。

空は曇っているが、それでもまだ陽が沈んでいないので周囲は十分に明るい。冷え切った透明な白色に晒されたそれは、どんな言葉を使っても言い表せないほど醜怪だ。とにかく生々しい肉であり身の毛もよだつ蜘蛛であり、しかも存外に巨大だ。ひどく生臭くて、こんな広い原野なのにきつく息が詰まった。

肉蜘蛛は背骨を隆起させながら、淡い雪原をゆっくりと歩いていた。広い場所にいるのが嬉しいみたいで、頭部が何度も上下している。周囲の景色を舐めとるように見回していた。

破壊された出入り口から母が出てきた。左手が血だらけである。

「母さん、その手は」

「あれに血をあげたから。取引に対価は必要でしょう」

母の手首は、まるでリストカットしたように、スッパリと横一文字に裂けていた。化け物を手懐けるために、彼女は血液を支払ったのだ。

「大丈夫よ。私の身体も化け物みたいなものだから」

たしかに、すでに出血は止まっているようだ。普通の人間なら命を落としかねない傷だが、母の目元は涼し気だし、私もそういうものなのだろうと納得していた。そういえば、太ももの怪我も治っているようだった。

「ワシらの血じゃあ、なんもきかんけどな」

従軍牧師だった化け物は、母の血にだけ従うのだそうだ。

轟音と共にダンプカーがやってきた。その車体は、よほどゴツくて頑丈そうだ。しかも運転席から降りてきた男は、あのヤクザオヤジではないか。

「しっかし、こいつはいつ見ても気色悪いなあ。反吐が出るべや」

彼はバッグを持っていた。私のほうに向かってくると、ファスナーを開けて中身を投げつけてきた。

「ほれ、おめえも持っていろ。あいつらはこっちのタマとってくる気だから、ためらうんじゃねえぞ」

拳銃だった。よく映画なんかで見かけるオートマチックでなくて、昔ながらの回転式弾倉タイプだった。思ったよりも重く感じた。

「弾は六発だけしかねえからな」

「撃ち方を知らないし、人殺しは嫌だ」

「なら、おめえが死ねや。おめえのスケも死ねや」

錆(さび)だらけのネコバスに縛り付けられた三咲を想った。まだ二十歳そこその女性にひどい暴行をして、さらに、ああ畜生、思い出すだけで胸の奥が掻(か)きむしられる。三咲を死なせるくらいなら、あのくそじじいども、ぶっ殺してやる。なんの遠慮がいるものか。脳天をぶっ飛ばして、脳みそをまき散らしてやるのだ。

「いいか、いいフリこいて頭を狙うなよ。身体の一番デカいとこ撃つんだ」

もう一丁を母に手渡そうとしたが受け取らなかった。ヤクザオヤジは、わけ知り顔で頷(うなず)いた。

化け物蜘蛛は、ダンプの荷台に乗せられた。いや、自ら乗り込んだ。肉肢をワナワナさせながら、もったいぶったような動きで冷え切った床に収まると、心地よさそうに身を沈めた。

母と私もダンプに乗り込んだ。真ん中に母、左端の席が私となっている。運転手はヤクザオヤジであり、その職業と素性にふさわしく、彼は懐に短刀を差していた。

ネズミ顔と白衣の医者、他のじいさん連中は別の車でついてきた。ばあさんが見当たらないのは、女は戦場にいるべきではないからだと言う。母は女だと言うと、「こんなおっかねえのは特別だべ」と返ってきた。ヤクザオヤジは母を特殊部隊員かランボーだと思っているようだ。

「母さん、一応訊いとくけど、その人とはどういう関係なんだよ」

「柴野さんは、ここの集落出身の暴力団の人よ」

すぐ横で暴力団と言われて、運転手はシニカルな表情をしていた。

「人を殺してもらったから、あのおじいさんに頼んで血を戻してあげたの。若そうに見えるけど、結構な年よ」

暴力団員に、殺人を依頼した縁ということだ。殺されたのは咲恵の父で、母を強姦した男であった。化け物を生み落として逃げる前に、密かに依頼したとのことだ。

「とっ捕まえて、縛り付けて、生きたままな、ちょびっとずつ、こそげ落としてやったべ。なんまら血ぃ出たけどな」

その場面を想像しないほうがいいと思った。暴力の世界で生きている男がやったのだ。惨劇という表現にふさわしく、さぞ吐き気三昧になるようなことを仕出かしたのだろう。母がそうしろと依頼したのだが、そのことを今は追及しないほうがいい。三咲と沙希、そして忘れていたわけではないが父の救出のことだけを考えるべきだ。

「どういう作戦でいくんだ」

岬の納屋までは、あと数分である。ヤクザオヤジや母が何をやり、私がどういう動きをしたらよいのか確認しておく必要があった。

「んなものは、ねえ。突っ込んでいって、うしろの化け物を降ろして、あとは手あたり次第ぶち殺してやればいいんだ。おめえは、そのチャカをぶっ放せ」

訊くだけ無駄だったか。行き当たりばったりでやるしかなさそうだ。

力を込めて拳銃を握る。これより命を賭(と)しての突入だ。母の心の闇の部分が、あの血みどろの表象が厳しい現実となって、いま私の身に降りかかろうとしている。幼き頃より予感はあったが、いざそれに直面すると、意外にも覚悟ができているのに驚いた。

ダンプカーが跳ねまくっている。アスファルトの道から逸(そ)れて、岬への狭い轍道(わだちみち)に入った。すぐにでも、あの納屋に着くだろう。私の平穏だった人生は、あと十秒ほどで終わるのだ。

「うわっ」

思わず叫んでしまった。フロントガラスに銃弾が撃ち込まれたのだ。しかも、続けざまに飛んでくる。私は身を屈(かが)めたが、母は正々堂々と背筋を伸ばしていた。

「私が必要だから、当ててこない。大丈夫よ」

母はそう言うが、ヤクザオヤジの鎖骨付近が、えらいことになっているぞ。セーターが破れて、そこから血が噴いているし、白く突き出している破片は骨じゃないのか。母の頬にも飛び散った血がついているし、とてもじゃないけど楽観できる状況じゃない。無茶苦茶に撃ってきているじゃないか。

ヤクザオヤジが怒鳴り散らしている。本職の怒声は腹に響いて、鬱病(うつびょう)になりそうなほどのマイナスエネルギーだ。殺すぞぶっ殺すぞと喚(わめ)きながら、ハンドルをグルングルンと回して、ダンプを半回転させた。さらに何ごとかを叫んで、ギアをバックにしてアクセルをふかしまくる。強力な銃弾で肩付近を砕かれているのに、動きと気迫に衰えはなかった。いや、かえって活力がみなぎっているようにも見えた。

「おりゃあ、いま二人ばかり踏みつぶしてやったべや」

尻が二度ほど浮き上がった。たしかに、ダンプの巨大なタイヤが何かを踏んだみたいだが、それが人かどうかは確認できない。ダンプはバックで突き進んでいるので、その進行方向からの銃弾が運転席に飛び込んでくることはなかった。

「どれくらいが団長についているんだよ」

「んなもの、知るかっ」

団長側についている人数は不明だ。母は、多くても十人はいかないだろうと断定していた。

「団長は、そんなに本が欲しいのかよ」

「あったりめえだろう。あの本があれば、いつまでも生きていられるからな。死なねえってのは、死ぬほど魅力があるのさ」

つまらぬ人たちね、との感想を母は吐き出した。老人が不老不死を願う気持ちは理解できるけど、母にとってはつまらぬことなのだ。もっと面白いことを企んでいるのだろう。

ところで、このダンプはどこまでバックしていくのだ。エンジンの唸りが、もう限界付近まで高まっている気がする。

「うわっ」

少なからず衝撃があった。運転手がブレーキを踏んだのか、重力が背中を押しまくる。エアーの抜ける音が間抜けだなと思ったら、ヤクザオヤジがぶっ殺してやるーって、大声で喚きながら運転席をとび出していった。

我々のダンプカーは、後ろから納屋に突っ込んだのだ。外壁がバリバリと破れて、ゴツい車体のほとんどが収まっていた。しかも後ろ向きなので、中がどういう状況なのか把握できない。パンパンとあちこちから銃声が聞こえてくる。ネズミ顔のバンも突っ込んできて、パラパラと人が降りて納屋へと突入していった。

カラになった運転席側から母が降りて、私もすぐに続いた。助手席側から出れば早いのだが、親の後を追うのが子の務めであると無意識に思っていた。その際にインパネ付近に膝が当たり、荷台を立ち上げるスイッチに触ったようで、強力な電力を得ようとエンジンが唸った。私はすでにダンプから三歩ほど離れていた。母の姿が見当たらない。もたもたしていると、あの十字架の墓が見えた。後ろの建物の中で、その持ち主が奇怪な叫びをあげている。傾いた荷台から滑り落ちて、思う存分暴れ始めたのだろう。

太平洋に向かって突き出した岬なので、寒いと思いきや、不思議と冷たさを感じなくて焦った。ああ、今の私は尋常ではないなと確信した時、足元の地面が弾けた。銃弾が飛んできたのだ。

納屋の中からの銃撃だった。もと来た道の方へ逃げるか。いや、それは愚策だ。敵の懐に突っ込まないと、三咲や沙希を救い出せないではないか。

「うぎゃ、いてえー」

右手の親指がひどく熱く、そして激痛だった。何ごとかと見ると、親指がなくなっていた。さらに肉がささくれていて、血だらけだ。銃弾が当たって、もぎ取られてしまったのだ。

「うおおおー」

経験したことのないような怒りの感情が沸き上がってきた。誰かを引き裂いてやりたい、肉を抉(えぐ)り取り、骨を心ゆくまで叩(たた)き割りたい衝動に、心のすべての領域が満たされていた。

第七章 出 航

私は納屋の中へ中へと突進していた。もげ落ちた親指の傷口から、縮れた毛がたくさん生えてきた。まるで陰部に繁茂している剛毛のようで、我ながら気色悪いと思った。ああ、そうか、私は母の息子なのだ。咲恵とまではいかないまでも、十分に化け物の素養があるようだと悟った。おそらく、あの本が近くにある影響なのだろう。

背骨の肉蜘蛛が、呪わしい筐体をワナワナさせながら大暴れしている。アザラシじいさんがツルハシを振り回して、その先端で肉蜘蛛のラグビーボールみたいな頭部を突き刺そうとしている。だが、背骨蜘蛛の肢でぶっ飛ばされていた。

よからぬ気配が私のもとに近づいている。大きな目玉がガンを飛ばしているのだ。ネコバスを動かしていた目玉河童の化け物だ。すでに誰かを襲ったのか、肘先から千切れた腕を咥えていた。いちおう温血動物なのか、全身から湯上がり後のような湯気が立ち昇っていた。よく訓練された猟犬のように、私を見据えて、ゆっくりと近づいてくる。

目玉河童が嚙み千切った腕、おそらく沙希のだ。ブレスレットに見覚えがある。金メッキに大きな花びらの飾りがついていた。以前、あいつの携帯プレーヤーを間違って踏み壊したお詫びにプレゼントしたものだ。ド派手好きなあいつのことだから気に入らないだろうと思っていたが、存外に喜んでくれた。本当は三咲へと買っておいたのだが、いつも不貞腐れた顔ばかりのあいつが珍しく喜んでくれたので、すごくうれしかった。

そうか、バスの動力だったこの河童野郎は、私の妹を殺したってことだ。きっと貪り喰うように惨殺したのだろう。決して従順ではなかったけれど、いじらしい仕草を見せるときもあった。ガキの頃は、お兄ちゃんお兄ちゃんと、私の足に絡みついて離れなかった可愛い女の子だったんだ。

ぶっ殺してやる。

生きたまま肉をそぎ落としてやる。そのクソ気色の悪い目玉をほじくり出して、まだ神経が繋がっているまま、ゆっくりと時間をかけて嚙み潰してやるんだ。

拳銃を化け物に向けて、力の限り引き金を引き、咽の粘膜から血が噴き出すほどの勢いで叫びまくった。瞬く間に六発全部を撃ち尽くしたが、悲しいことに一発も当たらなかった。

「うがあああーっ」

ならば直接攻撃しかない。目玉河童に摑みかかり、とにかく殴りに殴った。拳銃の握りの部分でガシガシと打ち据えた。心の柔らかな部分に、腐臭を放つ醜怪な出来物がムクムクと隆起しているのがわかった。私はもう、それまでの善良な人間でないことを自覚した。

とにかく、その河童みたいな頭を拳銃でぶっ叩いた。皿を割って、中の脳みそと髄までぐちゃぐちゃにしてやろうとしたが、そいつは非常に強靭な頭蓋の持ち主で、力いっぱいの殴打にも平然としていた。

もたもたしていると、逆に私の咽元を摑んできた。化け物らしいバヵ力で絞め上げてくるが、なかなか窒息しそうになかった。どういうわけか、私は強くなっているという確信があった。いままで冬眠していた母の穢れた血が、ここにきて目覚めたということだ。暴虐心が覚醒したといっていい。

目玉河童に咥えられている沙希の腕が、もじょもじょと蠢き出した。ギザギザにささくれた肉の断面から、たくさんのイトミミズ状のモノが出ている。私の親指の損傷部分は毛だらけになったが、妹はドブ虫に親和性があるようだ。兄妹で体質を共有したいところだが、あいつの方がグロテスクなのはちょっとうれしいと感じた。この場の瘴気が、私と妹の魔性を活性化させているのは間違いなかった。

河童の頭蓋は固いので、叩き潰すことを諦めた。代わりに、そのトレードマークの目玉に嚙みついてやった。面積は大きくても平面に近いので、そこに歯をたてるのは難儀したが、何とかこそげるように前歯を突き立てた。

ひどく生臭い味がしたかと思うと、ドロッとした液体が浸入し、口の中いっぱいに広がった。目玉を嚙み潰したので、コラーゲン的な汁があふれ出てきたのだ。

「ぎゅぎゅぎゃぎょ、うううう、ぎょおう」

目玉河童の悲鳴が意味するところはまったくもって不明だが、この目玉潰し攻撃が効いていることはわかる。よほどの激痛なのだろう。私の首を絞めつける力が、まさに全身全霊を込めてといったほどに強くなっていた。

さらに潰れた目玉の奥へ奥へと舌を突っ込み、柔らかで生臭い内部を鋭くまさぐった。それはけたたましく、そして激しく暴れた。化け物といえども、神経はしっかりと機能していて、しかも十分に過敏だ。これは気分がいいぞ。

あまりの苦しさに耐えかねたのか、化け物が咥えていた沙希の腕を放した。目玉だけではなくて、目の周りの肉を喰い千切ってやった。すると、妹の腕がわさわさと這い上がってくる。左肩の頂点にしがみつき、ミミズの群れが蠢く断面で私の頭を叩くのだ。おふざけのつもりだろうが、いまこの瞬間に兄妹のじゃれ合いは余計である。

激しく暴れまわる目玉河童に、どうやってとどめを刺そうかと考えていたら、横からものすごい勢いで人がやってきた。そして手に持っていた錆だらけの金属片で、化け物の全身を力の限りぶっ叩き始めた。

肉の潰れる音と地震のような衝撃が続き、目玉の河童は生々しい肉の塊となり果ててしまった。うんざりするぐらい執拗(しつよう)であり、もう三日三晩潰し続けているように感じた。

「沙希」

殴打を繰り返しているのは、妹の沙希だった。この目玉河童に喰い殺されたのかと思っていたが、どうにか無事だったようだ。人質として生かされていたが、ダンプの襲撃で隙ができたのだろう。ただし、その身体は相当の損傷を負っている。当然ながら、左腕はなかった。

肩にまとわりついていた腕が、妹の元へ帰っていった。ミミズ状の傷口が、沙希本人の千切れた傷口にくっ付こうと試みる。無数のミミズ肉がお互いを求め合い、絡まるように溶け込んでいく。あっという間に融合したが、詰めの微調整が苦手なのは、あいつの性格なのだ。腕はあらぬ方向に曲がって、そのまま接着してしまった。ひどく不格好な女子高生になったが、それはそれで妹らしかった。

納屋の中では、敵味方入り乱れての総力戦になっていた。銃弾のストックがそれほどなかったのか、銃撃はやんでいたが、その代わりの肉弾戦が凄まじいことになっている。斧やツルハシ、スコップを使っての殴り合いだ。この町の老人たちは血の交換で恐ろしく丈夫な身体をしているので、鋼鉄でぶっ叩いても簡単には死ねないらしい。手足を叩き折られ、皮膚を切り裂かれても絶命せず、大怪我をした老人たちがのたうち回っていた。

全身血だらけになったヤクザオヤジが、剣先スコップの鋭角な先端で、仰向けに倒れていたじいさんの顔を粉々に砕いていた。まるで圧雪を切り開いているかのごとくで、その光景はもう地獄絵図だ。

吹き飛ばされた指のつけ根が痒くてたまらない。縮れた毛はうじゃうじゃと蠢きながら密度を増して、肉こぶ状に盛り上がっていた。私の身体も、相当に不死身っぽくなっているのだろう。

「ガキャア、咲恵がそっちに行ったぞ」ネズミ顔の声だ。

顔をあげると、半分女で、半分が蛸（たこ）の化け物が私のほうへ向かって来るのが見えた。氷の上を滑るような、じつに接地感のない動きだった。

「あああああ」と叫びながら、沙希が突進していった。顔中を口にして、不格好に折れ曲がった腕を滅茶苦茶（めちゃくちゃ）に振り回している。激高して我を失っていた。

咲恵の軟体の肢が沙希に絡みついた。姉の抱擁は非常に息苦しいらしく、妹はギャアギャアと喚きながらそれに噛みついた。だが、恐ろしいくらいの弾性が彼女の歯を跳ね返す。がむしゃらな妹とそれを冷静に見つめる姉。私は中間に位置するわけだが、この状況でどういう芸をやればいいのだろうか。

アザラシじいさんがいた。より正確には、あのギョロッとした海獣目玉の顔が転がっているのだ。

「ざまあみやがれ、こんちくしょうがあ」

ヤクザオヤジが怒鳴っている。そのゴツい手が握っている剣先スコップの先端が、べっとりと赤い。今まさに咲恵の肢に踏み潰されているアザラシの首は、その鋭角で硬質な掘削道具で叩き切られたのだ。

化け物同士、そして姉妹の闘いは、お互いが血縁であるためなのか、まったく容赦がなかった。咲恵は、沙希をシバキ倒すことにこれっぽっちもためらいがない。これほど凄まじい虐待をする姉も珍しいだろう。

蛸のように、さらに化け物らしい太さと強靭さをもって、その肢は沙希を殴打していた。何度も何度も、見ている者が不安に苛(さいな)まれるぐらいに徹底していた。

妹は、あらぬ方向に曲がった腕をぶん回して歯向かうが、力の差は歴然としており劣勢を挽回(ばんかい)できそうにない。沙希はなにかと腹立たしい存在であるが、時には可愛らしく見えることもある。私は沙希が好きだし、その何倍も咲恵には興味がない。三咲への仕打ちも許すつもりはないからな。どっちに加勢するか、迷うことは一ミリもない。

軟体の肢にしがみつき、とにかく殴ったり蹴(け)ったりしたが、姉は涼しい顔のままだ。逆にぶっ飛ばされてしまい、ダンプのタイヤに腰をイヤというほどぶつけてしまった。沙希は首をギリギリと絞め上げられている。常人ならば首の骨が折れるか窒息するかしているところだが、今日の妹はやればできる子なのだ。

「うわっ、熱い」

突然、わき腹がすごく熱いと感じた。いや、痛みか。あまりに鋭くて、痛覚の境界線があいまいになっていた。

「おまえだけはぶち殺してやる」

団長が私の身体に覆いかぶさってきた。しかも刃物を突き刺している。包丁とかナイフとかではなく、鋭い金属片みたいなものだ。それを拳骨(げんこつ)で握って、グイグイと押してくる。灼熱(しゃくねつ)と激痛、そしてなによりも団長の気迫がきつかった。

ドシッ、ドシッと衝撃が伝わってきた。私の腹からではない。覆いかぶさっている団長からだ。

ひどく濃くて重い血液だと感じた。それが私の顔に筋を引いて流れ落ちてくる。中年の頭蓋が割れているのだ。なんと、それを為しているのが三咲だった。朱や濃紺の痣だらけの裸が、私の腹を抉っている男の頭を殴打している。鋼鉄の単管パイプでもって何度も何度も、踏みつけられたネズミのような奇声をあげながら、とにかくぶっ叩くのだ。

「姉ちゃん、そんなんじゃだめだ。コイツはなあ、生半可に本をかじってる分、しぶてえんだ。そこどけろ、このバカにトドメ刺してやる」

ヤクザオヤジがやってきて、無茶苦茶に単管を振り下ろしている三咲の髪の毛を摑んで引きずり倒した。そしてほとんど動かなくなった団長の襟首を摑んで、引きずっていった。

「三咲」

素っ裸の女が私に抱き着いてきた。吐き出される息が糞便臭くて参る。あ〜あ〜と、言葉にならぬ声をあげていた。余程のストレスだったのだろう。とてつもない怒りと、その直後に訪れた安堵で、顔がぐしゃぐしゃになっていた。いかなる時も快活明朗で疲れた顔など見せない女なのだが、さすがに、これほどの災難にポーカーフェイスは無理なのだ。

惚れぬいている女から抱き付かれ、さらに泣かれるのは、男としてはある意味本望なのだが、近くには母がいるし、傍ではヤクザオヤジが団長の首を切断している。愛を語り合うには、ここは地球の中心から外れ過ぎているだろう。

沙希が吹っ飛んできた。せっかくくっ付いていた腕が、また千切れかけている。接合面のミミズがせわしなく蠢くが、衝撃が大きかったせいか、仲間との絆をうまく結べないようだ。

「三咲、これを着ろ」

恋人を裸のままにしておくわけにはいかない。私のジャンパーを脱いで肩から覆いかぶせてやった。気温はかなり低くなっているはずだが、殺し合いの場は意外にも生温かく感じる。腹を刺されてしまったはずだが、ダメージをそれほど感じない。私の身体も強靭化しているようで、異常なほどの治癒力を発揮していた。三咲にはズボンも貸してやりたかったが、ここで脱ぐのは無粋だろうと思った。母も妹も、おそらく父もいる。

ヌルリと波打ちながら、咲恵の肢が沙希をぶっ叩いている。蛸のように何本もあるので、私もやられてもおかしくないのだが、なぜか当たらなかった。抱きかかえている三咲にも被害が及ばなかった。

「この、クソバケモンが」

剣先スコップをブンブンと振り回してヤクザオヤジが突進するが、沙希と同じようにぶっ飛ばされた。般若の形相をした妹が化け物じみた雄叫びをあげながら、再び突進していく。血の繋がりを自覚しているが故に、それを切ってしまおうとする衝動が、止むことなく沸き起こるのだろう。その気持ちが痛いほどわかる。

　騒然としていた納屋の内部が、ほぼほぼ静かになっていた。複数の人影が散り散りになって、外へと出ていくのが見えた。そこいらに、いくつかの人間の残骸が転がっている。埃が舞って粉っぽかった。団長やアザラシじいさんが死んで勝負はついたようで、他の連中は逃げてしまった。数は多かったが、士気は高くなかったようだ。

　残っているのは咲恵だけとなった。彼女は逃げることなく納屋の中で無双している。こちら側の背骨蜘蛛がのっそりと近づこうとしたが、その歩みが止まった。後ろから、細身の人影がすたすたと前に進み出たのだ。

「娘と話をしなくちゃね」

　母は言った。気負ったところがまったくなかった。さっそく不肖の娘と対面する。行き掛けの駄賃とばかりに、咲恵は渾身の力で沙希をぶっ叩き、そして母を見据えた。

「私が嫌いで仕方ないでしょう。私をこんな何もない場所に捨てたのだから」

　とても寒いと感じた。姉の、まったく抑揚のない言い方には血の気がなかった。少し母に似ているかもしれない。

「私はただ生きているだけ。まるで草木のようにじっと動かずにここに縛り付けられた。化け物なのに、五歳児よりも無害で病人より静かに生きてきた。あの掘っ立て小屋で暮らしていたの。弟や妹がいるとは知らされず、年寄りだけを見て育ったのよ」

　私のことを、姉はどう思っているのだろうか。あの小屋で一晩を過ごしたので、ひょっとすると、姉弟愛や慈しみを覚えているのかもしれない。でも、私はそんな感情を彼女に抱けないだろうな。我が家族にとって、咲恵は北の果てで打ち捨てられている異形のアウトサイダーでしかない。娘に捧げられる母の愛は死んでしまっているだろう。あれに比べれば、元のら犬のブチのほうがよほど肉親といえた。

「その大蜘蛛に私を殺させるの。そうするんでしょう、お母さん」

背骨蜘蛛が小首を傾げる。見るからにおぞましい仕草だ。

母は咲恵を疎ましく思っていた。産んでからすぐに殺そうとしたと告白している。当然、この化け物に容赦ないことをさせるのだと思った。

「いいえ、殺させはしない。あなたを迎えに来たの。長い間、一人にしてごめんなさい。これから一緒に暮らすのよ」

意外だった。母は、この期に及んで母親らしく振る舞おうとしている。あれほど忌み嫌っていた娘を受け入れるというのか。

咲恵は黙って見つめていた。母も口を閉ざしている。私を含め周りの誰もが沈黙していた。不穏な静寂だ。そして、三咲が私に何かを言いかけた時だった。

あの蛸のような触手が唸りをあげた。数本が鞭のようにしなり、納屋の地面をバタバタとぶっ叩く。小麦粉のような埃が舞うより先に、母がぶっ飛んでしまった。咲恵が襲いかかったのだ。

「母さん」

すぐに駆け寄ろうとしたが、私には三咲がしっかりと抱きついてしまって身動きできない。もたもたしていると、沙希が吼えた。それは甲高く鋭角な響きで、鼓膜を引き裂くように浸透してきた。人の叫びではなく、かといって獣のそれでもなく、では何なのかと問われても答えることができない。地獄の底に巣食う下賤な魔物の咆哮とでもいおうか。

蛸足に鞭打たれて地面に貼り付いた母は、両手が関節とは逆方向に折れ曲がっていた。さらに腰も逆エビ状に極限まで反り返り、両足が自らの頭部を挟み込んで地面に踵をつけている。どこをどう見ても、死んでいるとしか思えず、たとえ生きていたとしても、少なくとも腰の骨はぽっきりと逝っているはずだ。

「やめなさいっ」

妹がいまにも飛び掛かろうとした刹那、きびしい叱咤の声が飛んだ。出鼻をくじかれた沙希は動きを止め、蛸肢を振り上げて構えている咲恵も、その触手をそっと下ろした。親に叱られて、姉妹喧嘩は中断を余儀なくされた。

吐き気を催すような奇怪な姿で、母がゆっくりと歩み出た。まるで鬼蜘蛛とサソリのハイブリッドな化け物のようで、その角ばった動き方が恐ろしかった。

三咲が悲鳴をあげる。周囲の者たちは固まって動かない。背骨蜘蛛な化け物がそれに寄り添った。母は言う。

「いいのよ、思う存分やりなさい。さぞや憎たらしかったでしょう。この場所で何をされても私は死なない。いいえ、死ねない。本に護られているから」

　ここには二つの『根腐れ蜜柑』がある。それらの影響下にある母の身体は、ほぼ不死身となっていた。

「じゃあ、殺してあげるわ」

　咲恵がそう言うと、極太の肢が波打つようにしなり、再び母をぶっ叩いた。バシバシと打たれた中年のサソリ女は、埃だらけの地面でドンドンと跳ねながら潰れてゆく。腕はさらにひん曲がり、反り返った足が背中へくっ付いた。それは母というより、もはやただの人肉の塊でしかない。

「おい、いい加減にしやがれ。いくら何でも、そこまでやったら静さんだってもたねえぞ」

　ネズミ顔が怒鳴った。ヤクザオヤジがツルハシを振り上げる。沙希の折れ曲がった手が、武器になるものを探していた。

「手を出すなっ」

　潰された肉塊が言う。声は絶望的なほどひしゃげていたが、刺すような鋭さがあった。

「娘の好きにさせる」と、とても重たい言葉が響いた。皆は、その一言で動く理由を見失ってしまった。

　母は咲恵の怒りを受け続けた。いっさい抵抗することなく、それこそハエ叩きで潰されるようであった。化け物の我が子を見捨てて逃げた罪の償いのつもりだろうか。さぞかし姉は母を憎んでいるのだろうが、その母にしたって咲恵を忌み嫌っていたのだ。なぜ悔い改めて母子愛に目覚めたのだろう。

「あ、沙希、行くな」

潰れた母のもとへ妹が近づいていった。当然ながら、彼女もいっしょにぶっ叩かれることになった。咲恵の容赦のなさは、その化け物の様にふさわしく徹底していた。二人は、ほぼ同じ形状になってひしゃげてしまった。かろうじて四肢を動かす不格好で巨大な肉の虫が二つ、地面にこんもりと盛り上がっている。私もあのようになってしまうのではないかと怖くなった。見ているのがつらくて、いっそ二人とも死んでしまったほうが楽になるのではと、薄情なことも考えてしまった。

母と妹は十分に叩きのめされた。ネズミ顔やヤクザオヤジが助けないのは、母にそう言われたせいもあるが、死なないのがわかっているからだろう。現に、二人は大概に平らとなりながらも、もじょもじょと動き続けている。

母が何かを言った。ひどくしゃがれた声だったが、言葉らしきものを発したのだ。すると、いままで大人しく傍観していた背骨蜘蛛が、突如として反応した。その禍々しい巨体に似合わない素早い動きで咲恵を捉えると、そのなんとも邪悪な肢で姉を摑んだ。瞬く間に咲恵の上半身が千切れた。ベロベロとしたたくさんの長いものが、姉の腹から露出していた。下半身の、あの蛸肢は完全に分離してしまい、ヌメヌメした残骸を晒している。咲恵は手をジタバタさせて、とても苦しそうだ。背骨蜘蛛は、まるでいたわるように、姉をそっと地面に置いた。

ひしゃげて亀みたいになった母が、咲恵のもとへ行った。そして半分になった娘を、あらぬ方向に折れ曲がった腕を強引に動かして抱きかかえる。咲恵はパニックを起こしていたが、母の頭部が耳元で何事かを囁くと静かになった。母は言い続け、咲恵は聴いていた。

すると猛(たけ)っていた顔が柔和になり、何とも言えぬ良い表情を見せた。

「血をちょうだい、早く血をちょうだい。早く」

それは、母の懇願ではなくて命令だった。

すぐに白衣の男が駆けつけた。一升瓶を両手に持っており、母の前に置いた。さらに彼の後ろにいる老人たちも、同じものを所持していた。一升瓶は、口のところまで赤黒い液体で満たされている。間違っても日本酒などではない。どう見ても血液だ。

亀のような母が、その一升瓶の中身を呑(の)みだした。きわめてアクロバティックな体勢で、ゴクゴクと咽を鳴らして流し込んでいる。垂直に逆さ立ちした赤黒の一升瓶が、どんどん透明になっていく。飲み込みきれない雫(しずく)がスジとなって、口の端から顎下へと流れ落ちていた。顔の半分から下が血だらけになった。すると、母に異変が生じ始めた。

潰れていた身体がムクムクと復活したのだ。反り返っていた足がゆっくりと立ち上がり、半周して元通りになった。腰の骨がボッキリ逝っていたはずだが、立ち上がれるほどに回復していた。そして半分の身体になった咲恵の口元に、赤黒さが充満した液体を口移しに注ぎ込んだ。初めは嫌がっていたが、血の交じった囁きが落ちてくるほどに受け入れた。母の接吻を、うっとりしたような瞳で受け入れた。そして飲み込めば飲み込むほど成長を遂げた。なくなった下半身が再生し始めた。

しかしながら、それはあの蛸肢のような触手ではなかった。もっと直線的で平らで、まるで木の板みたいだ。咲恵の胴体から下が木造になっているのだ。

「この子に、もっと血をちょうだい」

すでに三本の一升瓶が空になっていた。すぐに四本目、五本目が追加される。さすがに飲ませ続けるのは至難なのか、なんと直接ぶっかけ始めた。全身が血まみれな女は、今度こそ化け物と呼ぶのにふさわしいホラーな姿だ。

母は言い続けていた。その声は金切り声みたいに甲高くなり、冷えてきた納屋内に響き渡った。唄っているような、あるいは読経しているような、独特のリズムがあった。それに合わせて、咲恵の下半身がどんどん成長していく。肉っぽい板が床板のように伸びている。血はどんどん補充される。それらは母が配達で集めていたものだろう。どれだけの量をストックしていたのだ。

母は、血まみれになった咲恵の首に手を回して引き起こした。さらに数歩進んで、地面にひしゃげている沙希を、もう片方の腕で整体し始めた。足裏で押さえて、ボキボキと骨を折りながら、潰れた身体を人間らしく戻した。そして二体を抱えて、ずしりずしりと歩いていく。母の身体はすっかり回復しているようだ。周囲で見ていた者たちも、信者の群れのようについていく。私も三咲を抱き起こして続いた。

　彼女が目指す先には船があった。むき出しの肉に覆われ父を呑み込んだ、あの肉船だ。暗くて冷たく乾燥したこのボロ屋の中でも、ねっとりするような様を見せつけていた。

　その肉船が震えている。母の声はますます甲高くなり、聴かされている者の不安や焦燥を掻き立てた。私がどれほど臆病で、そして気弱なのかを思い知らされた。もう止めてくれと目をつむって心の中で叫んだ瞬間、それは突如として止まった。

「そうれ」と母の掛け声とともに、沙希が空を飛んだ。肉船の甲板へと投げ飛ばされたのだ。さらに咲恵が船体の側面に押し付けられている。ちょうどその箇所が破損していたらしく、姉の板肢がぴったりと嵌ってゆく。

　続いて、咲恵の身体も船体にめり込んだ。もじょもじょとハエトリ紙に捕らえられたハエのように動いているので、それはもう、吐きそうなくらいおぞましい光景だった。なんとしたことか、姉は肉船の材料となってしまった。

「今日、行きましょうか」

　母はそこにいる者たちに呼びかけた。周囲の地獄めいた状況に反して、とても朗らかな言い様だ。身体もすっかり元通りになっている。

「それいいな。そうだ、行くか」

「ちょうどいい。全員いるしな。死んだやつも連れていくべや」

　ネズミ顔とヤクザオヤジが嬉しそうだ。

「さあ、残りの血をすべて使いましょう」

一升瓶の代わりに、ポリタンクが幾つもやってきた。白い容器なので、中身のドス黒さがハッキリとわかった。血液であることは間違いないだろう。

老人たちが肉船にしがみ付き、子蜘蛛の群れのように登りだした。総勢十人ほどいるだろうか。白衣の男とじいさんが十個ほどのポリタンクを運んできた。すでに肉船の甲板へと上がっていた年寄りが、紐をたらしてそれらを引っ張り上げている。

ちなみにその紐は肉船の構成物の一種で、人体で喩えると筋みたいなものだ。尋常ではないくらい太い血管かもしれないが、どちらにしても気色悪くて私にはとても触れそうもない。

「母さん、いったいなにをする気だ」

「旅立つのよ」

「旅ってなんだよ。まさか、その腐った肉の船で行くのか」

「そうよ。この船を海に出すのよ」

この醜怪な船で海に出る気なのか。正気じゃないぞ。

「ここに私の居場所はないわ。この世界は私には違いすぎる。遠い昔に、私は変わってしまった。人じゃなくなったのよ。人じゃない何かになった。そんなものが、人の社会でのうのうと生活しているなんて許されないでしょう」

「なに言ってんだよ。今まで一緒に暮らしてきたじゃないか。今さらなんだってんだ」

冗談じゃない。父と沙希と私と過ごした日々がフェイクだとでもいうのか。

「そうね。人じゃなくなったのに、人のふりをして結婚して、子供まで作ったわ。平穏に暮らして主婦をやってた。でもね、人の世の中は私にとってやっぱり違うのよ。違い過ぎて、とても居心地が悪い。私の中のモノが、とても穢れたモノが、私の中の不可侵な場所をまさぐり続けている。もう耐えられないし、耐える気もないし、耐えることを止めたわ」

母がそういう気持ちなのは不思議ではない。瞳の奥で魔性のような情動が燃えているのを、私は知っていたような気がした。彼女は息子を愛してくれる何人にも代えがたい存在であるが、同時に、たとえ我が子でも獣のエサにするような冷酷さをも併せ持っている。皮膚を引き裂かれ血まみれになった子供を、あの底なしに暗い目でじっと見つめるのだ。

「あの本と血が、私の中にいた真っ黒いモノを呼び覚ましてしまった。誰の中にもいるけど、けして知ることのできない爛れた記憶を叩き起こしたの。あの日から、あの蘇った日から、私はそのイメージの海で溺れ続けている。滅びてしまった太古の神話を、語りたくてしかたがないの」

「太古の神話ってなんだよ。わけわかんねえよ」

「私たちが住みつくはるか以前に、この星を支配していた者たちがいたのよ。彼らの技術は卓越していてね、それはもう、魔術と区別がつかない深淵まで達していた。ただし、ありとあらゆる邪悪を濃縮したような瘴気で満ち満ちていたけど。ひょっとすると、私たちが思い描く地獄って、それらが元型になっているのかもね」

そう言い続ける母の瞳に力がみなぎっていた。本に描かれている世界を語りつくしたくてたまらないのだ。

「気が遠くなるほど底なしの奈落で、良心の欠片もない冷酷な施術をするのよ。神経が露出した内臓を掻き回すような苦痛に溺れるの」

『根腐れ蜜柑』という忌むべき書に、母はすっかり毒されていた。大昔に文明を築いていた者たちに関する話みたいだが、それらが人間なのか異星人なのか、妖怪のたぐいなのか判然としない。夢のような話で現実感がないが、この町で母たちがやっている所業は、まさに母が語る悪夢そのものだ。

「もっとも、彼らはその邪悪さゆえに滅びてしまったのだけれども」

そう言って、私を見据えた。身体の隅々を見透かすような視線が、とても痛いと感じた。

「尋常でない力で生かされている私は何ものでもない。私の居場所は、あの家にも、どこにもない。私は私の中の求めに従って旅立つしかない」

母以上に頑固な女を私は知らない。説得は無理だと悟った。ただ、これだけの災難に巻き込まれたのに、恨み言の一つも言わないで別れるのは悔しいと思った。

「どこに行こうと逃げ場なんてないんだぞ、母さん」

「さ迷うのよ。この星のあらゆる場所に行って、たくさんの血を集めながら、『根腐れ蜜柑』に記された大昔の技術で、無念に散っていった人たちを救ってあげるの。そうしていると、いつかは私のこの穢れた血もきれいになるかもしれないでしょう」

　どこでどうやって血を得るのか、そして人を救うとはどういうことなのかわからないが、いくら太古に編まれた禁断の技術を駆使しようと、母の血が浄化されることはないだろう。未来永劫、母の中にある暗黒が癒されることはないのだ。私には、そう思えてならなかった。

「家族を捨てていくのか、母さん。俺や父さんや沙希を見捨てるのか」

「いいえ、連れていくわ。お父さんも沙希も咲恵も」

　肉船の舳先が奇妙に盛り上がってきた。そして、内部から押し出されるようにして人が出てきた。

　父だった。一見して人型をした肉の塊だが、それが父親であることは息子には自明なことだ。怪我を負って船に呑み込まれた父が、肉船と一体になって内側から出てきたのだ。しっかりと足まであるではないか。

　船上には沙希が見える。操舵室の壁に身体の下半分が埋まり、上半身だけが出ていた。妹もまた肉にまみれていた。母の肉船に呑み込まれているのだ。

「おい、ボンズ、よく聞けや。ワシらはなあ、この時のために血を集めてたんだあ。静さんと一緒に行くためにな、この船をこしらえたんだ」

ネズミ顔が得意になって言う。

「あんたらは、血を入れ替えて長生きしたいんだろう。だったら、目的は達しているじゃないか」

少なくとも独鈷路戸の老人たちは、肉船を造ってまで旅に出る必要はないだろう。目的は、いつまでもしぶとく生き続けることにあるのだから。

「長生きしたいっていうのは、団長さんたちの望みなの。とても自分勝手な願望ね」

「おうよ。俺たちはな、そんなちっせえことのために大事をやってんじゃねえんだ。この船を造るために、どんだけの血を使ったか。ケモノもたいがいに殺したわ」

ヤクザオヤジが口の端から泡を飛ばしている。では、この見るも汚らわしい肉の船でどこへ行こうと、そしてなにをしようというのか。その答えは、ネズミ顔が相変わらず得意になっていうのだ。

「戦争で死んでいったもんたちがいるべや。そいつらを生き返らせてやるんだ。まだ若えのに、爆弾で手足吹っ飛ばされたり、飢えて死んだり、なまら苦しんで死んでいったべや。無念を抱えて死んでいったべや。女も知らずに、おっかさんを一人残して死んでいったべや。そいつらが散った戦場に行ってな、新しい命を吹き込んでやるんだ」

「なっ」

なんてことを言い出すのだ。死んだものを生き返らせるなんて、そんな暴虐が許されていいものか。しかも戦争って、何十年前の話だよ。そんなの、歴史じゃないか。

「まずはアッツだな。それからガ島だ。硫黄島にラバウル。なんせ、なんまら血が吸い込まれたからな。そこに行ってよう、『根腐れ蜜柑』を静さんに読んでもらって、新たに血を注いでやるんだ。うんだら、あいつらは蘇る。うじゃうじゃと出てきやがるべや」

笑みを浮かべるネズミ顔は、すでにこの世の者の表情ではない。

「血を集めていこうか。途中で、有り余るほどの血を集めるんだ」

白衣の男が嬉しそうに叫んでいる。彼は穢れたオーパーツに魅入られたマッドサイエンティストなのだ。

「母さん、わかっているのか。そんなこと、狂気の沙汰じゃないか」

おかしくなっているとしか言いようがなかった。母だけではない。ここに集まっている老人連中も尋常でない。呪わしいオモチャを手に入れて、嬉々としていじくりまわしたいだけだ。

「母さんっ」

あの何とも言えない底なしの瞳が、私を見据えた。過大なストレスを感じる。沈黙がしばし続いた。

「あなたは一人になるのよ。あなただけになるの」

やっと口を開いたと思ったら、負け惜しみのような言葉だった。どういう示唆を含んでいるのかこの瞬間にはわからなかったが、私にとって最悪な現象が、母の視線の先で起こり始めていた。

「三咲」

三咲の動きがおかしかった。妙にカクカクしていて、一瞬ふざけているのかと思ったが、この地獄じみた状況で冗談をやるほど能天気な女ではない。あきらかに身体に変調をきたしているようだ。

まるで踊っているような、いや違う。痙攣（けいれん）しているようだった。私がかけてやったジャンパーを脱ぎ捨てて、再びすっ裸になってしまった。よく知ってはいるが痣だらけで痛ましい肌が、奇妙な動作に伴って、右に左に上へ下へと揺れている。火にあぶられてもがき苦しんでいる毒虫のように気色悪く、本心から触りたくないと思った。

「どうしたんだ三咲。とにかく落ちつくんだ」

心が激しく動揺しているのだと思った。拷問された挙句、バスに縛り付けられて氷点下の中に晒されたのだ。なんとか頑張って耐えていたが、やっと助けられて、精神のバランスがかえっておかしくなったのかもしれない。

どうやって宥（なだ）めたらいいのか考えていると、急に静かになった。そして、その場で中腰になった。周囲にはイッてしまった老人と化け物しかいないが、若い女が裸で恥ずかしい姿勢を見せつけていいわけはない。私は地面に捨てられたジャンパーを拾って、彼女にかけてやろうとした。

「大丈夫なのか」と声をかけるが、三咲の表情は凍ったように硬い。姿勢は中腰のままだ。青く内出血した乳房が、老婆のように垂れ下がっていた。

「ああ、その女はもうだめよ。ダメダメよ」

　ふざけているような母の声が、ひどく冷たくて嫌になった。

「ああああああああー」

　口を八分ほど開いて、三咲が叫びだした。瞳は私を見ていない。どこか遠くの、まるで小さな子が部屋の隅の幽体を眺めているように虚ろだった。

「あーあああー、出る、出る」

　しまりのない声でそう呻きながら、三咲は中腰スタイルのまま身体を上下にゆすった。屈伸というには少しばかり迫力がなかったが、何かを捻り出すには十分な揺さぶりだ。

「ほら、出てくるよ。気持ち悪いのがいっぱい出てくるわよ。よく見ておくことね」

　その言葉は、どこか楽し気な雰囲気を伴っていた。母に言われるまでもなく、私の恋人から目を離すことなどできない。

　中腰のまま、彼女の尻から長くて赤いものが出てきた。脱糞か下血かと思ったが、それは三咲の股の間にブラブラとぶら下がったままになっている。途中で千切れたり、落下することはなかった。

「ああーああー」

　なんとも切ない表情であった。社交的で気位が高い女が、ボロ雑巾のような惨めな姿で踏ん張っている。痛々しいという感情よりも、汚らわしいとの感覚が私を覆った。彼女に防寒着をかけてやることも忘れて、我知らず数歩後退してしまった。

「あなたも、たいがいだわ」

母の視線は、息子の心情を余すことなく見透かしてしまう。恋人の窮地に何もできないどころか、かえって突き放してしまう薄情な男を軽蔑(けいべつ)しているのだ。

「きっと、バスの運転手さんに犯されたのよ。あの目玉の化け物にね。さぞかし、死んだほうがいいと絶望したことでしょうね」

「ウソだっ」

過去に母が強姦された話を聞かされた時は、相当なショックを受けた。やりきれなくて、頬の内側の肉を噛みしめて耐えた。

その母の乾いた口から、恋人がレイプされたと告げられた。しかも魑魅魍魎(ちみもうりょう)と同類の、見るからに卑しいモノにだ。一ミリたりとも触れられたくはない、糞便よりも最悪なシロモノにだ。

「うわあああー、くっそ、なんだよ、くっそ、あああー」

絶対に信じたくはなかった。母の胸ぐらを締め上げてでも、いまの言葉を撤回させてやりたかった。

「ああ〜、でるう、出てくるう、でるう。たすけて〜」

だけど、どうしようもないんだ。私にできることといえば、絶望を噛みしめながら時が過ぎていくのを耐えるしかない。死に値する陵辱(りょうじょく)に晒された母がそうであったように、どんなに泣き叫ぼうが、土下座して許しを請おうが無駄なのだ。

三咲の尻から捻り出されているモノは、あの腸の化け物虫とほぼ同じだった。色も形状もヌメヌメさも同一であって、唯一違うのは長さだ。すでに二メートルはとび出している。先っぽは地面に付かないで、股の間から、にゅうっと鎌首をもたげていた。きっと、三咲の数メートルにおよぶ消化器官すべてが虫になっているのだろう。あまりにもおぞましくて、この場で失神してしまいたいと願った。

「ごめんなさい。『根腐れ蜜柑』を私が読んでしまったから、余計に元気なのね。でも、こうなったらもう手遅れよ。どうしようもない」どこまでも冷酷な母の言葉だった。

「いたいっ、いたい、痛い」

三咲は産みの苦しみに喘いでいた。可愛くていつもいい匂いがする女が、吐き気のするほど生臭い臭気をまき散らしている。肛門から下劣なガスを吐き出しながら、腸虫の噴出が止まらない。

赤茶けた肉々しい管が、にゅるにゅると出てくる。私も化け物の血を受け継いでいるが、いま目の前にしているモノは想像を超える気色悪さだ。この女をこれからも愛し続けられるのか、いまの私にその覚悟を問われれば、ひどく気弱に答えるしかないだろう。

「連れていくわ。息子の頼みだもの」そして、母は当然のように言うのだ。

いや、待ってくれ。私は頼んでいないし、断じてそのような考えに染まっているわけではない。ただ、少しばかり弱気になってしまっただけだ。あとで時間をもらえば落ち着いてくるはずで、恋人を見捨てるということは断じてない。三咲は私が本気で好きになったただ一人の女であるし、この先も変わることはない。

「チッ」と、母が舌打ちしたような気がした。すると、いままで大人しかった背骨蜘蛛の化け物が吼えた。

「うわあ、なにをする」

化け物が三咲を摑んだ。いくつかの肢で彼女の身体をがっちりと固定し、そして、あなんてことだ。尻から出ている腸虫を摑んで、巻き取るように引っぱり出したではないか。しかも、ひどく無遠慮で一切の容赦がなかった。

「ああああああああ」

それが激痛による悲鳴なのか、体内から異物を除去されている喜びなのかわからない。己の腸を引きずり出されながら、三咲は私を見つめていた。懇願するような、問いかけているような、あるいは自らの破滅を知ってほしいような複雑な表情をしていた。

恋人が化け物にいいようにされているが、私は何もできないし、何かをする気力もなかった。ただ、見ていることしかできないのだ。

「これを引き抜いたら、あなたは一人になるのよ」

背骨蜘蛛と三咲の傍に立っている母は、うねうねと波打つ腸虫を踏みつけていた。少しばかり小首を傾げて、私にどうするかを尋ねたように思えた。

「ラー」と母が言うと、化け物の肢が素早く円を描き始めた。腸虫は巻き取られ、最後の箇所が引っ掛かっている。しぜん、尻が引っぱられる格好になった。恥ずかしいのか苦しいのか、三咲が首を振りながら必死にイヤイヤをしていた。

もう一度、「ラー」の声が掛かった。背骨蜘蛛の肢が瞬時に引かれ、腸虫のすべてが三咲の身体から出された。ズボッと絶望的な音がしたような気がする。耳をふさぎ目を背けておけばよかったと後悔した。

下半身からの出血がひどかった。決壊というほどでもないが、しゃばしゃばとした血液が、太ももを伝ってだらだらと流れ落ちている。三咲は粗相を仕出かしてバツが悪いのか、じっと顔を伏せていた。彼女は、もう二度と私の顔を見ないのではと思った。

「あ、なにをするっ」

その三咲を、化け物蜘蛛が放り投げた。裸体が宙を舞い、肉船の上に落下した。沙希のすぐ傍だ。奴の肢に絡みついている腸虫が、鎌首をもたげて盾突こうとしている。主人を無下に扱うなと抗議しているのだろうか。

母が船によじ登り始めた。蜘蛛の化け物が、肢に絡まっている三咲の内臓だったモノを捨て去って、肉船の後ろにしがみ付く。

船上には、白衣の男やネズミ顔、ヤクザオヤジと老人たちが立っていた。『根腐れ蜜柑』にすがった、そして『根腐れ蜜柑』という穢れた書に取り憑かれた全員が揃っている。信者たちの群れだ。

「さあ、出航よ」

久しぶりに、母の生き生きした声を聴いたような気がする。その言葉を待っていたとばかりに皆が歓声をあげた。船体後部にへばり付いた背骨蜘蛛も、なにものにも喩えられない叫びを発した。

「あなたは、あなたの人生を生きなさい。家族のことは忘れて、新たな家族をつくるのよ。お勧めはしないけど」

母は船上から私を見下げている。それほど大きな声ではないのだが、その言葉は確かな輪郭をともなって覆いかぶさってきた。

「三咲はどうなる。なぜ化け物が船に乗せたんだ」

「あの子は、あなたの家族にはなれないわ。それを見たし、そのことを知っているじゃないの」

冗談じゃないぞ。たしかに三咲は身体に重大な異変をきたしている。今すぐに、ふつうの生活に戻ることはできないだろう。しかしそれは私も同じことで、きっとこの納屋の瘴気がそうさせるのだ。

母の、呪わしくて穢れた朗読がそうさせるのだ。ここを出ればすぐに元通りになる。独鈷路戸を離れて、しっかりと治療を施したら、ちゃんとしたきれいな身体に戻ると思う。ひょっとすると、母の奇行を治める方法もあるかもしれないし、さすがに咲恵は救えないが、父や沙希ならばなんとかなるんじゃないか。そんな望みが、フッと湧いてきた。

「母さん、やっぱり戻ろう。今ならまだやり直せるよ。そのいかがわしい本を処分して、家に帰ろう。きっと大丈夫だよ」

だが、いろいろと諦めきれない息子に、気丈な母はしっかりと引導を渡すのだ。

「あなたの母親はもう堕ちているのよ。あなたが生まれるずっと前にヘドロの海で溺れ、汚れた水をたらふく呑んで、膿だらけの身体になった。私は魔物よ。いくら取り繕って平然としようとも、どこかに逃げて結婚して子供をつくろうとも、私はいつも思い知らされている。そして虜になっているの。私の中の真っ黒いモノにね」

「それは違うだろう。誰だって、気持ちの中に悪いものを持ってるんだよ。善人ばかりの世の中じゃないよ。母さんだけじゃないって。もっと悪いやつがたくさんいるだろうよ」

「あなたは大丈夫よ。その指のおかしなものは、本の影響がなくなったら消えるわ。欠損ということになるけど、死ぬわけじゃないし、会社を追い出されもしない」

話の方向をずらしていて、私の言っていることに応えていない。そして口をつぐむ。それ以上議論することを望んでいないようだ。

母と息子の会話が途切れると、彼女はひどく冷徹な表情を見せた。よくないことが起こりそうな気配がする。とてつもなくよくないことだと思う。

母の視線の先には三咲がいた。疲れ果てた顔で、ひどく年老いたように見えた。ようやく立っているといった様子だ。

母が素早く動いた。あっという間に移動して、そこに立っていた三咲に背後から抱きついた。

「この女はあなたの家族じゃない。この女に、あなたはもったいないのよ」

何を言っているのかわからない。いったい何なんだ、まったくもって意味不明だ。

「うわあ、な、なにをするっ」

母は右腕を三咲の首に巻き付けた。きつく絞め落とすような体勢をとると、今度は左手を高く上げた。

その手にギラリと光るモノが握られていた。社長の加工場で魚の腹を掻っ捌いていた、あのよく切れるナイフだ。

「やめろ、母さん」

私は叫んだが、その凶器は躊躇いなく振り下ろされた。

「ああああああ」

なんてことだ。

三咲の身体が切り裂かれている。母は片手で羽交い締めにしながら、もう片方の手で乳房やミゾオチを、下から上へ肉を抉るように切り裂いていた。三咲はあらん限りの声を吐き出している。苦痛の地平に達したような凄惨な悲鳴だ。

「やめろっ、やめてくれっ」

見る間に腹の皮膚が割れていく。さらに幾筋もの直線が描かれ、それが深い溝となって肉を分け、そこから大量の血があふれ出てきた。どうしてこれほどまでに出血するのだ。まるで血液パックをカッターの刃で引き裂いたようだ。

母は器用、かつ執拗だった。精肉店の女店主のように、流れるように滑らかな動作で三咲を捌いてゆく。

「な、なんだよ、これは」

肉船の表面から筋のような、いや触手のような長いものがニョロニョロと出てきた。しかも数が多い。数十はあるだろうか。それらが伸びてきて、母によって切り裂かれている三咲の身体に貼り付いた。たくさんの先端部分が血まみれの傷口をまさぐり、さらにその真っ赤な海溝の奥へと侵入した。激痛に苛まれている三咲は、触手たちにすっかりと絡まれてしまった。

「もうやめてくれ」と私は呟いているが、だからといって何もできなかった。ただただ、目前の光景がおぞましくて腰が抜けてしまった。惚れぬいているはずの女なのに、私の命を賭して救うことができない。どうしようもなく怖気づいてしまい、行動することができないのだ。

肉船からの触手たちに引っ張られて、三咲の表皮が広がっていく。なめした毛皮を四方八方から引っぱって広げているみたいだ。さらに信じられないことに、その凧のように張りつめた身体が溶けるように沈んでゆく。噴き出した血をまき散らしながら、肉船の一部となっている。

「この子もよ」

母は沙希を摑んでいた。沙希の髪の毛を鷲摑みにして、グイッと上げた。なぜか妹はされるがままで、何ら抵抗を示さない。これから為されることを知っているはずだ。三咲と同じことをされることを私は知っている。なぜって、母ならきっとそうするからだ。

肉船に呑み込まれた三咲は、もう原形を留めていない。熱で溶けてしまったロウ人形みたいにひしゃげて、一つの塊になった。下から見ているので、実はそれがどのような肉塊になっているのかわかりづらいが、私には想像できるのだ。母の泥のように濁った瞳を通して、三咲のなれの果てを直視しているような気がしてならない。

妹は悲鳴をあげなかった。風呂上がりのまったりと上気したような、少しばかり間の抜けた表情だった。首にナイフが入れられ、グリグリと切断されても、暴れることもなく為すがままになっていた。そんな沙希の頭部を高々と持ち上げて、母は、まるでリングガールがチャンピオンのベルトを披露するように得意気なのだ。どうしてそんなことをしているのか理解できなかった。娘の首を晒して、己がいかに常軌を逸した存在なのかを知らしめようとしているのか。

うおおおおお、と地響きのような咆哮が耳の奥を震わせた。その音量は人間業ではないが、私の近しい者から発せられているとわかった。

「があああ」と、肉船の舳先の下に貼り付いている父がもがいているのだ。

身体は船体と一体になっているので、いくらジタバタしようとも自由になれるわけではない。ただ手足で空をかき回しているだけだ。

「お父さん、そうよ、その調子よ」

甲板上にいる母が黄色い声援を送った。父の姿を見ることができない位置にいるのに、夫の頑張りを称えて励ましている。いったい何をさせようというのだ。

父の叫びは止むことがなく続いていた。普段は小言の多い陰気なキャラクターでしかなく、こんなに気合を入れたことなど見たことがない。よほど母の期待に応えたいのだろう。愛妻に媚びたくて仕方ないのだ。

半分埋まっていた沙希の身体は、三咲と同じく肉船の触手によって甲板へと引きずり込まれたようで、すでに見えなくなっていた。しかしながら頭部はいまだ健在で、母の手に高々と掲げられた絶好の位置で周囲を睥睨している。生首が見下ろしているというのは大変な迫力があり、とてつもなく恐ろしい光景だ。どんなに豪胆な不良でも、今日の妹とは目を合わせることができないだろう。

「ほら見て、見て。見るのよっ」

なぜなのか、母が唐突に服を脱ぎだした。息子としては絶対に遭遇したくはない場面だが、見ずにはいられないだろう。だいぶ前に四十路を越えたのに、母の全身は均整がとれていた。わき腹や腕周りには余計な脂身はなく、胸は形よくツンとしていて、三咲の裸と比べても何らそん色がなかった。

娘の生首が邪魔なのか、操舵室の肉壁に押し付けた。沙希の顔面が、肉壁の奥へとズブズブと沈んでゆく。

「見なさい。こうなのっ、あなたの母親はこうなの」

母が叫んでいる。とても切迫感のある張りつめた声だ。

「ああ、なんだよこれ」

母が自傷していた。三咲の身体を縦横に引き裂き沙希の首を切断したあのナイフを、今度は彼女自身に突き立てて、その熟れた乳房を豪胆に切り裂いた。さらにヘソのど真ん中に深々と刺して、ナイフの柄を逆さに掴んでグリグリと引き上げる。模範的な切腹のように、下腹から胸へと縦に肉が引き裂かれた。信じられない量の血が噴き出し、中にあった臓器がヌルリと落ちてきた。それらに無数の触手が貪るように食いつく。あまりにも酷すぎる光景に、吐き気すら忘れてしまった。

老人たちが母の元へと集まってきて、「そーれ、そーれっ」と掛け声を揃えながら血をぶっかけ始めた。洗面器やオモチャみたいなバケツを一生懸命に振り回して、母を血だらけにしているのだ。裂けた腹から噴き出している血と、ぶっかけられる血の量が拮抗している。常に注ぎ足されているので、母の出血は永遠に止まらない気がした。まるでエッシャーの錯覚絵にある滝のようで、真っ赤な血液の流れは、永遠に尽きることがないと思われた。

これは地獄なのか。

私は地獄の真っただ中で、母の戯れに付き合わされているのか。ああ、きっとそうだ。そうに違いない。目の前で最愛の女を切り刻まれた。妹は頭部を切断され、汚らしい肉船の壁へと押し込められた。それらを為しているのが、我が母であるのだ。

ああ、ちくしょう。頭にきたぞ。どうしようもなく母が憎たらしくなってきた。陰惨な光景で縮みきっていた感情のバネが一気に解放されたような、反発力をともなった衝撃が心を叩いた。私は生まれて初めて母親を憎み、罵りの言葉を投げつけた。

「クソババア」

そして、船の上によじ登って彼女をどうにかしようと思った。この激情にまかせるまま突っ走ると、ひょっとすると母を殺すつもりなのかもしれないが、後先のことを考える余裕はなかった。

「痛っ」

左足のアキレス腱に猛烈な痛みを感じた。船上の残虐に度肝を抜かれ、私の足元にとんでもないモノがいることに気づかなかった。

「ちくしょっ、なんだよ」

それが嚙みついていた。

「おまえ、団長か」

団長なのだ。いや、詳しく言うと彼の頭部だった。さっき胴体から切り落とされてその辺に転がっていたはずだけど、どういうわけか私の足首に執着していた。

耳の器官をぶっ壊すほどの絶叫が響いた。顎と首の間の柔らかなリンパ節が、鉄の鉤爪でえぐられたように痛んだ。空気が震えているのではなくて、切り裂かれているようだった。

もちろん、声の主は父だった。肉の舳先から半身を露出させて、空中で手足をもじょもじょと動かしていたが、ここにきて地に足がついていた。地面にしっかりと足跡を残して歩み始めているのだ。

「ぐおおおおおお」

雄叫びとともに船が動き出した。何トンもありそうな肉の塊が、ズズーッと船体を引きずるように進みだした。父が引っぱっているのだ。身体の後ろ半分を船体にめり込ませ、前半分が必死になって力をかけている。よほど身体に負担がかかるのか、船を引きずって一歩を踏み出すたびに血を吐き出していた。咳き込んでは血を飛ばし、叫んでは血をまき散らす。とても苦しそうで、これほどまでに苦悶に満ちた父を見たことはないし、見ることになろうとは夢にも思わなかった。

「いけーっ、いけーっ」

甲板上の母も叫んでいた。自らの腹を引き裂き、臓物をたんまりぶちまけて、さらに大量の血を浴び続けていたのだが、いまは無数の肉触手が縦横無尽に絡まり、その痛ましい身体をすっかりと覆っている。まるで人柱が生肉のツタ植物にすっぽりと包まれたみたいだ。

「痛い、痛い」

右舷の喫水線付近に顔が出ていた。耳から後ろは肉の中に埋もれていたが、それは私がよく知っている女だった。

「三咲」

母に切り刻まれて、肉船に呑み込まれたはずの恋人の顔なのだ。

「痛い」

三咲は目をつむって眉間に太い皺を寄せている。どれほどの、しかも如何なる苦痛が彼女を襲っているのか想像もつかなかった。

「三咲、大丈夫か」

ひどく無意味なことを言ってしまったが、何か言わずにはいられない。

「どうして私がこんな目にっ」

カッと目を見開き、私を見据えながら金切り声でそう言った。目尻からは涙ではなく血が滲み出ている。ゲホゲホと少し咳き込んだかと思うと、大量の鼻血を垂れ流し始めた。彼女の顔の中の血管が、どれほど掻き回されているのか想像もつかない。

ぬーっと、三咲のすぐ横に違う顔が出てきた。満身創痍の三咲と比べると、対照的な笑みを浮かべている。どこか楽しそうで、しかも意地が悪い表情だ。小姑の沙希である。母は、我が娘には甘めに接しているようだ。

「私は、私はっ」と三咲が何事かを訴えようとしていた。だけど血が咽に詰まるのか、或いは苦痛に苛まれてしまうのか、それ以上が出てこない。すぐにでも、三咲の顔を肉船から引っぱり出さなければと思った。ひょっとすると母に散々切り刻まれた身体が、船の内部で元通りに治っているかもしれないとの淡い期待があった。

「いま出してやるぞ」

彼女を救い出すために足を前進させようとしたが、私のすねに噛り付いている首を忘れていた。地面と団長の頭部とに足が絡まってしまい、転んでしまった。顔に付いた砂が異様に冷たかった。

「嫌だー、嫌だー」

あの気位の高い女が、幼稚園児のように泣き喚いていた。見上げると、船体から一本の腕が出ているのが見えた。長くて細くて、安物の香水にまみれた腕だ。私はそれを何度も見たことがあった。妹のそれだからだ。

腕が折れ曲がり、手が三咲の血だらけの顔を掴んだ。彼女はキャーキャーと悲鳴をあげ続けたが、妹の手がその顔を肉船の内部へと押し戻してゆく。その指の間から驚愕した目玉が私を見ていたが、やがてズブズブと肉の中へと沈んでいった。

ぐぐぐぐっと、鈍い音を響かせながら船が前進していく。それを引っぱる父の歩みは力強く、地を蹴る足元から土埃が舞っていた。まるで、小さな肉の巨人だ。甲板上で声援を送る母も、大概に肉となっていた。彼女はもう人ではなかった。

肉船の先端が納屋の壁をぶっ壊しながら外へとび出した。壁の鉄板がひしゃげて、天井から錆びついた鉄骨が降ってくる。バリバリと凄まじい音が響き、船体は凍てつく太平洋の陽光の下へと晒された。やがて、その切っ先は斜面の上へと突き出した。私もつられて外にいた。頑張った父の身体は宙に浮いている。

「ワシらは、この船で行ってくる。そんで、死んでいった者たちを蘇らせて、みんなで戦うべや。どうせ死なねえのだから、死ぬまで戦えばいいべや」

「アメリカをぶっ潰してやる、うっへっへ」

　船の上で豪快に話す、ネズミ顔とヤクザオヤジの声がやたら大きい。

「ここで起こったことは全て忘れろ。我々のことを言っても誰も信じないし、追っても無駄だ。いいか、全て忘れるんだ。家に帰って、死ぬまで生きろ。『根腐れ蜜柑』の影響が及ばぬ限り、おまえの身体はふつうの人間だ」

　続けて、白衣の男が言い放った。すごく偉そうな態度が腹立たしかった。

「ボンズ、達者でな」ヤクザオヤジの粗暴な顔が、なぜか優しく感じられた。

「ぐおおおおおお」

　父の叫びが極限になった。岬の斜面の上に浮いて、眼下に広がる茫漠として果てしない海原を引き裂くように、その獣じみた声をぶっ刺すのだ。

　父は一瞬こっちを見た。船の先っぽにくっ付いた肉の化け物なのだが、凛とした表情が心強いと感じた。かつて一度も見たことのない、成熟した男の顔だった。父にはこの肉船を動かしているという自負があった。女房や子供たちを乗せて、自らが先頭に立ち荒波をかき分けて家族を守るという矜持だろう。私の父親は、やや卑屈で矮小な性質しかないと思っていたのに、こんなにも力強く頼り甲斐がある男になったのは驚きだった。

母でなくても惚れてしまいそうだよ。

「お兄ちゃん」と聞こえたような気がした。その昔、近所のガキどもにイジメられて、沙希はよく泣きべそをかいていた。お兄ちゃんお兄ちゃんと、涙と鼻水で汚れた顔をズボンに擦(こす)り付けたものだ。彼女が中学生になってからは、「お兄ちゃん」と呼ばれることはなくなった。この年齢になると、そう呼ばれることは存外に気恥ずかしいものだと気づいた。でも、その懐かしい響きも悪くないなと思ったりもする。

肉船は、岬の斜面に船体の半分ほどを浮かせていた。あとほんの一押しで限界に達し、船底が斜めに傾いた砂地に接する。そしてそのまま数十メートルの落差を滑り落ちて、さぞや豪快に冷たい海へと舳先をぶつけるだろう。

肉船の主動力は、実は父ではない。船体後部にあって、すでに船の一部となっているあの背骨蜘蛛が押していた。後部船体から肢が生えていて、それがワサワサと動いている。地獄に巣食っている、巨大な肉甲虫に見えてしまう。

「〇〇〇」

母が私の名前を呼んだ気がした。あるいは父が小言をぶつけてきたのか、妹が兄の名を呼び捨てにしたのかもしれない。ただ、三咲ではないと確信できた。その響きには家族でしか感じとれないような粘っこさがあった。耳の奥をくすぐるような懐かしさでもある。家の者以外にはわからぬ微妙なさざ波なのだ。そして、それが最後だとわかった。家族との別れであり、これが独りになる最初だと悟った。

船体前部にある父の気合が後部とシンクロし、肉船は出航の勢いを得た。斜面の角を支点として、とてもゆっくりと傾き、ドスンと着地した。

私はなぜだか走り出していた。船の後部にしがみ付いて、背骨蜘蛛の尻に手を突っ込んだ。とくに理由があったわけではないが、そうしなければと思った。ぐちゃぐちゃとした肉をまさぐっているうちに、何かに触ったような気がしたが、蜘蛛の肢に蹴飛ばされてしまった。そのまま雪の地面に叩きつけられたが、衝撃はそれほどではなく、すぐに立ち上がることができた。

肉船は一瞬その場所にとどまった後、重力に引っ張られるままに海へと滑り落ちていった。父が手足を振り回しながら疾走し、後ろの背骨蜘蛛が押すという二人多脚だ。そして、それは雪煙をまき散らしながら滑走し、いよいよ冷たい海へとダイブした。

波もなく穏やかに冷え切った太平洋に、母たちの船は浮いていた。そこから不定形の波紋が幾つも拡がっている。船上の老人たちがこっちに向かって手を振っていた。船が航行し始めたので、彼らの姿はすぐに見えなくなったが、私も手を振り返した。腹の中ではとても憤っていたのだが、あの人たちの旅立ちを見守りたいという矛盾した気持ちもあった。家の中が穏やかだった頃の匂いがフッと鼻を突いたので、そう思ったのかもしれない。

家族と恋人、化け物と幾人かの老人たちを乗せて、肉々しい船は大海のはるか向こうへと消えた。私は左手に握った紙片を持って納屋へと引き返した。ブツブツと文句を言っている団長の頭部を抱え、その場を後にした。殺された老人たちの死体がなかったのは、母の船が連れていったのだろう。だから、事件があった痕跡（こんせき）はほとんど残らなかった。

母の暮らしていた平屋が私の住み家となった。いま現在、独鈷路戸の水産加工場で日銭を稼ぎながら、日々を生きている。実家は誰もいないままの状態だ。ただし、飼い犬のブチは連れてきた。存外に寒い土地になれなくて、家の中でも毎日のようにお腹を壊して下痢をたれている。団長の首とは比較的仲良しなのが幸いだ。

つれない態度をとっていた父と沙希だったが、やはり母のことを気にしていたようだ。私が出発したのを契機として、母を責めながらも家に戻そうと相談したらしい。父と娘の不器用な話し合いの末、ここには別々に来ることになった。一緒に行くことを、沙希ではなく父が嫌がったみたいだ。交通機関が見つからず、泣きそうだと妹は私宛てのメールに愚痴を残していた。最後のほうには、またみんなでお寿司（すし）を食べに行きたいとあった。中学生みたいな拙（つたな）い文章だったが、その想いは十分に伝わってきた。

私は、母が使っていた血だらけの自転車を毎日欠かさず走らせている。町の年寄り連中に頼んで、少しずつ血を集めているのだ。血の入れ替えはできないが、皺婆（しわばばあ）や母と懇意だった人たちは快く協力してくれている。母の威光がまだ健在なのが幸いだ。秘密も、秘密のままにしてくれていた。

　猫や犬などの獣の血には手を出さないことにした。団長が言うには、獣の血を混ぜると、見た目が悪くなるだけではなく無秩序になり易く、制御が難しくなるとのことだ。母ならともかく、私には扱えなくなるだろう。ひどく残虐な方法で抽出しなければならず、その後の副作用が厄介となるのも難点だ。あの世とこの世の境界線上を徘徊する、生きた屍となってしまう。それは、この目で確かめてわかっている。

　腸や臓物の虫となったあいつらは、ドブネズミのように、この町のあちこちに出没していた。本能に根付いた目的意識をはく奪されたまま、自販機や物置や廃材の隅に巣食ってしまい、さらにその軀が朽ち果てると、錆のような跡を残した。だから、この町のそこかしこが赤茶けた錆だらけになっていたのだ。母の『根腐れ蜜柑』が影響しなくなった今は、ずいぶんと大人しくなって、ほとんど姿を見せなくなった。ちなみに、あの窪地に敷き詰められていた生きた死骸たちは、灯油をまいて焼き払った。供養と消毒が同時にできて、あんがい安く済んだ。

　肉船の後部に飛びついて、背骨蜘蛛の内部に手を突っ込んだ時、私はあるモノの一部を引き千切るように毟り取った。それは『根腐れ蜜柑』という爛れた本だ。気の遠くなるような昔に、この地を支配していた邪悪な種族と、彼らが成就させた暗黒の科学が記されている本である。それは、化け物となった従軍牧師の体内にあった。身体に溶け込んでしまったのではなく、内部に取り込まれていて、原形はしっかりと存在していたのだ。

破片だけだが、その悪魔じみた効力は絶大だった。首だけになった団長は生き続け、私の回復力も桁違い(けたちが)いに強くなっていて、例えば加工場で指を切っても、瞬く間に治ってしまう。このまま永遠に年を取らないのでは、と思えるほど生気がみなぎっていた。

私は独鈷路戸の住民から集めた血で船を造り、母たちを追いかけようとしている。あの岬の納屋を修理して、なんとか場所を確保した。頭部だけとなってはいるが、団長も手伝っている。彼は、というかその首が言うには、あの本がある限り、化け物は生き続ける。母が拵(こしら)えた肉船も同じだ。あれはこの世に存在する限り災いをもたらす。奴らはやがて戦友たちの骨を見つけ、吐き気を催すような肉塊を造り出すだろう。おぞましいテロリスト集団となって、そう遠くない未来にかつての敵国へと戦いを仕掛ける。そして、うんざりするほどの死体の山を築くのだ。

団長は『根腐れ蜜柑』を焼き払うと言った。肉船と背骨蜘蛛を焼却して、呪わしい記憶を封印するのだと、首は夜な夜な愚痴を漏らす。ゴロゴロと転がりながら酒を飲むおまえも相当の化け物だと言ってやりたいが、ブチと戯れる様子は少しばかり萌(も)えた。父を撃ち、三咲を散々な目にあわせたこいつを信用することなどできないが、本の扱いを多少は知っているので、燃えないゴミに出すには惜しい存在なのだ。いましばらく生かしておく価値はある。過酷な処分は、用済みになってからでいい。

今日も私は血を運んでいる。町の人たちからほんの少しずつ分けてもらい、あの納屋へと行く。そこで『根腐れ蜜柑』の破片を読んで、船を造っている。それがどのようなものになるのか想像もつかないが、きっと満足するものができるはずだ。母が造り出した肉の化け物船とは一線を画し、もっと洗練されたものにしたいと考えている。そして、それに乗って家族を追う。行き先は私の血が導くだろう。ざわめきが治まることのないこの血液が、きっと孤独を終わらせてくれるのだ。

解説

杉江松恋（書評家）

日本一血なまぐさい家族小説かもしれぬ。

『血の配達屋さん』は、第三十九回横溝正史ミステリ＆ホラー大賞優秀賞を獲得した北見崇史のデビュー長篇である。前年までは横溝正史ミステリ大賞と通算二十五回を数えた日本ホラー小説大賞が併存していたが、二〇一九年度より統合されることになった。その第一回受賞作ということになる。題名に関しては少し変わった経緯があり、応募時の「血の配達屋さん」が単行本刊行時に『出航』と改められた。手元の本で確認すると奥付の初版第一刷は二〇一九年十月三十一日刊になっている。今回の文庫化でまた応募時の題名に戻されたのである。こういう例はあまりないのではないか。血の配達屋さん。出航。どちらも内容をよく表した題名であると思う。ここにないのは家族という要素だけだ。

『血の配達屋さん』は、大学生の〈私〉が「母が家を捨ててしまった」ことを知る場面から始まる物語である。置手紙を残して母は家を出た後、父は無気力になり、妹の沙希は外で遊び歩き始めた。「もとの平穏な家族に戻すには母を連れ戻すしかない」と考えた〈私〉は、独鈷路戸という北海道東部太平洋側の辺鄙な町に旅立つ。そこに母はいるらしいのだ。
〈私〉の、家族のため、自分たちのために母を連れ戻さなければならないという考えはいささか幼い。好きにさせたらいいではないか、と思う読者もいると思うが、そうした大学生らしい自己中心的な思考形式が物語を進めていく上での鍵になっている。視野の狭い〈私〉はよく考えずに行動する傾向があり、そのために幾度も窮地に陥るのである。それに対して母の静子は素晴らしい。なるほどこの人なら生き方を自分で決めるために家を出るだろう、と初登場時から思わせるのだが、中盤からはその存在感が際立っていき、行動の一つひとつが光輝を放ち始める。特に「見なさい。こうなのっ、あなたの母親はこうなの」と〈私〉に対して自分の実像を示す終盤の場面は読者の心に忘れ難い印象を残すはずだ。本作には母が自分のために生きることを選び、息子が自立するという家族解体の要素が備わっている。

　そうした家族の小説であるということを頭のどこかに置いて読み進めていただきたい。作品の前面に出ていて読者に最も強烈な印象を与えるはずなのが、血の要素だ。血、血、血。どこまでも血。血の味と手触り、そして臭いの漂う小説なのである。

　独鈷路戸行きのバスが出る道東の町にたどりついた〈私〉は、それが週一回しか運行されていないことを知って困り果てる。だが、独鈷路戸はネコバスと呼ばれる交通機関を独自運営していたのである。スタジオジブリ的な空想をした方は、今すぐそれを消してもらいたい。「あれはゲボよ、ゲボ。すげえゲボ」と嗤われるほどのおんぼろバスだからである。近くで車体を見た〈私〉はその荒廃ぶりに戦慄する。「人体で喩えてみると、身体の生皮をあちこち剝がして、滲み出してきた血液が固まって瘡蓋だらけになったよう」な外見なのだ。

このへんから小説には血のモチーフが頻出してくる。ネコバスがたどり着いた町は想像以上の寂れ方をしていた。今では希少価値さえ出てきたカップ麺の自動販売機が錆だらけながら稼働している、というだけで時代からの取り残され方がわかるだろう。初めて見た機械に関心を持った〈私〉はよせばいいのに硬貨を入れてみる。すると出てきたものは。

> 砂か、いや違う。錆だ。赤茶けた錆が粉状になったものが、どっと落ちてきたのだ。
>
> こんなに沢山の錆が取り出し口から溢れ落ちてきたということは、自動販売機の内部はボロボロに朽ち果てていて、カップ麺の中身も容器も、錆びついてしまったということだろうか。

舞台は海辺であり、潮と錆と、血の臭いが渾然一体となって漂っている。やがて海は〈私〉にとって大きな意味を持つことになる。そのことに、潜在的に気づいてはいるようだ。〈私〉は水平線のある景色を見ながら「これは死ぬ時に思い浮かべるべき光景だろうか。この寂寞とした物悲しさに比べれば、血生臭い地獄も、また闇すら呑み込む虚無も価値がないように思える」と感じるのだ。原初の場である海は人に生と死を与えるだろう。

北見は作家を目指して試行錯誤を繰り返してきたが、原点に返って最も書きたいことを小説にしようと考え、本作を完成させたという。それゆえか文体は小説を書くことの喜びに溢れている。いささか、いや、かなり歪んだ内容ではあるのだが、とにかく描写は精彩で、そこが本作の魅力になっている。これまで書かなかったことに怪物の要素があるのだが、動物の死骸からこしらえたようにしか見えない化け物が次々に出てくるのでお気をつけいただきたい。それぞれが妖怪小説としても見事な出来栄えで、ぜひ動いているところを見てみたいものだと思う。血の小説なので描写は湿潤感豊かだ、ぬちゃぬちゃ、ぐちゃぐちゃ。

さらにもう一つ触れてないことがある。本作の根底にはある古典作品に対する尊崇の念があるのだ。作者が最も書きたかったものとはそれか、とホラー小説に造詣が深い方なら途中で気がつくかもしれない。だが、ここでは書かないでおこう。日本の限界集落的な情景をそのジャンルに重ね合わせた趣向は見事である。荒涼とした情景が両者の接点か。

終盤にはそれまでの世界が崩壊していく壮絶な展開がある。凄絶なのだが、どこか爽快感が漂う。北見の、エンターテインメント作家としての資質を示すものだろう。考えてみれば〈私〉がさっさと独鈷路戸を立ち去ればここまで事態はひどくならなかったはずなのだが、彼を町に足止めするプロットも納得度が高く、必然の結末へ向かって物語は盛り上がっていく。ひどいことを楽しく書ける作家なのだ。作者が楽しく、読者もまた楽しい。血と肉の祝祭を、魂籠めて描く作家よ、社会に背を向けて己の欲望を書き尽くせ。

本書は、二〇一九年十月に小社より刊行された単行本『出航』を加筆修正のうえ、改題し文庫化したものです。

ち　はいたつや
血の配達屋さん

きたみたかし
北見崇史

角川ホラー文庫　23386

令和4年10月25日　初版発行

発行者――堀内大示
発　行――株式会社KADOKAWA
〒102-8177　東京都千代田区富士見2-13-3
電話 0570-002-301（ナビダイヤル）
印刷所――株式会社暁印刷
製本所――本間製本株式会社
装幀者――田島照久

●お問い合わせ
https://www.kadokawa.co.jp/（「お問い合わせ」へお進みください）
※内容によっては、お答えできない場合があります。
※サポートは日本国内のみとさせていただきます。
※Japanese text only

ISBN978-4-04-112806-0　C0193

◇◇◇

角川文庫発刊に際して

角川源義

第二次世界大戦の敗北は、軍事力の敗北であった以上に、私たちの若い文化力の敗退であった。私たちの文化が戦争に対して如何に無力であり、単なるあだ花に過ぎなかったかを、私たちは身を以て体験し痛感した。西洋近代文化の摂取にとって、明治以後八十年の歳月は決して短かすぎたとは言えない。にもかかわらず、近代文化の伝統を確立し、自由な批判と柔軟な良識に富む文化層として自らを形成することに私たちは失敗して来た。そしてこれは、各層への文化の普及滲透を任務とする出版人の責任でもあった。

一九四五年以来、私たちは再び振出しに戻り、第一歩から踏み出すことを余儀なくされた。これは大きな不幸ではあるが、反面、これまでの混沌・未熟・歪曲の中にあった我が国の文化に秩序と確たる基礎を齎らすためには絶好の機会でもある。角川書店は、このような祖国の文化的危機にあたり、微力をも顧みず再建の礎石たるべき抱負と決意とをもって出発したが、ここに創立以来の念願を果すべく角川文庫を発刊する。これまで刊行されたあらゆる全集叢書文庫類の長所と短所とを検討し、古今東西の不朽の典籍を、良心的編集のもとに、廉価に、そして書架にふさわしい美本として、多くのひとびとに提供しようとする。しかし私たちは徒らに百科全書的な知識のジレッタントを作ることを目的とせず、あくまで祖国の文化に秩序と再建への道を示し、この文庫を角川書店の栄ある事業として、今後永久に継続発展せしめ、学芸と教養との殿堂として大成せんことを期したい。多くの読書子の愛情ある忠言と支持とによって、この希望と抱負とを完遂せしめられんことを願う。

一九四九年五月三日